지독히도
멀고
가까운

지독히도
멀고 가까운 1

초판 1쇄 발행 2021년 12월 10일

지은이 | 도영

발행인 | 김성룡
기획, 편집 | (주)스마트빅(쉼표)
교정 | 김은희
표지디자인 | 우물
출판등록 | 제2014-000017호 (2011년 6월 30일)

펴낸곳 | 도서출판 가연
주 소 | 서울시마포구 월드컵북로 4길 77, 3층 (동교동 ANT빌딩)
전 화 | 02-858-2217
팩 스 | 02-858-2219
ISBN | 978-89-6897-100-6 03810

지독히도
멀고
가까운

도 영　장편소설

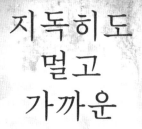

vol.1

차 례

Prologue

"한가은. 눈 뜨고, 나 봐."

제법 강압적인 말소리가 가은의 귓속을 파고들었다.

볼 수 없었다. 이 상태로 눈을 마주했다간 숨이 멎을지도 모르겠단 생각이 들었으니까. 그러나 이어진 말소리에 가은은 기어이 눈을 뜨고 진우를 마주 보았다.

"네가 인생 처음으로 하는 일탈에, 나는 지금 불청객쯤 되려나?"

예상처럼 진우와 시선을 얽기 무섭게 심장이 쿵 하고 나락으로 떨어지는 기분이었다.

가은은 숨을 삼켰다. 진우는 제게 위험한 남자였다. 자신과 너무 닮아서, 그러면서도 너무 달라서 그랬다.

"나, 지금 너한테 불청객이야?"

그러니 그렇다고 대답해야 옳았다. 너는 내게 불청객이라고. 평소의 한가은이었다면, 그렇게 대답하고 당장에 진우를 밀어냈을 것이리라.

"……아니."

하지만 그러지 못했다.

"아니야, 불청객."

이대로 진우를 밀어내고 싶지 않았다. 그는 위험한 만큼이나 자극적이고, 이따금 부딪치는 입술은 지나치게 달콤했다.

"다행이다. 네 첫 일탈에 내가 불청객은 아니라."

농염한 말소리가 귓바퀴를 타고 끈적하게 흘러들어 왔다. 아슬아슬한 거리를 유지하는 건 거기까지였다.

"으읍……!"

애간장을 녹이던 입술이 단숨에 달라붙었다.

시베리아 횡단열차

빠앙-!

진우가 클랙슨을 거칠게 누르며 브레이크를 밟았다. 날카로운 소음이 사방으로 울려 퍼졌다. 차가 급정거하면서 반동을 이기지 못한 몸이 핸들에 거칠게 부딪쳤다. 진우는 핸들에 처박은 머리를 급히 들어 올리곤 놀란 얼굴로 차에서 내렸다. 브레이크를 밟기 직전 보았던 하얀 원피스의 여자가 자동차 보닛 앞에 처량히 주저앉아 있었다.

"하!"

한껏 긴장했던 어깨가 크게 들썩이고 가슴팍이 거칠게 오르내렸다.

진우는 뒤늦게 신호를 살폈다. 사거리에서 우회전을 하던 상황이긴 했지만, 다시 보아도 횡단보도의 신호는 선명한 적색 물이 들어 있었다. 그러니까 지금 상황의 과실은 자신보단 보행자였던 하얀 원피스를 입은 여자 쪽에 있는 게 맞았다.

"이봐요. 괜찮아요?"

여자를 향한 질문에 신경질이 잔뜩 묻어났다. 놀란 가슴에 짜증까지 더해지자 감정이 컨트롤되지 않았다. 어딜 다치기라도 한 건지 여자는 주저앉은 자리에서 고개를 들지도, 선뜻 일어서지도 못했다.

진우는 여자의 앞에 다리를 굽히고 자세를 낮췄다. 고개를 옆으로 완전히 눕히고 나서야 여자의 얼굴이 어렴풋하게 보였다. 한눈에 들어온 여자의 상태는 심상치 않았다. 그렇지 않아도 하얀 피부가 더욱 희게 질려 있었고, 눈동자엔 초점이 잡혀 있지 않았다.

어딜 많이 다친 건가.

진우는 여자의 팔을 붙잡아 부축하듯 일으켜 세웠다. 비척비척 일어선 여자는 여전히 정신이 나간 사람처럼 멍한 얼굴로 한곳만 응시하고 있었다. 진우는 그 시선을 따라 천천히 얼굴을 돌렸다. 여자가 바라보고 있는 건, 횡단보도 건너의 어딘가였다.

저기에 뭐라도 있나.

통 이해를 할 수 없어 고개를 갸웃거리는데, 그 순간 여자의 팔을 붙잡은 손이 거센 힘에 뿌리쳐졌다. 진우가 놀란 얼굴로 고개를 원래대로 돌렸다. 그러자 정신이 나간 것처럼 보이던 여자가 보행 신호로 바뀌지도 않은 횡단보도 위를 질주하려는 게 보였다.

진우는 본능적으로 도로 왼편을 살피며 달려오는 차가 없는지 확인했다. 불행하게도 꽤 많은 차들이 여자를 향해 괴물처럼 달려오고 있었다. 고민할 새도 없이 진우의 다리가 빠르게 교차했다.

왕복 8차선 도로의 사거리가 아수라장이 되기까진 금방이었다. 여자의 바로 앞까지 차가 다가온 순간, 진우는 여자의 손목을 거세게 잡아당겼다. 차도에서부터 안전거리를 확보하고 나서야 진우는 매섭게 일갈했다.

"뭐 하는 거야! 죽고 싶어서 환장했어?"

여자는 반쯤 정신이 나간 얼굴로 아무런 대답도 하지 않았다. 그저 좀 전에 그랬던 것처럼 8차선 도로에서 시선을 떼지 못할 뿐. 진우의 미간이 더욱 형편없이 구겨졌다. 그 모습이 꼭 쥐고 있던 손을 놓으면 여자가 당장에라도 또 도로에 뛰어들 것처럼 보였다.

"죽고 싶어서 환장했어? 차들 속력 내서 달리는 거 안 보여?"

진우는 더욱 매섭게 여자를 몰아붙이면서도 눈을 가늘게 떴다. 여자의 낯빛은 시시각각 더 형편없어지고 있었다. 눈동자는 초점이 잡히지 않았을 뿐 아니라 완전하게 풀린 상태였고, 하얗게 질린 얼굴은 무슨 큰일이라도 있는 사람 같았다. 그 찰나였다. 여자의 표정을 살피느라 방심한 그때, 슬쩍 힘이 풀린 손이 다시금 뿌리쳐졌다.

"아, 야!"

여자는 도로 위를 내달렸다. 놀란 진우가 반자동이나 다름없이 여자의 뒤를 쫓아 달음박질치려던 순간.

"야, 이진우!"

이름을 부르는 익숙한 목소리와 함께 어깨를 붙잡는 억센 손길이 느껴졌다. 그 탓에 진우는 여자를 뒤쫓을 수도, 붙잡을 수도 없었다.

"너 여기서 뭐 해, 인마."

재차 들려온 목소리는 해운의 것이었다. 하지만 진우는 해운은 안중에도 없이 여자의 뒷모습에서 시선을 떼지 못했다.

여자가 횡단보도 중간쯤 다다랐을 때 날카로운 소음이 사방으로 거칠게 뻗어 나갔다. 아슬아슬한 상황이 연출되기 직전이었다. 그 순간 달려오던 차가 가까스로 방향을 틀었고, 새빨갛던 보행 신호 역시 초록색으로 바뀌었다.

"하아……."

진우는 맥이 탁 풀렸다. 짙은 한숨이 절로 새어 나오는데 반갑지 않은 목소리가 자꾸만 고막을 찌른다.

"뭐냐, 그 한숨은? 저 여잔 또 누군데?"

"……."

"뭐야, 누군데. 뒷모습이 왜 이렇게 낯익어? 내가 아는 여자야?"

뭐라는 거야, 이 미친놈은.

긴장이 풀리고 나니 신경이 더욱 곤두선다. 그런 줄도 모르고 눈치 없는 해운은 계속해서 조잘거렸다.

"지나치게 낯이 익은데. 누구지? 누구야. 어?"

"……안 닥칠래."

"뭔데, 누군……. 아! 알겠다!"

알긴 뭘 알아. 나도 처음 보는 여잘 네가 무슨 수로 알아?

진우는 해운의 말이 당치도 않아 들은 척도 하지 않았다. 여자가 무사히 건너갔는지 가늘게 뜬 눈으로 건너편만 뚫어지게 응시할 뿐. 그런데 내내 무시하던 해운의 목소리가 일순 귀에 탁 꽂혔다.

"가은이 아니야? 네가 가은이를 어떻게 알아? 너랑 가은이가 만날 만한 접점이 없는데."

진우는 고개를 돌려 해운을 바라보았다.

"가은이?"

되물은 말에 해운이 고개를 크게 끄덕였다.

"어. 가은이, 한가은 아니야? 맞는 거 같은데? 뒷모습이 딱 가은이구만, 뭘."

한가은.

진우는 해운을 한 번, 이미 멀어져 점이 된 여자의 뒷모습 위로 한 번, 시선을 꽂았다.

"……한가은."

그리고 해운이 말한 여자의 이름을 나지막이 되뇌었다.

* * *

덜컹, 덜컹.

1월의 블라디보스토크는 유례없는 맹추위의 겨울을 맞이했다. 블라디보스토크를 떠나 모스크바로 향하는 시베리아 횡단 열차의 안. 진우는 일등석 복도 한가운데에 고집스럽게 서서 굳게 닫힌 문을 뚫어지게 바라보았다. 조금 전 바닥에서 주운 여권 하나 때문이었다.

"……."

여권을 바라보는 진우의 눈동자가 깊게 가라앉아 있었다. 그러면서도 입술은 비뚜름하게 올라가 있었다.

"……한가은."

진우는 여권에 적힌 이름을 무심하게 툭 내뱉었다. 사진 속 여자의 얼굴이 무척 낯익었다. 그 옆에 적혀 있는 이름 역시 지나치게 익숙했다. 그럴 수밖에. 처음 들었을 때부터 귀에 확 꽂히던 이름인데, 쉽게 잊힐 리가.

"골 때리네. 하필 여기서 마주친다고?"

퍽 어이가 없는 상황이었다. 가은과 관련된 기억들이 빠르게 한 곳으로 모여 떠올랐다. 하지만 그보다 더 빠른 건 본능에 앞선 진우의 손이었다.

똑똑.

미동도 하지 않던 진우가 굳게 닫혀 있는 일등석 문을 힘 있게 두드렸다. 꽉 맞물려 있는 문틈에 꽂힌 눈동자가 흥미롭게 빛났다. 곧 머릿속에 선명히 각인돼 있던 청초한 얼굴이 생생하게 드러났다.

창백하게 느껴질 정도로 하얀 얼굴과 커다란 눈. 고고하게 기울어진 콧날, 거기에 새빨간 입술까지. 동공 위로 비친 여자의 얼굴은 8차선 도로로 뛰어들던 그때와 변함없이 예쁘장했다.

"누구세요."

그런데 '누구세요'라니. 고대했던 목소리가 내뱉은 말치곤 썩 마음에 들지 않는다.

진우는 입매를 비스듬히 기울였다. 한층 짓궂어진 표정이 배은망덕하다는 듯 가은을 향하고 있었다.

"나 몰라?"

진우는 말끝에 피식, 실소를 흘렸다.

"……누구신데요?"

가은은 고민의 기색도 없이 건조하게 대답을 해 왔다. 진우의 눈동자가 한층 매서워졌다.

"하?"

코웃음이 절로 나왔다. 지나치리만치 어이가 없었다. 제 상식으로는 어렴풋하게라도 기억을 해야 맞았다. 적어도 여자의 목숨을 구해 준 게 이토록 쉽게 잊힐 일은 아니었고, 그게 그의 상식이었으니까. 애석하게도 진우는 그날의 일을 무척이나 선명하게 기억했다.

'야, 뭐 하는 거야! 정신 안 차려?'

가은의 얼굴을 보는 순간, 그날 자신이 내뱉었던 날카로운 말부터 떠올랐다. 그것만으로 그의 머릿속에 그녀가 확실하게 각인돼 있었다는 건 더 말해 봐야 입만 아플 일이었다.

그런데 나를 기억 못 한다고? 아무리 그래도 내가 생명의 은인쯤은 되는데?

또렷한 진우의 동공 위로 그날과는 사뭇 다른 가은의 얼굴이 깊숙하게 박혔다. 여자는 아무것도 모른다는 얼굴을 하고 있었다. 정말 어떤 것도 기억 못 한다는 듯 투명하기까지 했다.

"하!"

진우는 헛웃음을 토했다. 날카롭게 반짝이는 눈동자로 정리되지 않은 심경이 담겼다. 정작 맞은편의 가은은 아무 감흥도 없는 얼굴이었지만. 정말 아무것도 기억하지 못하는 얼굴이라 진우는 바짝 약이 올랐다.

이걸 어떡하면 좋지.

잠시 골몰하던 진우의 입꼬리가 이내 삐뚜름하게 추켜 올라갔다.

"기억이 안 나면 지금부터 기억하면 되지, 뭐."

웃음기 섞인 말은 혼잣말인 듯 아닌 듯 모호했다. 진우는 가은을 빤히 바라보며 가볍게 일갈했다.

"이번엔 똑똑히 기억해야 할 거야. 다음번에도 그런 얼굴로 날 보면, 그땐 좀 기분이 나쁠 거 같거든."

중저음의 목소리엔 장난기가 가득했다. 그러면서도 묘하게 경고하는 투는 단숨에 상대를 제압할 정도의 위압감을 싣고 있었다.

"까놓고 내가 쉽게 잊힐 얼굴은 아니잖아. 그것도 벌써 이번이 두 번째데. 안 그래?"

은근하게 씹어뱉은 말소리는 오만하기 짝이 없었다.

"난 너 똑똑히 기억하거든."

"……."

"한가은, 맞지?"

또박또박 읊어진 이름에 가은의 동공이 미묘하게 흔들렸다. 진우가 시니컬하게 웃었다. 예상했던 반응을 직접 확인하고 나니 은근한 쾌감이 밀려왔다.

"이진우."

"……."

"기억해. 내 이름이니까."

제 이름 석 자를 꾹꾹 눌러 뱉는데 미소가 감춰지질 않았다. 무척 오랜만에 흥미가 돋았다.

"아, 그리고 당분간은 여기에 머무는 이웃사촌."

진우는 바로 옆 객실의 문을 가리키며 말했다.

"설마 이웃사촌 이름을 또 까먹거나 그러진 않겠지? 정 없게 말이야."

러시아행 비행기에 몸을 실은 건 순전히 충동에서 비롯된 거였다. 그런데 한참 전 목숨을 구해 준 여자를 러시아에서, 그것도 시베리아 횡단 열차에서 마주하게 될 가능성은 과연 얼마나 될까.

"어쨌든 반가웠다. 다음번에 보면 너도 반가울 거야. 그러니까 다음에 보면 인사 정도는 하자."

"……"

"오늘처럼 이렇게 개무시는 하지 말자고. 오케이?"

진우는 오른손으로 동그라미를 만들며 왼손에 쥐고 있던 여권을 겉옷 주머니에 넣었다. 이대로 여권을 돌려주고 싶지 않았다. 오랜만에 예상치 못한 즐거움을 얻은 건 좋지만, 자신을 기억도 못 하는 여자의 태도는 여전히 약이 올랐다.

애 좀 타 보라지.

입가에 걸린 미소가 좀 더 선명해졌다. 진우는 그대로 몸을 돌려 제 객실로 몸을 감췄다.

* * *

밤새도록 내달리던 기차는 마침내 만난 플랫폼에서 잠시 휴식을 취했다. 진우는 잠깐 바람이라도 쐴 요량으로 기차에서 내렸다. 플랫폼 위를 찬찬히 거니는데, 몸을 훑고 지나가는 공기가 차갑다. 찬바람에 얼기 시작한 손을 주머니에 찔러 넣곤 핸드폰을 꺼내 들었다. 조금 전 도착한 해운의 메시지가 새카만 동공 위에 가득 들어찼다.

[러시아라며. 러시아는 또 왜 갔는데?]

가늘게 뜬 눈매가 날을 세운 채 번득거렸다. 러시아에 온 건 충동적인 선택이었고, 그랬으니 누구에게도 러시아에 갈 거란 말은 한 적이 없었다.

"그런데 내가 러시아에 있다는 걸 알고 있다, 그거지."

진우가 입술을 비틀어 올리곤 실소를 흘렸다. 말이 새어 나간 루트야 뻔했기에 상황은 금방 파악이 됐지만, 삽시간에 기분이 더러워지는 건 어쩔 수 없었다. 신경질로 가득한 손가락이 메시지를 적어 내려갔다.

[내가 하는 일에 언제는 이유가 있었냐?]

텍스트 안에는 그가 느낀 더러운 감정이 한껏 실려 있었다. 말풍선 옆 숫자 1은 곧바로 사라졌다. 징그러운 놈. 내내 핸드폰만 들여다보고 있던 모양이다.

진우는 한숨을 크게 내쉬었다. 하루 이틀 있는 일도 아닌데, 감시받고 있다는 걸 체감할 때마다 더러워지는 기분은 좀처럼 옅어질 줄을 몰랐다.

[사춘기가 아직도 안 지났냐? 여전히 방황하는 중고딩 청소년이야?]

[언제 올 건데. 나 바로 수술 들어가 봐야 해. 씹지 말고 무슨 생

각으로 또 방황 중인 건지, 계획이든 뭐든 보내 놔. 뭘 알아야 백 업 준비를 하든 전투 준비를 하든 할 거 아니야.]

진동이 연달아 울렸다. 액정을 가득 채운 글자가 제각각 분해되어 각막을 뚫고 들어온다. 자음과 모음으로 분리된 것들이 시신경을 쿡쿡 찌르고 들어올 때마다 가까스로 붙잡고 있는 이성이 날아가 버릴 것 같았다.

"좆같네, 진짜."

진우는 나지막하게 욕설을 읊조렸다. 날카롭게 쳐올린 눈썹엔 신경질이 그득했다. 억지로 숨을 깊게 들이마시며 핸드폰을 주머니에 쑤셔 넣었다. 그러곤 이곳저곳으로 동공을 굴렸다. 평정심을 좀먹어 가기 시작한 짜증을 억눌러야 했다. 그때, 가늘어진 진우의 눈매 사이로 반가운 인영이 박혀 들어왔다.

"한가은?"

가은을 부르는 음색이 표정과 어울리지 않게 즐거움을 싣고 있었다. 어쩐지 미묘하게 입매가 휘어진 것도 같았다. 진우는 가은에게서 시선을 떼지 않은 채 서둘러 다리를 교차시켰다.

* * *

"어……."

가은은 구불거리는 글자를 뚫어지게 바라보며 신음을 뱉었다. 텅 빈 배를 채울 요량으로 식당칸을 찾긴 했는데, 메뉴판에 적힌 글자를 알아볼 수가 없었다. 어물거리다 손가락으로 하나를 가리키자 카운터를 지키고 있던 직원이 포장된 무언가를 건넸다. 내용물을 확인할 새도 없이 값을 치렀다.

손에 감기는 촉감이 바게트를 연상하게 한다. 빵이 먹고 싶었던 건 아닌데. 메뉴를 바꾸자니 엄두가 나지 않아 그만두었다.

주변을 휘 둘러보니 얼마 없는 테이블에 현지인들이 앉아 있는 게 보였다. 저를 향한 것일지, 동양인을 향한 것일지. 시선의 의미를 정확하게 알 순 없었지만, 호의적이지 않다는 것만은 확실했다.

가은은 한숨을 삼키곤 억지로 걸음을 떼었다. 여기서 식사를 했다간 백발백중 얹히고 말 것이다.

3등석 객실에 들어서며 몸을 움츠렸다. 열차의 객실 복도는 전반적으로 비좁았는데, 3등석은 특히나 더했다. 룸 형태로 객실이 구분되는 1, 2등급과 달리 3등석은 복도 양쪽으로 침대와 의자가 적나라하게 노출된 탓이었다. 잘 살피지 않으면 침대에 누워 있던 누군가의 발에 치이기 딱이었다. 소심한 걸음을 한 발짝 떼어낼 때마다 한숨이 차올랐다.

집 떠나면 고생이라더니. 태어나 처음 제 의지대로 떠나온 길이 이렇게 고생스러울 거라곤 조금도 생각하지 못했다. 괜스레 이곳으로 떠나기 직전 지수와 있던 일이 떠오른다.

'미친년.'

모스크바에 다녀올 거란 말에 지수는 욕부터 내뱉었다. 울먹거리는 음성엔 비틀린 감정이 가득 실려 있었다. 그게 썩 안쓰럽기도 했지만, 가은은 흔들리지 않았다. 이제 와 흔들리기엔, 20년 가까이 당해 온 학대의 흔적이 아직까지도 가슴속에 선명했다.

'엄마 화장한 지 3일도 안 지났어. 근데, 뭐? 어딜 가?'
'모스크바.'
'하!'

지수는 기가 막힌다는 얼굴로 코웃음을 쳤다.

'키워 준 은혜도 모르는 년.'

서슴없이 내뱉어진 말엔 독기가 가득했다. 가은은 악독하게 비
틀린 지수의 입술을 멀거니 보았다.
키워 준 은혜도, 모르는 년…….
피식, 웃음이 나올 것 같았다. 튀어나오려는 헛웃음을 억지로
삼켜냈다. 그러지 않으면 멍이 남아 있는 뺨이 또 고통으로 울부
짖게 될 테니. 하지만 지수는 여지없이 무섭게 다가왔고, 푸르뎅
뎅하게 멍든 뺨 위로 가차 없이 손을 휘둘렀다.

'하아…….'

가은은 헛숨을 토해냈다. 입안으로 비릿한 맛이 감돈다. 또, 입
안이 터진 모양이다.
이번엔 무엇이 불만이었을까. 3일장 중엔 울지 않는다는 이유로
뺨을 맞았다. 연옥이 죽기 직전엔 더 빨리 병원으로 오지 않았다

고 뺨을 쳤고, 한 달쯤 전엔 달라는 돈을 다 주지 않아 뺨을 맞아야 했다. 그 전엔 또 무슨 이유였더라. 이유라고 하기엔 너무도 터무니없고 당치 않은 것들이었다. 그렇다면 오늘은 자신이 맞아야 하는 이유가 무엇이었을지.

원래라면 묻지 않았을 말이다. 하지만 오늘따라 묻고 싶었다. 부디 오늘만이라도 자신이 맞아야 하는 이유가 타당하길 바라며.

'……왜 때려.'
'뭐?'
'날 때린 이유. 내가 맞아야 하는 이유가 뭐냐고 물었어.'

가은은 지수를 똑바로 바라보았다. 시선이 정확하게 맞물리자 지수가 몸을 움찔 떨었다. 그러곤 당연하다는 듯이 오른손을 또 위로 올렸다. 위화감이라곤 잠깐도 느끼지 못할 정도로 익숙한 행동이었다.

짜악-. 날카로운 소음이 허공을 갈랐다. 가은의 얼굴은 또 맥없이 돌아갔고, 지수는 미안한 기색 하나 없이 가은을 노려보았다.

'네까짓 게 날 그렇게 보면 어떡할 건데, 어?'

지수는 악을 질렀다. 표독스러운 척 눈을 사납게 치켜떴지만, 등 뒤로 미처 다 숨기지 못한 오른손은 가련할 정도로 부들부들 떨고 있었다. 그것만으로도 가은은 알 수 있었다. 눈앞의 지수가 지금 얼마나 두려움을 느끼고 있는지를.

'차라리 무섭다고 말을 해, 지수야.'

'……하, 뭐?'

'그렇게 하면, 내가 동정심에라도 널 계속 거둬 줄 수도 있잖아.'

가은은 한쪽으로 돌아간 얼굴을 바로 했다. 씩씩거리는 소리가 들려왔지만, 묵묵히 흐트러진 머리칼을 정돈했다. 그 모습에 약이 바짝 오른 건지, 흥분한 지수의 목소리가 곧 고막을 찌르고 들어왔다.

'뭐? 거둬 줘? 여태껏 우리 엄마가 천애 고아인 너 키워 준 건 기억도 안 나? 이 양심도 없는 년아!'

폭행을 가하고도 죄의식 하나 없이 욕지거리를 내뱉는 천박한 성질은 하나 있던 친모, 연옥을 잃고도 변함이 없었다. 그래, 변할 줄 아는 사람이었다면 그간 자신에게 그런 악행도 저지르지 못했겠지.

가은은 밀려오는 한숨을 삼키며 찬찬히 집 안을 둘러보았다. 곳곳이 고인이 된 연옥의 물건으로 가득했다. 그 모든 것들은 고인의 물건이자, 악행의 증거였고, 고되었던 제 삶의 흔적이었다. 집 안의 물건들을 하나하나 훔친 눈동자가 이내 지수를 응시했다. 그러곤 20년 만에 처음으로 가슴속에 꾹꾹 눌러두었던 말들을 하나둘 꺼내었다.

'그래, 지수야. 네 말처럼 네 엄마가 부모 잃은 나 거둬 줬어. 맞

아. 근데 나한테 지금까지 해 온 일들을 생각하면 그게 엎드려 절할 일은 아니잖아.'

가은은 평온한 얼굴로 태연하게 말을 했다.

'내가 처음 이 집에 오게 된 건 얼마간 네 엄마에게 보살핌을 받기 위해서가 맞아. 근데 그 대가로 돈도 많이 받았잖아.'

'……'

'돈 때문에 날 잠깐이나마 보살펴 주겠다고 했던 거고, 내 부모가 죽은 이후엔 나한테 상속된 사망보험금이랑 재산 노리고 날 놓아주지 않았던 거뿐이잖아. 아니야?'

'……'

'그러니까 굳이 따지자면, 나를 거둬들인 덕에 너희 모녀가 20년이 가까운 시간 동안 궂은일 한번 하지 않고 편안하게 살아올 수 있었던 게 맞지. 안 그래, 지수야?'

가은은 지수를 보며 피식, 옅게 웃었다. 지수의 눈동자가 불안을 감추지 못하고 거칠게 요동쳤다. 그런 지수를 무심하게 한번 바라보곤 남은 말을 전했다.

'괜찮아, 지수야. 무서워할 거 없어. 난 널 쉽게 내치지 못할 테니까. 넌 네 엄마 딸이잖아.'

그래, 쉽게 내치진 못할 거야. 아무리 나를 괴롭히고 괴롭혔어도 네 엄마는…….

'네 엄마는, 아무것도 몰랐던 나를 대신해 내 부모님의 장례를
치러 준 사람이고.'

 그 말끝에 지수는 어떤 말도 하지 못했다. 이튿날 가은은 비행
기에 올랐다. 모스크바에 다녀오겠다는 말에 그토록 분노하던 지
수는 더 이상 가은을 잡지 않았다.
 그날의 기억에서 빠져나온 가은은 조심스러운 걸음으로 복도를
가로질렀다. 그렇게까지는 몰아붙이지 말 걸 그랬나. 두려움에 떨
던 지수의 눈동자가 아직도 선연했다. 그러나 이내 매정하게 고개
를 내저었다. 아니야. 그렇게 하지 않았다면 러시아에 오는 건 꿈
도 꿀 수 없었겠지.
 "후우."
 고개를 젓는 방향을 따라 가느다란 한숨이 흩뿌려졌다. 그때,
느닷없이 어깨에서 둔탁한 통증이 느껴졌다.
 "아……!"
 가은은 어깨를 잡으며 고개를 들었다. 코앞에 무섭게 인상을 쓰
고 있는 외국인 남자가 보였다. 서둘러 사과를 했다.
 "Sorry."
 다행히 구겨졌던 외국인의 표정이 한결 풀어졌다. 가은은 가볍
게 묵례를 하며 자리를 지나치려고 했다. 그런데 별안간 낯선 손
길이 손목을 덥석 붙잡아 왔다. 가은은 놀란 얼굴로 뒤를 돌았다.
조금 전 부딪쳤던 외국인이 보였다. 외국인과 시선을 맞추기 무

섭게 가은은 무척 위험한 상황을 맞닥뜨렸다는 것을 본능적으로 감지했다. 자신을 향한 눈빛이 어딘가 음흉하게 빛나는 게 심상치 않았다. 힘껏 손목을 비틀었다. 하지만 억센 손아귀에서 좀처럼 벗어날 수가 없었다. 심장이 터질 것처럼 빠르게 뛰었다.

어떡하지.

가은은 주변을 두리번거렸다. 제발 누구든 도와주길 바랐다. 하지만 간절한 눈길에 돌아온 건 무관심한 시선뿐이었다. 그때, 익숙한 말소리가 가은의 고막을 내찔렀다.

"하, 너 참 가지가지 한다."

자동이나 다름없이 고개가 뒤로 돌아갔다.

"다음번엔 너도 반가울 거라고 그랬지?"

지난 밤, 다짜고짜 자신을 찾아왔던 그 남자였다.

"잘 잤어?"

"······."

"여전히 내 말엔 대답할 생각이 없나?"

남자는 여유로운 미소를 머금은 채 가은을 빤히 바라보았다. 무척 위협적인 그녀의 상황과는 별개로 그는 아주 평온한 얼굴을 하고 있었다.

가은의 미간이 절로 구겨졌다. 어제에 이어 오늘까지, 남자는 정말 이상한 사람임이 분명했다. 그렇게 생각하지 않고는 남자를 이해하기가 쉽지 않았다. 어젠 뜬금없이 문을 두드리곤 본인을 기억하지 못하냐고 물어 사람을 얼빠지게 하더니, 오늘은 자신을 마치 고집불통으로 만드는 말투였다.

가은은 그렇지 않아도 곤란한 상황에 짜증까지 밀려오는 기분이었다. 한쪽엔 무례한 외국인, 다른 한쪽엔 미친놈인 것 같은 모국인. 어느 쪽이 조금이나마 덜 피곤한 선택지일까 고민하던 찰나, 느닷없이 남자가 조금쯤 정상적인 말을 건네 왔다.

"근데 보아하니 지금 네 상황이 여의치 않아 보이네. 이런 농담 따먹기나 할 타이밍은 아닌 거 같아. 그치?"

"……."

"내가 자리를 피해 줘야 하는 상황인가?"

그럴 리가. 누가 봐도 자리를 피해 줄 만큼 애틋한 상황이 아닐 텐데.

정상적인 사고를 할 줄 아는 모양이라고 생각하기 무섭게 남자는 또다시 일반적인 대화의 루트를 벗어나기 시작했다.

가은은 눈을 홉뜨곤 남자를 뚫어지게 응시했다. 20년에 가까운 시간 동안 온갖 구박과 핍박을 받으며 얻은 거라곤 사소한 표정과 제스처만으로 상대의 생각을 어느 정도 읽을 수 있게 되었다는 것 하나뿐이었다.

한껏 집중한 눈동자로 남자를 낱낱이 뜯어보았다. 그러고 나니 하나만큼은 분명하게 알 것 같았다. 지금 남자는 제게 무언가 바라는 것이 있었다. 반달 모양으로 접힌 눈매와 달리 한쪽으로 기울어진 입매를 보니 분명했다. 거기까지 파악되자 망설일 이유가 없었다.

"나한테 바라는 게 뭔데?"

"눈치가 아주 없진 않네."

예상은 빗겨 나가지 않았다. 남자가 아주 만족스러운 얼굴로 입매를 휘었다. 하지만 가은은 이 상황이 썩 유쾌하지 않았다. 제게

무언가를 바란다는 것만으로 일단 진저리부터 났다. 하지만 지금
이 그런 거나 따질 상황은 아니었다.

"본론만 빨리 얘기해."

"내가 어제 숙제 내줬던 거 기억해?"

가은은 눈살을 찌푸렸다. 숙제라니, 그런 표현을 언제 마지막으
로 들었는지 기억조차 나지 않았다. 뜸 들일 여유가 없다는 건 알
고 있지만, 섣불리 어떤 말도, 행동도 하지 않았다. 남자가 무어라
설명을 덧붙여 주길 기다렸다. 그러나 남자의 말은 거기까지였다.
남자가 지난밤에 내준 숙제. 그게 도대체 뭘까. 아무리 생각해 봐
도 알 수가 없는데, 그 찰나 남자가 어깨를 으쓱거렸다.

"반응이 없는 걸 보면 어제도 내 말은 흘려들었나 보네. 좋아. 그
럼 뭐, 어쩔 수 없지."

일순 남자의 눈동자가 날카롭게 빛났다. 한껏 벼려진 눈매가 가
은의 손목과 외국인 남자를 한번 응시했다. 그러나 그뿐이었다.
남자는 곧 시니컬하게 입술을 휘곤 피식거렸다.

"취향이 이런 쪽인 줄은 몰랐네."

"……."

"불청객은 이만 빠져 줄게. 좋은 시간 보내."

남자는 조금 전까지 짓고 있던 표정과 달리 아주 친절하게 웃어
보였다. 그게 가은을 불안하게 만들었다. 어찌할 새도 없이 남자
가 옆을 지나쳤다. 그 순간 머릿속에 든 생각이라곤 남자를 잡아
야겠다는 것뿐이었다. 지금의 상황에선 이 남자 말곤 자신을 도
와줄 사람이 어디에도 보이지 않았으니까.

가은은 다급하게 머리를 굴렸다. 어떻게든 남자가 원하는 바

를 떠올려야 했다. 그때, 가은의 뇌리로 무언가 빠르게 스쳐 지나갔다.

'이진우.'
'……'
'기억해. 내 이름이니까.'

지난밤, 뜬금없이 문을 두드린 남자가 다짜고짜 건네 오던 말이었다.

'어쨌든 반가웠다. 다음번에 보면 너도 반가울 거야. 그러니까 다음에 보면 인사 정도는 하자.'
'……'
'오늘처럼 이렇게 개무시는 하지 말자고. 오케이?'

설마.
"이진우."
가은은 설마 하는 마음으로 남자를 불렀다. 그러곤 동시에 간절히 바랐다. 남자가 걸음을 멈추길. 더는 멀어지지 말길.
5초 남짓한 시간이 지났을까. 짧은 시간 강렬한 정적이 가은의 숨통을 옥죄었다. 곧 숨이 넘어갈지도 모르겠단 생각이 들던 바로 그 순간.
"어, 한가은."
간절하던 그녀의 바람대로 진우가 멈추었다.

"왜?"

뿐만 아니라 장난기 가득한 목소리로 흔쾌히 대답하며 뒤를 돌았다. 가은을 바라보는 얼굴은 만족에 가득 차 있었다.

"하……."

가은은 저도 모르게 헛숨을 내쉬었다. 그사이 멀어졌던 진우가 거리를 좁혀 왔다.

"기특하네. 기억 못 하는 줄 알았더니."

무척이나 기꺼워하는 목소리가 가은의 머리 위로 흩어졌다. 가은은 고개를 들어 진우를 보았다. 눈이 마주치기 무섭게 그가 다디단 목소리로 속삭여 왔다.

"내가 뭘 어떻게 해주면 돼?"

가은은 나직이 한숨을 내쉬었다. 진우의 입가에 짓궂은 미소가 걸려 있었다. 그걸 보고 있는 것만으로 피로가 급격히 밀려왔다. 자신이 원하는 바가 무엇인지 몰라서 묻는 게 아닐 것이다. 목소리만 들어도 알 수 있었다. 숙제를 운운했을 때와 목소리의 톤은 물론 어투까지 비슷했다.

가은은 아랫입술을 질끈 물곤 고개를 돌려 제 손을 붙잡고 있는 외국인과 몇 발짝 떨어진 자리에 서 있는 진우를 번갈아 보았다. 절로 미간이 구겨졌다. 개똥밭도 이런 개똥밭이 없었다. 어느 쪽이 최악이고 어느 쪽이 차악인지 도무지 구별할 수가 없었다. 그래도 꼭 선택해야 한다면 최소한 말은 통하는 모국인을 고르는 쪽이 나을까. 갑작스럽게 처한 상황이 현기증이 일 정도로 개탄스러웠지만, 기어이 입술이 달싹거렸다.

"도와줘."

도대체 이까짓 게 뭐라고 이렇게까지 말하기 싫은 것이며, 이까짓 게 뭐라고 굳이 들어야만 하는 걸까. 가은은 지난밤부터 진우가 제게 보이는 행동이나 심보들을 통 이해할 수 없었다. 하지만 진우의 생각은 다른 듯했다.

　"바라는 게 그거라면 뭐, 기꺼이."

　대답을 하는 남자의 얼굴은 단호히 곁을 지나쳤던 때와 달리 부드럽기 그지없었다. 하지만 외국인에게 붙잡힌 손목을 바라보는 눈동자만큼은 무섭게 가라앉아 있었다. 진우는 순식간에 거리를 좁혀 왔다. 그리고 이내 가은의 눈동자가 크게 팽창했다.

* * *

　"야, 넌 뭐 이런 걸 밥 대신 먹겠다고 사 왔냐?"

　멀거니 차창 너머를 바라보고 있던 가은의 동공 위로 일순 이채가 감돌았다. 가은은 소리가 나는 쪽으로 고개를 돌렸다.

　"퍽퍽하고 질기고, 이런 거 좋아해?"

　시선의 끝에 진우가 걸렸다.

　"더럽게 맛없네, 진짜."

　불평불만을 쏟아내면서도 진우는 자신이 나누어 준 바게트를 꾸역꾸역 입에 처넣고 있었다.

　"식당칸은 아직 안 가 봤는데, 이런 거밖에 안 팔아?"

　오물거리는 진우의 입술 끝이 대차게 터져 있었다. 그걸 빤히 바라보고 있자니 조금 전 있던 일이 선명하게 상기되었다.

'*Stop it.*'

코앞까지 다가온 진우는 매서운 눈길로 외국인을 바라보았다.

'*No. Stop it.*'

몇 마디 되지 않지만, 꾹꾹 눌러 뱉은 말소리는 지나치게 고압적이었다. 그럼에도 외국인은 물러설 기색을 보이지 않았다. 영어를 알아듣지 못한 건지 되레 표정을 더욱 구길 뿐이었다.

'*그만하고 놓으라고 등신아. 영어 몰라?*'

진우는 굼뜬 외국인의 행동이 답답했는지, 머리카락을 헝클며 익숙한 모국어를 거침없이 내뱉었다. 그 덕에 외국인의 표정이 더욱 형편없어졌다. 하지만 진우는 개의치 않았다. 그다웠다. 한편으론 어이가 없을 정도로 일관적이란 생각도 들었다.

'*하, 답답하네.*'

진우는 말을 알아듣지도, 눈치껏 물러서지도 않는 외국인을 빤히 바라보다 일순 가은의 손목을 붙잡아 힘껏 당겼다.

'*아⋯⋯!*'

가은의 잇새로 아찔한 신음이 샜다. 진우는 순식간에 코앞까지 당겨져 온 가은의 허리를 붙잡았다. 그러곤 가은을 내려다봤다.

'미안. 상황이 상황인지라, 어쩔 수 없는 무력이었어.'

그는 조금도 미안하지 않은 얼굴로 어깨를 으쓱거리며 사과를 해 왔다. 그게 문제였다. 그 순간 방심을 한 게.

'……어어!'

가은은 진심이라곤 담기지 않은 진우의 사과에 기분이 나쁠 새가 없었다. 덩치 큰 외국인이 표정을 무섭게 구긴 채 다가오고 있었다. 가은을 응시하고 있던 진우로선 등 뒤에서 무슨 일이 벌어지는지 알 턱이 없었다. 그저 화들짝 놀라는 가은을 빤히 응시하다 뒤늦게 고개를 돌릴 뿐.

'……아, 씹.'

고개를 돌리기 무섭게 진우의 새하얀 볼 위로 외국인의 주먹이 내리꽂혔다. 진우는 낮게 가라앉은 음성으로 욕설을 뇌까렸다. 가은은 본능이나 다름없이 진우의 얼굴을 붙잡았다. 대차게 터진 진우의 입술이 보였다. 미간을 팍 구기며 놀라 물었다.

'이진우, 너 괜찮아?'

외국인에게 맞은 볼과 입술을 살펴보는데, 대답 대신 털떨어진 웃음이 돌아왔다.

'괜찮아.'

진우는 입매를 당겨 올리며 대답했다. 입술을 움직일 때마다 터진 자리가 짜릿한 고통을 호소했지만, 기분은 퍽 나쁘지 않았다. 가은의 잇새로 자연스럽게 흘러나온 제 이름이 무척 듣기 좋았다.

'너 진짜 괜찮아?'

가은이 다시금 물어왔다. 진우는 고개를 끄덕이며 가은의 팔을 당겼다. 이번엔 제 이름이 포함되지 않았다는 게 좀 아쉽긴 했지만, 지금 중요한 건 그게 아니었다.

'어. 괜찮으니까 신경 쓰지 말고 내 뒤로 좀 와 봐.'
'뭐?'

가은은 이해하지 못한 얼굴로 진우를 올려 보았다. 진우는 말을 반복하지 않았다. 다만, 가은의 손목을 아프지 않게 고쳐 잡곤 제 뒤로 당겼다.

'잠깐만 숨어 있어.'

'뭐? 너 자꾸 뭐라고……!'

가은은 퍽 불안한 얼굴로 진우를 올려 보았다. 언뜻 장난기 섞인 진우의 말이 쉽게 이해되지 않았다. 하지만 진우는 이미 저 앞으로 멀어진 후였다. 진우는 겁 없이 나아갔다. 그러곤 외국인을 향해 일말의 망설임도 없이 주먹을 날렸다.

'*Don't you think it's fair now? son of a bitch.(이제야 좀 공평해진 거 같지? 이 개새끼야.)*'

상대가 줄곧 알아듣지 못했던 영어를 꼭꼭 씹어뱉는 것도 잊지 않았다. 의미 전달은 되지 않을지언정 그 뉘앙스는 똑똑히 알아챌 수 있도록 발음 하나하나에 비아냥을 담는 정성도 마다치 않았다. 가은이 기억하는 무례한 외국인과의 기억은 거기까지였다.
"뭘 그렇게 봐?"
차창 너머 어딘가에 닿아 있던 눈동자가 이내 초점을 되찾았다. 가은은 정신을 차리곤 진우를 바라보았다.
"왜. 다시 봐도 새삼 잘생겼다 싶어?"
절로 미간에 힘이 들어갔다.
"미친놈."
정말 미친놈인 게 분명했다.
진우는 날 선 가은의 반응에도 그저 웃기만 했다. 누구의 말마따나 정말 미친놈이 된 것 같았다. 신선했다. 시종일관 제게 딱딱하게 구는 한가은이, 진우로선 난생처음 겪어 보는 반응이라 즐거웠다. 툭 내뱉은 한마디에 날을 세우고 달려드는 한가은이 꼭 앙칼진 고양이 같았다. 그게 자꾸만 가은을 더 자극하고 싶게 만들었다.

"뭐로 갚을래?"

"뭐?"

"뭐로 갚을 거냐고."

진우가 생글생글 웃으며 물었다. 조건반사나 다름없이 가은이 인상을 썼다. 그럴수록 진우는 더욱 가은을 놀리고 싶어졌다. 더더욱 짓궂게.

"내가 너한테 뭘 갚아야 하는데?"

가은이 조금쯤 불쾌한 목소리로 물어 왔다. 그래서 진우는 또 한 번 확신했다. 한가은은 위험천만하게 차도로 뛰어들었던 그날, 그녀를 구한 게 자신이란 걸 조금도 기억하지 못하는 게 분명하다고. 아주 배은망덕하게도 말이다.

"와, 그렇게 안 봤는데. 너 진짜 예의 없는 애였구나?"

진우는 웃음기 어린 목소리로 해맑게 말했다. 가은의 신경을 있는 대로 긁어보기로 막 작정한 참이었다.

"너, 말 가려서 해."

역시나 가은에게선 앙칼진 반응이 돌아왔다. 하지만 진우는 언제나 주눅 들거나 위축되는 법이 없었다. 이번이라고 예외는 아니었다.

"내가 너 벌써 두 번이나 구해 줬잖아."

이렇게 말을 해도 기억 못 할 거야?

진우는 의미심장한 눈빛으로 가은을 직시했다. 숨 막힐 정도로 확고한 뜻이 담긴 시선이었다. 가은의 눈가로 속절없이 주름이 졌다. 두 번이나 구해 주다니, 당최 이해할 수가 없는 말이었다. 그 생각을 에두르지 않았다.

"똑바로 말해. 도대체 네가 언제 날 구해 줬다는 거야?"

"……."

"방금 전을 얘기하는 거라면, 그래, 그건 고마워. 근데 두 번이라니? 네가 언제 날 또 구했다는 건데?"

가은은 똑 부러지게 따져 물었다. 방금 전을 제외한다면 아무리 생각해 봐도 진우에게 도움 같은 걸 받은 적이 없었다. 깊게 생각해 볼 필요도 없었다. 애초에 자신은 누군가에게 구해질 만한 상황 자체에 놓일 일이 없었다. 언제나 구속받기 바빴던 삶이었는데 누군가에게 구해질 만한 상황에 노출됐을 리가. 누군가 자신을 도왔더라면 평생에 가까운 시간을 갇혀 살 필요도 없었을 것이다. 그런데 오늘이 아닌 과거에 이진우에게 도움을 받은 적이 있다고? 말도 안 되는 소리였다.

"내가 널 만난 적이 있어?"

그럼에도 가은은 물었다. 진우에게 본때를 보여주고 싶었다. 말도 안 되는 개수작은 이쯤에서 멈출 수 있도록.

"어."

그런데 진우의 짧은 대답은 한 치의 망설임도 없었다. 가은은 속절없이 미간을 구겨야만 했다.

"똑바로 생각하고 얘기해."

"본 적 있어, 너랑 나. 어제 여기서 마주친 게 처음 아니야."

가은의 동공이 얕게 요동쳤다. 말도 안 되는 소리를 내뱉고 있는 게 분명한데, 그 말을 하는 진우의 낯빛이 너무 결연했다.

"난 너 기억 안 나."

"그렇겠지. 그러니까 날 이렇게 대하는 거겠지. 최소한의 예의
도 없이."

"말 가려서 하라고 분명 얘기했……."

"기억이 안 나면 머릿속을 뒤져서라도 찾아. 기억해 내."

생글거리던 진우의 표정이 한순간 차게 굳었다. 와중에도 한쪽
으로 휘어진 입꼬리가 못 견디게 얄밉다. 하지만 가은은 한마디
도 할 수 없었다. 뒤얽힌 시선 속에서 일말의 거짓도 찾아볼 수가
없었기 때문이다.

"구한 건 나고 도움을 받은 건 넌데, 언제 어떻게 구했는지까지
내가 직접 설명해야 해?"

"……."

"네가 생각해도 그건 너무 기본적인 예의도 없는 거 아니냐?"

가은은 아랫입술을 짓씹었다. 진우의 만면엔 미소가 가득한데,
고막을 찌르는 음성은 소름이 오소소 돋을 정도로 위압적이었다.
진우에게 압도당했다는 것이 분했지만, 이미 얼어 버린 입술은 움
직이는 방법을 잊은 듯했다.

"기억해 내. 꼭."

"……."

"필요하다면 이것까지도 숙제야."

가은의 미간이 더욱 형편없이 구겨졌다. 아까부터 숙제를 운운
하는 진우의 어투가 신경을 거슬렀다.

"최소한의 노력은 하자."

"……"

"계속 얘기했잖아. 내가 절대 쉽게 잊힐 얼굴은 아닐 거라고."

진우가 손가락으로 턱을 긁으며 말했다. 그 모습이 제 외모에 대한 지나친 자신감 혹은 자부심 같았다. 못내 재수가 없었지만, 가은은 진우와 쓸데없는 말장난을 하고 싶은 생각이 없었다. 마음 같아선 당장 객실에서 진우를 쫓아내고 싶었다. 그러나 선뜻 그럴 수가 없었다. 진우에게서 말로 표현할 수 없는 오라가 느껴졌다.

"그 정도로 얘기를 했으면 너도 눈치는 채야지."

의미 없는 입씨름 따위 그만두기 위해 내쫓아야겠다고 마음을 굳게 먹었을 뿐인데.

"미친놈처럼 집착하다시피 같은 말을 반복한다는 건, 내가 너한테 쉽게 잊어선 안 될 사람이란 말이 될 수도 있지 않겠냐?"

어느덧 장난기가 싹 걷힌 깊은 눈동자로 단숨에 자신을 압도했다. 가은은 숨 쉬는 것도 잊고 눈만 끔뻑거렸다. 그러자 진우의 눈매가 사르르 힘이 풀리더니 예쁜 곡선을 그렸다.

"이제야 듣는 척이라도 하는 거 같네."

가은은 참았던 숨을 내쉬었다. 힘이 바짝 들어갔던 어깨가 천천히 내려왔다. 그걸 알아챈 순간, 저도 모르게 아랫입술을 꽉 물었다. 어깨가 한껏 솟아오르도록 긴장을 하고 있었던 모양이다. 생전 처음 느껴 보는 기분이었다. 그게 지나치게 불편했다.

"성가셔 죽겠다는 눈이네."

진우는 제법 눈치가 빨랐다.

"그래도 하는 수 없어. 난 널 굳이 찾지 않았는데, 네가 내 눈에 띄었잖아."

그러나 눈치껏 행동하는 법은 없었다. 도리어 불만 가득한 상대의 속내를 단숨에 파악하곤, 그걸 약점처럼 쥐고 흔들었다. 가은으로선 그 사실이 참기 힘들 만큼 재수 없을 따름이었다.

"미친놈."

가은은 불편한 마음을 고스란히 드러냈다. 그럼에도 진우는 미소를 잃는 법이 없었다. 그게 가은을 더욱 약 오르게 만들었다.

"그래그래. 좋을 대로 생각해. 뭐 어쨌든 지금은 내가 누군지 생각할 시간도 필요할 거 같으니까 이만 나가 줄게."

그토록 바라던 말이 나왔는데도 가은의 미간에선 주름이 사라지지 않았다. 가은은 자리에서 일어나는 진우를 눈으로 좇았다. 바라건대, 단 1초라도 좋으니 어서 빨리 제 객실에서 사라져 줬으면 했다.

다행히 진우는 걸음이 빠른 편이었다. 하지만 객실 문을 바로 앞에 두고 교차하던 다리를 멈추었다. 그는 객실 문손잡이를 잡은 채로 몸을 반쯤 돌려 시선을 맞춰 왔다. 여전히 재수 없을 정도로 오만한 미소가 그의 입가에 걸려 있었다.

"아, 그렇다고 너무 기대에 찬 눈을 할 필요는 없어. 지금은 가는데 이따 또 올 거거든."

그 말을 듣기 무섭게 가은의 시선이 문고리 근처로 향했다. 시야 안에 잠금 걸쇠가 보였다. 걸쇠를 발견하곤 뭔가를 생각하기도 전에 청량한 웃음소리가 고막을 찌르고 들어왔다.

"문을 잠그든 말든 그건 네 자유."

"……."

"열어 줄 때까지 문을 두들기고 소란스럽게 하는 건 내 자유."

진우는 그렇게 말하며 한쪽 눈을 찡긋거렸다. 자유를 운운하고 있었지만, 뒤섞인 시선 속의 고압적인 느낌은 묵직하게 경고를 하고 있었다.

"노크 세 번."

"……."

"같이 기차에서 쫓겨나고 싶은 게 아니라면."

내내 그랬듯 빠른 눈치로 가은의 속내를 단번에 파악하곤 한껏 여유롭게 이죽거렸다. 가은의 미간이 무차별하게 구겨졌다. 더는 한계였다. 가은은 자리에서 벌떡 일어나 진우를 향해 성큼성큼 다가갔다. 그러곤 곧장 객실 문을 열어 진우의 어깨를 힘껏 밀었다.

"꺼져."

진우를 날카롭게 응시하며 짧게 일갈했다. 그러곤 곧장 문을 걸어 잠갔다. 진우의 말을 더 이상 듣고 싶지 않았다. 들을 가치도 없었다.

"하……."

아스라이 벌어진 잇새로 거친 숨이 새어 나왔다. 진우가 사라진 객실 안은 고요하기만 했다. 그게 평안을 안겨 줘야 마땅한데, 가은의 가슴은 도리어 더 불안하게 뛰었다. 의지와 상관없이 예민해진 청각이 일순 문밖의 소리에 집중했다.

그 순간.

똑똑똑.

힘찬 노크 소리가 가은의 고막을 거칠게 꿰뚫었다. 가은은 화들짝 놀란 얼굴로 뒤로 한 발 물러났다. 굳건하게 닫힌 문에 가려 남자의 모습은 보이지 않았다.

"들었지? 노크 세 번."

그러나 문 건너에서 들려오는 음성은 선명할 뿐 아니라 생생하기까지 했다.

"이따 보자."

남자의 말소리는 무척이나 간결했다. 저벅저벅, 묵직한 발소리가 꼬리를 물고 이어졌다. 바로 옆 객실 쪽에서 달칵, 하고 문이 열리고 닫히는 소리가 들려올 때까지.

"……."

가은은 그 자리에 아무렇게나 주저앉아 관자놀이를 짚었다. 더는 꼿꼿하게 서 있을 힘이 없었다. 아무래도 미친개에게 제대로 물린 것이 분명했다.

* * *

똑똑똑.

객실 안으로 노크 소리가 울려 퍼졌다. 가은은 로션을 바르던 손길을 멈추곤 거울 모퉁이를 흘깃 보았다.

"굿모닝."

어느덧 열린 문틈 사이로 이진우의 얼굴이 빠끔히 보였다. 가은은 매서운 눈길로 거울에 비친 진우를 응시하다 이내 시선을 떼어 버렸다.

"한가은, 나 배고파."

진우는 제 객실이라도 되는 것처럼 익숙한 걸음으로 들어와 침

42

대 건너편 의자에 털썩 앉았다. 팔다리가 긴 편인 진우는 사소한 움직임에도 그 반경이 꽤 넓은 편이었다. 가은은 진우의 몸짓에 자꾸만 신경이 쏠렸지만, 그저 무시로 일관했다.

"오늘도 대꾸 안 하기로 마음먹은 거야?"

진우가 몸을 축 늘어뜨리며 느물거리는 목소리로 물었다. 가은은 대답하지 않았다. 진우를 객실 안으로 들인 후 줄곧 고수해 오던 태도였다. 그럼에도 진우는 생글거리며 어깨만 으쓱거릴 뿐이었다. 가은은 한층 더 매섭게 뜬 눈으로 거울 속 진우를 뚫어지게 보았다. 순간 며칠 전의 일이 떠올랐다.

똑똑똑.

노크 세 번이란 말을 선전포고처럼 던지고 사라진 그다음 날, 진우는 작정이라도 한 것처럼 이른 아침부터 문을 두드렸다. 가은은 문을 열지 않았다. 진우를 다시 상대하고 싶은 마음이 추호도 없었다. 더욱이 무척 이른 시간이었다. 아직 잠에서 깨지 않았다고 생각하기에 충분했다. 소란을 부리겠다는 진우의 말이 떠오르기도 했지만, 독하게 마음을 먹곤 객실 문을 등진 채 누웠다. 그러나 마음을 단단히 먹은 게 무색하도록 문밖은 조용했다. 어떠한 인기척도, 소란이라고 느낄 만한 무엇도 느껴지지 않았다. 가은은 되레 의아해져 자리에서 일어나 앉았다. 돌아간 걸까. 괜스레 확인해 보고 싶은 마음에 갈등이 일었다. 고민 끝에 조심스러운 걸음으로 문 앞까지 다가가 손잡이를 쥐던 그 찰나였다.

똑똑똑.

잠잠하던 노크 소리가 불시에 가은의 고막을 꿰뚫고 들어왔다. 가은은 악 소리도 내지 못하고 뒤로 나자빠질 만큼 소스라치게 놀랐다. 혹여나 신음 소리가 새어 나오기라도 할까 봐 두 손으로 입을 꾹 막았다. 노크 소리에 놀랐다는 사실을 문 건너 이진우에게 들키고 싶지 않았다.

가은은 숨을 죽인 채 놀란 가슴을 진정시켰다. 노크 소리 이후엔 다시금 어떤 인기척도 느껴지지 않았다. 하지만 그때뿐이었다. 한껏 긴장하고 있던 몸이 조금이라도 누그러질 찰나면 여지없이 노크 소리가 이어졌다. 소란이라기엔 시끄럽지도 거창하지도 않았다. 하지만 객실 안에 있는 가은 한 사람을 미치게 하기엔 충분했다.

그날 이후, 가은은 더 이상 잠금 걸쇠를 걸지 않았다. 도리어 진우의 인기척이 느껴질 때면 반쯤 문을 열어 놓기도 했다. 그리고 택한 것이 그를 무시하는 일이었다.

진우는 놀라울 정도로 눈치가 빠르긴 했지만, 행동 하나하나에서 다듬어지지 않은 느낌이 강하게 풍겼다. 굳이 비유하자면 짓궂은 초등학생 남자아이 같다고 할까. 제게 호기심이 인 것이리라. 그러니 호기심이 사그라지고 나면 더는 자신을 괴롭히지 않을 거라고, 가은은 확신했다.

"음식이 영 입에 안 맞아."

"……."

"아무 생각 없이 공항 도착 시간 맞춰서 기차표 예매한 거였는데, 좀 여유를 두고 즉석식품이라도 사서 올 걸 그랬어.”

진우는 혼잣말을 시작했다. 며칠째 이어지는 같은 상황이었다. 이쯤 되면 그 역시 무슨 말을 해도 대답이 돌아오지 않을 거란 걸 알고 있을 게 분명했다. 하지만 그는 말하는 걸 멈추지 않았다.

“블라디보스토크에 북한 식당이 있다는데, 거기도 잠깐 들러 볼 걸 그랬어.”

“……..”

“모스크바에도 북한 식당이 있긴 하다던데……..”

진우가 답지 않게 말끝을 흐렸다. 언제나 무례할 정도로 시원 시원한 화법을 선보이던 것과는 퍽 어울리지 않는 행동이었다.

“모스크바에 도착하면 같이 가자.”

그래서일까. 이어진 진우의 말에 얼굴에 크림을 펴 바르던 가은의 손가락이 미세하게 멈칫거렸다.

가은은 내내 고집스럽게 붙들고 있던 눈동자를 도로록 움직였다. 기다렸다는 듯 시선이 얽혔다. 강렬하고 집요한 시선은 가까스로 만난 가은을 절대 놓치지 않겠다는 듯, 빈틈없이 가은을 옭아맸다.

“내 목적지가 모스크바라고 한 적 없어.”

가은은 단조롭게 말했다.

“그래? 그럼 어디로 가는데?”

진우가 어깨를 으쓱거리며 다정함을 가장한 미소를 한껏 감아올렸다. 가은은 하마터면 모스크바라고 대답할 뻔했다. 진심인지 가면인지 알 수 없는 진우의 천진한 표정은 이렇듯 한 번씩 허를 찌르고 들어왔다. 가까스로 이성을 붙잡곤 어금니로 혓바닥을 꽉 물었다 놓았다. 그러곤 단호하게 일갈했다.

"네 알 바 아니잖아."

그 말을 끝으로 가은은 거울에 비친 제 모습을 응시했다. 진우와의 대화는 불편했다. 좀 더 정확하게는 진우와 엮이면 엮일수록 제게 불리하게 돌아가는 상황이 불편했다.

한 번도 이런 적이 없었는데.

진우와 함께할 때면 매번 그에게 휘둘리는 자신을 마주하는 게 당혹스러웠다. 가은은 정신을 단단히 붙들었다. 이러려고 떠나온 길이 아니었다. 이런 식으로 낯선 타인과 엮이고 싶지 않았다. 철저히 혼자이길 원했다. 제 인생에 불필요한 인연과 그로 인한 불행의 잔여물은 죽은 연옥과 지수로 충분했다. 더는 제 인생을 또다시 옥죄고 구속할지 모를 가능성을 만들고 싶지 않았다. 그게 가은의 진심이었다.

* * *

기차는 곧 만난 플랫폼에서 멈추었다. 이번 역에서는 제법 길게 정차할 예정이었다. 가은은 패딩과 핸드폰을 낚아채듯 챙기곤 객실을 빠져나왔다. 자신의 객실에 진우 홀로 남아있든 말든 신경 쓰지 않았다.

기차에서 내리며 패딩을 걸쳤다. 칼바람이 지퍼를 올리지 않은 앞섶 사이를 날렵하게 파고들었다. 온몸에 소름이 오소소 돋았다. 덕분에 정신이 한결 맑아지는 기분이었다. 가은은 느긋하게 지퍼를 올리며, 플랫폼 끝을 향해 걸음을 떼었다.

'내가 찾아오는 게 싫으면 기억해 봐. 만약에 네가 기억을 한다면 그땐 너 귀찮게 안 하는 쪽으로 생각은 한번 해 볼게.'

찬바람이 머리카락을 휘젓고 지날 때마다 지난밤 들었던 진우의 목소리가 선명하게 떠올랐다. 무시로 일관하기 시작하자 그가 했던 말이었다.

가은은 진우의 말대로 하는 게 무척이나 짜증이 났지만, 기억을 더듬었다. 도대체 언제 진우를 마주쳤던 걸까. 벌써부터 골머리가 아픈 기분이었다. 사실 간밤 동안 제대로 잠을 이루지 못했다. 기억을 해 내면 귀찮게 굴지 않겠다는 말에 떠올릴 수 있는 모든 기억 속에서 진우를 찾았다. 하지만 결과는 실패였다. 아무리 샅샅이 뒤져도 제 머릿속엔 진우의 얼굴은 물론 그의 이름조차 남아 있지 않았다.

"도대체 언제 날 구했다는 거야."

가은의 미간이 속절없이 구겨졌다. 몇 번을 생각해도 이전에 진우를 만났을 가능성은 제로나 다름없었다.

'사고 싶은 책이 있어요.'
'인터넷으로 주문하면 되잖아.'
'지금 바로 사서 읽고 싶은 책이에요.'
'하, 진짜 성가시게.'

얼마 전 명을 달리한 연옥의 생전 모습이 떠올랐다. 연옥은 딱히 외출 계획이 없는 날에도 잠옷 대신 화려한 명품 브랜드의 옷을 걸친 채 그보다 더 화려한 손톱을 다듬곤 했다. 그 모든 것은 가은의 돈으로 이룬 것이었다. 그럼에도 가은이 제 돈으로 읽고 싶은 책 하나 사는 건 성가셔 하는, 연옥은 그런 사람이었다.

연옥이 가은의 말을 달갑게 생각하지 않는 이유는 단 하나였다. 가은이 홀로 외출하는 상황이란 결단코 있을 수 없는 일이라서.

가은의 외출은 언제나 연옥이 동행해야만 가능한 일이었다. 이유는 거창하지 않았다. 그저 어느 날 갑자기 가은이 수증기처럼 증발해 버리기라도 할까 봐. 연옥의 돈이나 다름없는 가은의 재산이 가은과 함께 신기루처럼 사라져 버릴까 봐.

그게 가은이 구속을 당해야 하는 이유의 전부였다.

'좀 나갔다 올게요.'

'어딜?'

'집 앞에 카페요.'

'기다려. 카디건만 걸치고 나올 테니까.'

'잠깐 바람이 좀 쐬고 싶어서 그래요.'

'그러니까 기다리라고. 너는 네 볼일 보고, 난 내 볼일 보면 되는 거잖아. 바람을 쐬든 말든 넌 네 볼일 봐. 난 내 볼일 볼 테니까.'

'……하. 그냥 집에 있는 커피 마실게요.'

가은은 언제나 혼자였다. 집 앞의 카페를 가는 일조차도 스스로의 의지로 할 수 없는 인생이었다. 철저하게 고립되었고, 그녀에게 허락된 일이란 그저 읽고 싶은 책을 마음껏 읽을 수 있는, 그 정도뿐이었다. 그런데 그런 자신이 진우에게 도움을 받았다니.

그 말을 진우에게 처음 들었을 때, 너무 가당치도 않아서 가은은 코웃음이 나올 것 같았다. 집 앞 카페도 혼자 갈 수 없는데 진우에게 도움을 받았던 적이 있을 리가.

"말도 안 되는데……."

가은은 작게 속삭이면서도 기억을 더듬는 일을 멈추지 않았다. 혹시라도 자신이 놓치고 있는 무언가 있는 건 아닐까. 죽은 연옥을 처음 만났던 게 초등학교를 다니던 때였으니까, 연옥을 만나기 전에 진우를 만났던 건 아닐지. 그렇다면 흐려진 기억 속에 진우가 머무르고 있는 건지. 하지만 막연하게 떠오르는 그 모든 기억 속에 진우는 없었다.

"하, 진짜……."

가은은 한숨을 푹 내쉬며 흘러내린 머리를 손으로 넘겨 빗었다. 이 이상의 생각은 그만두는 게 좋을 것 같았다. 슬슬 과부하였다. 그때 느닷없이 패딩 주머니에 넣어두었던 핸드폰이 진동했다.

딱히 연락 올 곳이 없는데.

가은은 핸드폰을 꺼내어 액정을 응시했다. 그러곤 곧장 눈살을 찌푸렸다. 분명 자신의 핸드폰이 맞는데, 액정에 비친 잠금화면이나 도착한 메시지 내용은 무척 낯설었다.

"이, 해운?"

낯설지 않은 이름인데, 제 핸드폰에 저장돼 있을 리 없는 번호였다. 순간 진우의 목소리가 뇌리를 스치고 지나갔다.

'핸드폰 나랑 똑같네. 기종도 똑같고 색상도 그렇고, 헷갈리기 좋겠다.'

핸드폰이 바뀐 게 분명했다. 그 사실을 깨닫기 무섭게 가은의 동공이 크게 팽창했다.

바뀐 핸드폰. 이해운. 아무리 떠올려도 생각나지 않는 진우와의 만남.

"⋯⋯설마?"

별안간 생각지도 못했던 깨달음이 밀려왔다.

* * *

[한가은⋯ 나 등록금 내야 돼⋯ 연락 좀 줘.]

진우는 회색빛 액정 위로 단조로운 시선을 떨어트렸다. 구질구질함의 극치를 담고 있는 메시지가 보였다.

"네 인생도 어지간히 골치 아프겠다."

툭 내뱉은 말엔 회의감이 그득했다. 괜스레 속이 답답해졌다. 불쌍하고 가련한 척 가면을 뒤집어쓰고 있는 메시지 내용이 역겨울 정도로 뻔뻔하고 염치없게 느껴졌다. 등록금을 내야 하니 연락을 달라니. 가은은 고작해야 스물아홉의 제 또래였다. 하지만 도착한 메시지의 내용은 제 또래에게 보낸 거라기엔 지나치게 무거운 책임감을 싣고 있었다. 똑같이 대학을 다닌다고 해도 이상할 게 하나 없는 사람에게 등록금을 내야 한다, 라⋯⋯. 기가 막혔다. 문득 일전에 해운이 했던 말이 떠올랐다.

'옆집 사는 여자애.'

정확히는 차도로 뛰어드는 가은을 붙잡았던 날, 가은을 어떻게 아느냐는 질문에 해운은 그렇게 대답했다. 옆집 사는 여자애, 그리고.

'너 혹시라도 딴 맘 품고 있으면 아서라. 괜히 불쌍한 애 상처 주지 말고.'
'불쌍한 애?'
'그래, 인마.'

불쌍한 애.

해운은 가은을 그렇게 말했다. 진우는 그날 해운이 왜 가은을 불쌍한 애라고 칭했는지, 그 이유에 대해서 묻지 않았다. 알고 싶지 않았다. 영양가 없는 설명이 뒤따를 게 분명했기에. 적어도 제 눈에 그날 가은은 불쌍하지 않았다. 그저 흐리멍덩하게 풀린 가은의 눈이 꼭 누군가를 떠올리게 해 마음이 쓰였을 뿐이다.

"하……. 기분 더럽네, 갑자기."

진우는 신경질적으로 머리를 헝클었다. 그때 느닷없이 등 뒤로 요란한 소리가 들려왔다.

벌컥.

객실 문이 열리는 소리였다. 얼마나 세게 연 건지 쾅, 하고 나는 타격음이 제법 둔탁했다. 꽤 요란 법석한 상황인데도 진우는 느긋했다. 나릿나릿 고개를 돌려 소리의 근원지를 살폈다. 그 순간 진우의 눈이 제법 크게 뜨였다.

"와, 나 계속 무시하더니 갑자기 나랑 놀고 싶어졌어? 그렇다고 해도 갑자기 내 방에 찾아올 줄은 몰랐는데."

"……."

"생각보다 화끈하다, 너."

예상하지 못한 손님, 가은이었다. 표정을 찾아볼 수 없던 진우의 낯빛이 일순 반가움에 물들었다. 하지만 가은은 진우의 미소에도 미묘하게 굳은 표정을 지우지 못한 채, 객실을 가로질렀다.

"이거."

가은은 진우의 바로 앞에 서서 핸드폰을 내밀었다. 그러자 진우의 시선이 핸드폰 위로 느리게 움직였다.

가은은 진우를 빤히 바라보았다. 액정에 담긴 내용을 확인했을 때, 그가 어떤 반응을 보일지 궁금했다. 당황하거나, 놀라거나. 둘 중 하나의 반응이 나올 거라고 생각했다. 하지만 진우는 따분하기 그지없는 시선으로 액정을 한 번 바라보곤 다시금 가은과 시선을 얽었다.

"이거, 뭐?"

되물어 오는 음성엔 일말의 감정도 담겨있지 않았다. 무척이나 뜬금없는 행동에 의문을 가질 법도 한데, 이렇게 찾아올 것을 예상이라도 했다는 듯이 지나치게 차분했다.

가은은 짜증이 밀려왔다. 그는 분명 핸드폰 액정을 보았다. 그 속에 담긴 메시지도 읽었을 것이고, 제가 들고 있는 핸드폰이 그의 것이란 걸 모르지 않을 것이다. 그런데도 시치미 떼는 얼굴로 고개를 갸웃거리기만 한다. 금방이라도 정제되지 않은 감정을 우수수 쏟아낼 것 같았다. 고집스럽게 입술을 꾹 물었다.

"뭐, 번호라도 달라고?"

진우가 얄궂게 웃는 소리를 내며 말장난을 쳐 왔다. 다른 때였다면 그냥 무시하고 넘어갔을 말이었다. 하지만 이번엔 그럴 수가 없었다. 그러기엔 진우의 핸드폰 액정 위로 찍힌 이름이 지나치게 낯익은 이의 것이었다.

"이거 네 거야."

가은은 군더더기 하나 없이 명료하게 말했다. 그럴 리는 없겠지만, 혹여라도 자신이 쥐고 있는 이 핸드폰이 그의 것이라는 걸 눈치채지 못한 거라면 지금이라도 당황한다거나 민망해 한다거나 둘 중 하나의 반응을 보이길 바랐다. 그렇다면 적어도 제 앞에 서 있는 남자를 상대하고 있는 이 행위가, 이 시간이, 쓸데없는 낭비가 되지는 않을 테니까. 그러나 진우는 이 와중에도 스스로 미친 놈이란 걸 증명하듯 그냥 한 번 웃기만 했다. 이어지는 대답은 기가 막힐 지경이었다.

"알아."

안다고? 제 핸드폰이란 걸 알면서도, 액정 위의 '이해운'이라는 이름을 보고도 번호를 운운하는 저급한 농담을 했단 말인가.

"하."

가은은 목 끝까지 차오른 헛웃음을 도무지 참을 수가 없었다. 비스듬히 휘어진 입매로 날것 그대로의 감정이 묻어났다. 그러나 이번에도 진우는 더욱이 신경을 거스르는 장난질로 가은의 속을 뒤집어댔다.

"와, 웃어 주기도 하네."

"너랑 말장난이나 하자고 온 거 아니야."

가은은 매섭게 가라앉은 목소리로 쏘아붙였다. 그 말끝에 진우가 짧게 피식거렸다.

"그래? 그럼 왜 왔는데?"

진우는 관자놀이를 긁적이며 가은을 향해 한 발 다가갔다. 조금 전 웃음기는 깨끗하게 지워진 채였다.

"너 뭐야?"

"화끈하게 방으로 찾아오더니 질문은 너무 두루뭉술하네."

"헛소리 말고 묻는 말에나 대답해."

"묻고 싶은 게 정확히 뭔데? 한가은이 갑자기 뭐가 궁금해졌을까? 내내 개무시하던, 나한테."

가은은 매섭게 진우를 노려보다 손에 쥔 핸드폰 액정 위로 시선을 떨어트렸다. 어느새 핸드폰 화면은 까맣게 물들어 있었다. 홀드키를 누르고, 화면 중앙에 떠 있는 '이해운'이라는 이름을 다시 한 번 보았다. 기분이 시궁창에 패대기쳐진 것처럼 더욱 가라앉기 시작했다. 해운의 이름을 곱씹으며 가은은 고개를 쳐들었다.

"이거. 네가 이 사람을 어떻게……!"

흐읍. 와다다 몰아붙이듯 말을 쏟아내던 가은이 순간 숨을 흡 들이마셨다.

"이 사람? 누구. 누굴 말하는 건데, 한가은."

낮게 가라앉은 저음이 가은의 머리 바로 위에서 우수수 쏟아졌다. 가은은 숨을 들이마신 그대로 호흡을 멈추었다. 크게 팽창한 동공은 진우의 얼굴을 그득 담은 채 격동적으로 흔들렸다. 진우와의 거리가 너무 가까웠다. 어느새 다가온 건지, 진우는 옴짝달싹할 수 없을 정도로 가까운 거리에 서서 가은을 지그시 내려다보고 있었다.

"……뭐 하는 거야, 지금."

"네가 헛소리 그만하고 묻는 말에 대답하라며. 대답하려고 왔잖아."

"……그래. 묻는 말에 대답하라고. 이렇게 가까이 다가올 게 아니라……!"

가은은 가까스로 말을 뱉었다. 하지만 씨알도 먹히지 않았다. 진우는 되레 더욱 여유로운 얼굴로 입매를 한껏 비튼 채 가은을 집요한 시선으로 내려다보았다.

"네가 뭘 묻는 건지 도통 알 수가 없어서. 대답을 해주려면 뭘 묻는지 봐야 알 거 아니야."

"야, 너 자꾸……!"

"누구. 누가 궁금한데, 가은아. 응?"

가은의 말이 미처 끝나기도 전에 진우가 차게 식은 목소리로 물었다. 가은은 저도 모르게 몸을 부르르 떨었다. 싸늘하기 짝이 없는 음성으로 나지막이 속삭인 제 이름이 모순되게도 너무 부드럽게, 또 달게 들렸다. 가은은 순간 심장이 쿵, 떨어지는 기분을 느껴야만 했다. 숨을 쉴 수도, 눈을 끔벅일 수도 없었다. 가은아, 하고 부른 진우의 목소리에 마법이라도 담긴 것처럼 손가락 하나도 꿈쩍할 수가 없었다.

그녀의 변화가 심상치 않다는 걸 눈치라도 챈 걸까. 진우가 뒤로 한 걸음 물러나며 속삭였다.

"역시 너무 가까웠나?"

"……."

"겁먹지 마. 잡아먹을 생각은 없으니까."

고작 한 걸음만큼의 거리가 생긴 것뿐인데, 가은은 그제야 참았던 숨을 뱉을 수 있었다.

"그러게 왜 가만히 있는 사람을 건드려. 처음으로 날 찾아온 이유가 다른 새끼 때문이면 내가 좀 열 받잖아."

진우가 어깨를 으쓱거리며 말했다. 방금 전 가은을 향해 위협적으로 다가섰던 사람이란 생각은 조금도 들지 않을 정도로 선한 미소를 입가에 걸고 있었다.

"안 그래?"

가은은 되물어 오는 진우를 매섭게 노려보았다. 눈앞의 남자가 얄미워 죽을 것만 같았다. 가만히 있는 사람을 건드린 건 자신이 아니라 그였다. 어느 날 갑자기 제 객실 문을 두드리더니 막무가내로 제 공간을 침범해 들어왔다. 말도 안 되는 이유를 들먹거리며 서슴없이 자신을 휘둘러댔다. 그러니까 화가 나야 하는 건 그가 아니라 자신이었다.

"그냥 아는 놈이야."

가만히 가은을 마주하고 있던 진우가 툭 말을 뱉었다. 그 말을 듣는데 가은은 속에서 응어리졌던 감정이 와르르 터지는 기분이었다. 눈가 주변으로 열이 오르기 시작했고, 꽉 막힌 목은 묵직하게 고통을 호소했다. 빠르게 뛰기 시작한 심장은 금방이라도 터질 것처럼 답답하게 느껴졌다.

"너도 내가 불쌍하니?"

"……."

"그것도 아니면 내가 만만해? 그래서 이러는 거야?"

이를 악물고 있던 가은이 악에 찬 목소리로 말했다. 진우를 향한 눈동자 가득 눈물을 담고 있으면서도 한껏 날을 세웠다. 다가오면 그게 뭐든 다 베어 버릴 것처럼. 그런 가은을 가만 바라보고 있던 진우는 꽤 오래 입을 꾹 다물고 있었다. 낮게 가라앉은 눈빛이 꼭 깊은 생각에 잠긴 사람처럼 보이게 만들었다.

길게 이어진 정적은 눈치도 없이 두 사람의 목을 옭아매고 숨통을 조여 왔다. 그 찰나, 진우가 으레 그래 왔던 것처럼 덤덤한 목소리로 물었다.

"불쌍? 네가? 왜."

뜸을 들이며 대답을 고르던 사람치곤 조금도 흔들림 없는 목소리였다. 그게 가은의 마음을 더욱 울컥하게 만들었다.

"너 안 보이고 안 들려? 그것도 아니면 팔다리 어디 못 쓰는 데라도 있어?"

"……."

"내가 볼 땐 사지 멀쩡한 것 같은데. 그게 아니면 동정 받는 거 즐기는 악취미라도 있어?"

진우는 거침없었다. 내뱉어진 모든 말들은 하나같이 가은의 가슴에 깊숙이 박혔다. 가은은 벽에 기댄 채로 스르르 주저앉았다. 그러곤 숨을 깊게 들이마셨다. 울음으로 가득한 숨소리는 객실 이곳저곳으로 튕겨 나갔다가 이내 가은의 마음속으로 다시 파고들었다.

"그것도 아니면 도대체 나한테 왜 이래……."

"……."

"제발 날 좀 내버려 둬. 제발."

겨우 잊고 있었는데…….

억지로 잊고 있었는데…….

떠올리면 괴로워서, 할 만큼 한 것 같은데도 모든 게 제 탓인 것만 같아서. 그래서 꾸역꾸역 기억하지 않으려고 노력했다. 그런데 기어코 떠오르고 말았다. 이해운, 세 글자에 이미 죽고 없어진 그 여자가 또 생각나고 말았다. 분명 이른 아침 눈을 떴고 잠에서 깼는데, 여전히 악몽을 꾸고 있는 기분이다.

가은은 눈을 질끈 감았다. 급작스럽게 몰아닥친 극도의 스트레스에 어지럼증이 몰려오기 시작했다. 그때, 중저음의 목소리가 그녀의 고막을 거침없이 내찔렀다.

"야."

진우가 미간을 좁히며 가은을 향해 천천히 다가갔다. 가은은 다섯 발자국쯤 떨어진 자리에 주저앉아 있었다. 길게 늘어진 머리카락 속으로 거칠게 찔러 넣은 손가락이 유난히도 가늘어 보였다. 아마 그 정도가 다였다면, 진우는 가은의 앞으로 다가가지 않았을 것이다.

"야, 한가은."

진우는 크게 한 걸음 더 내디뎠다. 무릎 사이로 얼굴을 묻은 가은의 어깨가 위태로울 정도로 부들부들 떨리고 있었다. 금방이라도 숨이 넘어갈 것처럼 우는 소리가 새어 나오기까지 했다.

"한가은."

진우가 가은의 이름을 나직이 부르며 그녀를 향해 몸을 숙였다. 떨리고 있는 가은의 어깨를 조심스럽게 붙잡았다. 그러자 반자동이나 다름없이 가은이 머리를 쳐들었다.

"놔!"

진우는 딱딱하게 굳은 얼굴로 한 걸음 뒤로 물러났다. 어디서
그런 힘이 나온 건지 붙잡은 손을 뿌리친 힘이 믿기지 않을 정도
로 셌다. 가은은 아랫입술을 짓씹은 채 눈물을 뚝뚝 흘리고 있었
다. 그 모습이 가련하고 처연하게 느껴지기 충분했다. 하지만 진
우는 가은을 그렇게 보지 않았다. 고집스럽게 다물린 가은의 입
술이 누군가에게 동정 받고 싶지 않음을 강하게 드러내고 있었다.

"하……."

진우는 낮은 숨을 내쉬며 눈을 질끈 감았다 떴다. 그러곤 가은
을 뚫어지게 바라보았다. 천천히 걸음을 내디뎠다. 한 걸음, 한 걸
음. 천천히, 급하지 않게. 마침내 더는 걸음을 내디딜 수 없는 자
리에 서서 진우는 다리를 굽혔다. 가은이 애처롭게 떨고 있었다.
무엇이 그녀를 이리도 궁지에 몰았을까. 진우는 가은의 어깨로 다
시금 손을 뻗었다.

"……안 불쌍해, 너."

가까스로 내뱉은 조심스러운 목소리엔 망설임이 깃들어 있었다.
무엇이 정답인지 알 수 없었다. 자신의 무엇이 가은을 이토록 서
럽게 만든 건지. 서툴게나마 스스로를 되돌아보지만 해답은 보이
지 않았다.

"진짜야."

그래서 진우는 조금도 저답지 않지만, 최선을 다해 진심을 전하
는 쪽을 택했다.

"진짜로 네가 불쌍해서 계속 너 찾았던 거, 아니야."

그녀를 귀찮게 했던 일이, 절대로 동정에서 비롯된 것은 아님을.

"……."

그 진심이 전해지기라도 한 걸까. 내내 얼굴을 묻고 있던 가은이 천천히 고개를 들었다. 흠뻑 젖은 얼굴에 수놓인 눈동자가 가련하게 떨고 있었다. 진우는 그 눈을 오롯하게 마주하며 그녀를 향해 팔을 뻗었다.

모스크바행 시베리아 횡단 열차는 어딘지 알 수 없는 러시아의 한 평화로운 도시에 정차하고 있었다. 그러니까 이곳 어디에도, 과거 가은이 뛰어들려고 했던 8차선 도로와 같은 위험은 없다는 의미였다. 하지만 진우는 가은을 품에 안아야 할 것 같았다. 그때나 다름없이 위태로워 보이는 가은을 품에 안아야만, 마침내 안도할 수 있을 것 같았다. 그리고 희미하게 바르작대는 가은의 손끝이 그의 손아귀에 닿은 순간.

"이리 와, 한가은."

진우는 비로소 안도했다. 가은의 객실에서 줄곧 느꼈던 포근한 향을 제 품에 가득 안고 나서야 불안하게 뛰던 심장을 잠재울 수 있었다.

나쁜년

덜컹덜컹.

객실 안으로 선로 위를 달리는 기차 소리가 간헐적으로 울려 퍼졌다. 진우는 딱딱한 침대 위에 몸을 누인 채, 제 품에 가만 안겨 있는 가은의 머리카락을 부드럽게 쓸어내렸다.

"아직 내가 내준 문제 답 못 찾았지, 너."

한결 누그러진 목소리가 가은의 귓바퀴를 톡톡 두드렸다. 가은은 조금은 난감한 눈으로 진우를 올려다보았다. 진우는 가은의 시선에 담긴 의미를 단번에 파악할 수 있었다. 피식 웃으며 나지막이 소리를 뱉었다.

"너 예전에 넋 나간 얼굴로 차도에 뛰어들었던 적 있어. 그건 기억나?"

"……아."

골몰하는 얼굴로 대답을 망설이던 가은이 짧게 신음을 흘렸다. 흐릿한 기억이 뇌리를 빠르게 스치고 지나갔다. 그날의 일이 떠오른 모양이다. 진우는 지금쯤 가은이 떠올리고 있을 그날의 일을 함께 곱씹으며 차분히 설명했다.

"웬 미친 여자가 차 쌩쌩 달리는 8차선 도로로 뛰어들길래 내가 붙잡았어. 도로로 뛰어들던 웬 미친 여자가 너고."

"……."

"이 정도면 생명의 은인 정도는 되는 거 아니냐?"

진우는 짓궂은 음성으로 다그치는 척 굴며 가은을 빤히 내려다보았다. 난감한 기색으로 가득하던 가은의 낯빛이 어느새 짙게 가라앉아 있었다. 그러더니 무언가 망설이듯 입술을 오물거린다. 무심하고 건조한 목소리가 곧 진우의 귓가에 스며들었다.

"누가 죽었다는 연락을 받았거든."

가은은 그 말을 끝으로 꽤 오래 침묵을 지켰다. 이상한 기분이었다. 진우에게 왜 이런 말을 하고 있는 걸까. 분명 진우에게 따져 물을 생각으로 여기에 온 것이었다. 그런데 정신을 차리고 보니 어느덧 진우의 품 안에 갇혀 있었다. 그것만으로도 납득하기가 어려운데, 그보다 더 이해할 수 없는 건 진우의 품 안에서 안정을 되찾아가고 있는 스스로였다. 진우에게선 익숙한 향기가 풍겼다. 언제나제 방을 가득 채우고 있던 외로움의 향기였다.

"나를 키워 준 여자. 아니, 나를 가두고 학대했던 여자가 죽었다는 연락이었어."

마음이 편안해지자 의지와 상관없이 입술이 움직였다. 평소의 가은이었다면 그 누구에게도 이런 말은 하지 않았을 것이다. 그런데 진우에게선 처음 본 순간부터 알 수 없는 기시감이 느껴졌다. 무엇에서부터 비롯된 기분인지는 알 수 없었다. 그저 거부감일 거라고만 생각했다. 진우가 자신과는 너무 다른 사람이라 불편한 모양이라고. 하지만 가은은 매섭게 쏘아붙인 제 말에 대꾸하던 진우의 대답을 듣고서야 깨달았다.

'너도 내가 불쌍해 죽겠어? 그래서 이러는 거야?'
'불쌍? 네가? 왜.'

진우의 대답은 한 치의 망설임이 없었다. 처음이었다. 자신을 동정하지 않는 사람은. 진우의 눈동자는 차분하게 가라앉은 듯하면서도 날카롭게 빛이 났다. 언제나 동정 어린 시선으로 자신을 바라보던 다른 사람들의 것과는 분명히 달랐다.

'너 안 보이고 안 들려? 그것도 아니면 팔다리 어디 못 쓰는 데라도 있어?'
'……'
'내가 볼 땐 사지 멀쩡한 것 같은데. 그게 아니면 동정 받는 거 즐기는 악취미라도 있어?'

독하다 못해 차갑고 매정한 진우의 말들은 모순되게도 단단히 쌓아 올린 경계심을 단숨에 허물어버렸다. 가은은 생각했다. 처음으로 누군가에게 자신의 이야기를 꺼내도 되는 순간이 온다면, 바로 지금이 아닐까. 그 생각은 굳건하게 닫혀 있던 가은의 마음을 삽시간에 뒤흔들었다.

"언제나 내 마음대로 할 수 있는 게 없었어. 죽어 버린 그 여자는 뭐 하나도 내 의지대로 하게 두지 않았거든."

가은은 천천히 제 이야기를 꺼내었다. 마음이 바뀌기 전에. 또다시 겁이 나 스스로를 가두어 버리기 전에.

"근데 하루는 집 앞 카페에 다녀오겠다고 하는데 너무 순순히 보내주는 거야."

"응."

"이틀 전까지 내가 고열에 엄청 앓았었거든."

가은은 말을 하면서 눈을 질끈 감았다. 그날의 일이 생생하게 떠올랐다. 온몸이 뜨겁게 불타는 것 같았지만, 가은은 신음 한번 내뱉지 않았었다.

"차라리 이대로 죽는 것도 나쁘지 않겠다 싶어서 병원도 안 가고 밥도 안 먹고 버텼어. 근데 눈떠 보니까 링거를 맞고 있더라, 내가."

주삿바늘을 통해 제 몸으로 수액이 들어오고 있다는 걸 깨달았을 때 무슨 생각을 했더라. 죽는 것도 내 마음대로 할 수가 없구나. 아마 그런 생각을 했던 거 같다.

"돈이 필요할 때를 빼고는 나를 거들떠보지도 않던 여자가 초조한 얼굴로 내 옆을 지키고 있었어."

"……"

"그 여자 입장에선 그럴 만도 했지. 내가 죽고 나면 내 재산은 사회에 환원이 될 거고, 그럼 돈이나 펑펑 쓰는 게 일이던 생활도 끝일 테니까."

가은은 쓰게 웃었다. 언제나 자신이 죽기를 바라는 것처럼 정신적, 육체적 학대를 일삼던 여자였다. 그런데 정작 자신이 시름시름 앓기 시작하자, 정말 죽기라도 할까 봐 전전긍긍한 표정을 지었다. 무척이나 우스운 꼴이었다.

그때를 떠올리며 깊은 상념에 잠겨 있는데, 불현듯 낮게 깔린 목소리가 가은의 귓가를 두드렸다.

"아까 등록금 내야 한다고 메시지 왔던데. 걔는 누구야, 그럼."

"그 여자 딸."

가은의 대답엔 망설임이 없었다. 진우는 대답 대신 숨을 깊게 들이마셨다. 가은의 이야기를 들으면 들을수록 가슴이 답답해졌다. 단편적인 얘기만 들었을 뿐인데, 가슴 깊은 곳에서부터 분노가 끓어오르는 기분이었다.

가은은 고작해야 스물아홉이었다. 스물아홉밖에 되지 않은 나이로 고열에 이대로 죽는 것도 나쁘지 않겠단 생각을 했다는 건 그간의 삶이 얼마나 고되었다는 뜻일까. 그리고 보면 가은에게선 대부분의 사람들이 가지고 있을 생기랄 것이 없었다. 그런 걸 가져 본 적은 있을까. 진우는 무거운 숨을 삼켰다. 하지만 이내 가은을 향한 목소리는 무거웠던 마음과 달리 유쾌한 음색을 띠고 있었다.

"축하해. 자유를 되찾은 걸."

"……어?"

가은은 어안이 벙벙한 얼굴로 진우를 올려 보았다. 순간적으로 그의 말을 잘못 들은 건가 싶었다. 하지만 곧장 마주친 짙은 먹색 눈동자는 되레 뭐가 문제냐는 듯 의아해 하고 있었다.

"축하한다고. 그래서 네 말의 결론은 네가 죽고 싶을 정도로 널 괴롭히고 힘들게 했던 사람에게서 이제 벗어났다는 거잖아."

진우는 가은의 뺨을 부드럽게 쓸어내리며 말을 덧붙였다. 진심으로 그렇게 생각했다. 가은의 말 속에 담긴 그 악독한 여자의 죽음은 어쩌면 고된 삶을 꿋꿋이 버텨온 가은에게 주는 선물일지도 모르겠다고.

제 말에 담긴 의미가 무엇일지, 가은이라면 모를 리 없었다. 마주한 가은의 눈동자가 별안간 촉촉하게 젖어 들더니 눈물을 글썽이기 시작했다. 진우는 그저 물끄러미 가은을 바라보았다. 듣지 않아도 눈물의 의미가 무엇인지 알 것 같았다. 그래서 진우는 아무 말 없이 벌겋게 달아오른 가은의 눈매를 빤히 바라보았다.

가은 역시 눈물을 머금은 눈동자 가득 진우를 담은 채 눈길을 돌리지 못했다. 뒤얽힌 시선 사이로 스파크가 튀는 것 같았다. 말로 표현할 수 없는 희미한 감정이 두 사람 사이의 거리를 조금씩 메워 갔다. 기묘한 느낌이었다. 눈에 보이지 않는 무언가가 서로를 강하게 잡아당기는 느낌. 그것이 동질감에서 비롯된 것일지, 그저 충동에 지나지 않는 것일지는 알 수 없었다. 어느덧 남녀의 입술이 조금만 움직여도 부딪칠 것 같은 자리에서 멈추었다.

"러시아에 온 건 자유를 되찾은 걸 기념하는 건가? 자축, 뭐 그런 거?"

진우가 나직이 물었다. 말을 뱉을 때마다 움직이는 입술이 가

끔은 마주 닿기도 했고, 또 어떤 발음에서는 닿을 듯 닿지 않기
도 했다.

가은은 입술 위로 진우가 느껴질 때마다 눈을 질끈 감았다 떴
다. 분명 진우가 제게 질문을 한 것 같은데, 온 감각이 입술에 쏠
려 그가 한 말이 단 한 글자도 귀에 들어오지 않았다. 아무런 대
답을 하지 못하자 그가 다시금 입술을 움직였다.

"여기에 온 건, 너한테 주는 선물이야?"

이번에도 그가 말을 뱉을 때마다 입술이 닿았다 떨어지길 반복
했다. 가은은 금방이라도 심장이 터질 것만 같았다. 그의 질문은
어렵지 않았다. 그런데 그 간단한 질문에 대답하는 건 왜 이렇게
나 어려운 건지. 눈을 질끈 감곤 마른침을 삼켰다. 시야가 차단되
자 남자의 거친 숨소리가 더욱 적나라하게 들려온다. 거기에 엊
어진 세찬 심장 박동은 가은을 더욱 몸 둘 바 모르게 만들었다.

"한가은."

진우는 참을성도 없이 재차 말을 붙여 왔다. 이번에는 한층 더
축축하게 젖은 목소리였다. 고막을 뚫고 들어온 목소리는 곧장 심
장으로 가 박혔다. 가은은 아랫입술을 꽉 물었다. 대답은 고사하
고 그렇게 하지 않으면, 정말이지 심장을 토해내고 말 것 같았다.

"눈 뜨고, 나 봐."

제법 강압적인 말소리가 가은의 귓속을 파고들었다. 그럼에도
볼 수 없었다. 이 상태로 눈을 마주했다간 숨이 멎을지도 모르겠
단 생각이 들었으니까. 그러나 이어진 말소리에 가은은 기어이 눈
을 뜨고 진우를 마주 보았다.

"네가 인생 처음으로 하는 일탈에, 나는 지금 불청객쯤 되려

나?"

진우와 시선을 얽기 무섭게 심장이 쿵 하고 나락으로 떨어지는 기분이었다. 제게 쏟아지는 그의 시선이, 눈동자가 필요 이상으로 깊었다. 꼭 그 안으로 빨려 들어가는 것만 같다. 깊고 깊은 먹색 동공의 바닥 끝까지, 멈추지 않고 계속해서.

가은은 숨을 삼켰다. 진우는 제게 위험한 남자였다. 자신과 너무 닮아서, 그러면서도 너무 달라서 그랬다. 저로선 닮은 듯 다른 진우의 속을 빤히 들여다볼 방법도 가늠할 도리도 없었다. 쉽게 파악할 수 없는 사람은 언제나 위험했다. 언제 어떤 식으로 상처를 안겨 줄지 모를 일이기에.

"나, 지금 너한테 불청객이야?"

그러니 그렇다고 대답해야 옳았다. 너는 내게 불청객이라고. 평소의 한가은이었다면, 그렇게 대답하고 당장에 진우를 밀어냈을 것이리라.

"……아니."

하지만 그러지 못했다.

"아니야, 불청객."

이대로 진우를 밀어내고 싶지 않았다. 그는 위험한 만큼이나 자극적이고, 이따금 부딪치는 입술은 지나치게 달콤했다. 낮게 피식거리는 소리가 귓전을 나른하게 배회했다. 가은은 온몸이 달아오르는 것만 같았다.

"다행이다. 네 첫 일탈에 내가 불청객은 아니라."

농염한 말소리가 귓바퀴를 타고 끈적하게 흘러들어 왔다. 아슬아슬한 거리를 유지하는 건 거기까지였다.

"으읍……!"

애간장을 녹이던 입술이 단숨에 달라붙었다. 가은은 머릿속이 하얗게 세는 것만 같았다. 할짝할짝, 윗입술과 아랫입술을 핥고 지나가는 진우의 혀가 부드럽고 간지러웠다. 한 번도 겪어 본 적 없는 달콤함은 삽시간에 온몸을 녹이기 시작했다. 말캉한 혀가 잇새를 파고들고, 흐트러진 머리칼 사이를 헤집던 남자의 손이 목덜미를 타고 천천히 아래로 내려오기 시작했다.

순간 가은은 머릿속으로 새빨간 경고등이 요란스럽게 울리는 것 같았다. 내면에 잠들어 있던 목소리가 위험하다고, 더는 안 된다고, 이만 멈추는 게 현명한 것이라고 외치는 게 들렸다. 현실과 타협이 필요할 때면 언제나 들려오던 음성이었다. 그때마다 가은은 늘 제 안의 목소리에 귀를 기울였고, 내면의 소리가 하는 말을 어긴 적이 없었다. 하지만 이번엔 그렇게 되지 않았다.

이성을 배반한 본능은 생각보다 훨씬 더 무서운 힘을 가지고 있었다. 그리고 제 위를 점령한 이 남자는, 그간 그녀의 인생을 강하게 쥐고 흔들었던 이성을 단숨에 제압해 버렸다. 새빨간 경고등은 잠깐도 멈출 줄을 몰랐다. 그럼에도 가은은 남자의 목에 팔을 두르고, 서툴게나마 그에게 맞춰 입술을 움직였다. 어느덧 뜨겁게 달아오른 남자의 손이 봉긋 솟아오른 옷 위를 감싸 쥐었다.

"웃……!"

한참 전부터 남자에게 빼앗긴 입술 새로 간헐적인 신음이 새어 나왔다. 이미 하얗게 센 머릿속으로 폭발음이 쾅 울리는 것 같았다. 지독히 자극적이었다. 단 한 번도 남의 손을 탄 적 없는 온몸이 쉴 새 없이 환호성을 내질렀다. 어쩌자고 그의 손길을 내치지 못하는 것일까. 어쩌자고, 그가 주는 쾌감에 환호를 내지르는 것일까. 가은은 자꾸만 이성과 본능이 혼란하게 부딪치는 걸 느꼈다.

진우의 손길은 갈수록 거침없었다. 단정하게 차려입었던 옷 안을 파고들었고, 끈적한 손길로 살결을 지분거렸다. 계속해서 그를 그냥 둔다면, 이 행위의 절정까지 내달릴지도 모를 일이었다. 가은은 양손으로 진우의 옷깃을 꽉 붙들었다. 조금만 힘을 준다면 그를 밀어낼 수 있을 것이리라. 하지만 결국 가은은 진우를 밀어내지 않았다. 뭐에 홀리기라도 한 것처럼 꽉 움켜쥔 그의 옷자락을 밀어내는 대신, 제 쪽으로 더욱 당겼다.

남자와 내달리는 이 길의 종착지는 어디일까.

덜컹, 덜컹.

때마침 요란한 기차 소리가 객실 안을 가득 메웠다. 가은은 그 소리에 집중했다. 머릿속을 혼란하게 채우던 잡념을 말끔히 외면하고 오롯이, 진우만을 바라보았다.

* * *

일탈.

가은은 실오라기 한 올 걸치지 않은 채로 멍하니 천장을 바라보며 생각에 잠겼다. 선로를 달리는 기차는 심심치 않게 덜컹거리며 가은의 몸을 흔들었다. 그때마다 맨살에 닿은 뻣뻣한 천이 아직 식지 않은 몸을 자극했다. 가은은 예기치 못한 자극에 미간을 좁히다가도 진우의 입에서 흘러나왔던 일탈이란 단어에 집중했다.

"……뭘 그렇게 생각해?"

잠든 줄로만 알았던 남자의 목소리가 귓속을 헤집고 들어왔다. 가은은 움찔거리면서도 남자를 향해 고개를 돌렸다. 남자는 내내 그랬던 것처럼 지그시 눈을 감고 있었다. 그런 주제에 자신이 생각에 잠겨 있다는 건 어떻게 안 걸까.

가은은 다시 고개를 바로 했다. 투박한 열차의 천장이 고스란히 동공에 와 박혔다. 한참을 더 말없이 천장을 응시하다 천천히 입술을 떼었다.

"모스크바에서 내릴 거야?"

왜 그런 질문을 한 건지 스스로도 알지 못했다. 그저 본능이나 다름없이 튀어나온 말이었다.

진우는 질문을 듣고도 그저 허리를 끌어안은 팔에 더욱 힘을 주기만 했다. 가은의 목덜미에, 그리고 어깨 위에 진득하니 입을 맞추곤 나직한 소리로 말했다.

"응."

단조로운 대답이었다.

"넌?"

같은 질문이 되돌아왔지만, 가은은 선뜻 대답하지 못했다. 그녀의 목적지 또한 모스크바였다. 러시아로 떠나온 이유가 그곳으로 향하기 위함이었으니까.

한참 전에 제 곁을 떠난 부모의 발자취를 더듬어 보고 싶었다. 어쩌면 이제는 흔적조차 찾을 수 없을지도 모를 일이지만, 그럼에도 제 부모가 마지막을 맞이한 자리에 가 보고 싶었다. 그래야 어느 날 문득 후회할 일도 없을 것 같았다. 그런 러시아 방문길에 이

진우라는 경우의 수는 전혀 예상치도 못했던 것이었다. 오차 범위에도 포함한 적 없는 경우라 가은은 더욱 머릿속이 복잡했다.

제 목적지를 진우에게 알리는 게 과연 옳은 일일까.

이제 와 옳고 그름을 따지기엔 본능에 취해 그와 몸까지 섞고 난 후였지만, 그럼에도 고민해야 했다. 이미 저지른 일을 되돌릴 방법은 없어도 의도치 않았던 하룻밤 정도로 정리할 순 있을 테니까. 그가 했던 말, 일탈이란 말로 모든 걸 둔갑시켜서 말이다.

"모스크바에 도착하면 같이 북한 식당에 가자."

침묵을 긍정이라고 생각한 건지 진우가 불쑥 말을 걸어왔다.

"아무래도 여기선 제대로 된 식사를 하긴 틀린 것 같아. 입에 맞는 게 하나도 없어."

가은은 말없이 고개를 돌려 진우를 보았다. 진우는 여전히 눈을 감은 채로 투정이 잔뜩 실린 목소리로 말하고 있었다.

"너도 계속 잘 못 먹는 것 같던데. 거기서 파는 음식도 입맛에 썩 맞지는 않겠지만 그래도 여기서 파는 것보단 나을 거야."

그 말을 하는 진우의 눈꺼풀이 불시에 들썩였다. 가은은 재빨리 고개를 돌려 진우를 외면했다. 뜨겁게 몸을 섞고 난 후였지만, 진우가 위험한 남자라는 사실은 변함이 없었다. 이제라도 도망쳐야 했다. 도망칠 수 있을 때, 가능한 한 멀리 달아나야 했다.

독하게 마음을 다지고 다지던 찰나.

"같이 가자, 가은아."

그 마음을 알아채기라도 한 건지 남자가 농염하게 속삭여 왔다. 제 볼을 감싼 남자의 손에 미약한 힘이 실린다. 의지와 상관없이 고개가 돌아가고 그와 눈이 마주쳤다. 남자는 옅게 웃고 있었다.

열기가 식지 않은 눈동자로 부어오른 제 입술을 흘긋 바라보곤 시선을 얽어 왔다. 다시금 그의 동공으로 홀연히 빨려 들어가는 느낌이 들었다. 역시나 위험한 남자였다, 그는.

끈질기게 따라붙는 시선에 가은은 이번에도 홀린 듯 고개를 끄덕였다.

"응."

짧은 대답에 남자가 만족스러운 듯 입매를 크게 휘었다. 잠잠하던 심장이 속절없이 뛰었다. 가은의 머릿속으로 재차 '일탈'이라는 단어가 떠올랐다. 과연 이 위험한 남자를 일탈이란 단어로 끝낼 수 있을까. 짙은 의문이 그녀의 속을 헤집기 시작했지만, 잠시뿐이었다.

진우는 가은을 품에 꽉 안았다. 가은은 그의 품에 안긴 채 눈꺼풀을 내렸다. 실로 오랜만에 단잠이 밀려왔다. 금방이라도 까무룩 잠들 것 같은 순간, 이마 위로 입술이 닿는 게 느껴졌다. 기억은 거기까지였다. 그 탓에 그녀는 알지 못했다. 희미하게나마 엷게 미소 짓고 있던 자신의 표정을.

* * *

"하아……."

네모 창 가득 달빛이 쏟아져 내렸다.

가은은 달뜬 신음을 참지 못하면서도 머리 위에 놓인 창에서 시선을 떼지 않았다. 온종일 광활한 러시아의 땅을 선명하게 보여 주던 유리창 위로 습기가 가득 찼다. 남자와 뒤섞인 몸이 뜨겁게 달아오를수록 유리창도 점점 더 반투명하게 변해 갔다. 희뿌예진 유리창이 이토록 선정적으로 느껴질 수도 있는 거구나. 가은은 몽롱해진 정신으로 의미 없는 생각에 잠겼다. 그때 예고에 없던 아찔한 신음성이 터져 나왔다.

"읏!"

가은은 본능이나 다름없이 아랫입술을 꾹 물었다. 의지를 배반하고 터져 나오는 야릇한 소리가 객실 밖으로 뻗어 나갈까 불안한 자신과 달리, 그는 거침이 없었다. 뽀얀 살결을 따라 곳곳에 입을 맞췄고, 벌겋게 자국이 날 정도로 살을 쥐었다 놓았다. 그의 손아귀에 온몸이 짓눌리고 뭉개질 때마다 설명 못 할 쾌감을 느꼈다.

육체적 쾌락은 그저 덤일 뿐이었다. 그보다 더 자극적인 건, 그의 손길이 집요해지고 거칠어질 때마다 머릿속을 그득 채운 잡념이 말끔하게 사라진다는 거였다. 매분 매초 그녀를 괴롭히던 생각들이 신기하리만치 떠오르지 않았다. 죽은 연옥도, 지수도, 시시때때로 목을 졸라 오던 삶의 무게도.

"한가은."

봉긋한 가슴 위에서 한참을 서성이던 진우가 별안간 얼굴을 들고 시선을 맞춰 왔다. 가은은 깊게 가라앉은 그의 눈동자를 바라보며, 잠깐이나마 떠올린 죽은 연옥과 지수의 생각을 지웠다.

"……응."

나직한 대답 소리에 진우가 만족스럽다는 듯 시니컬한 미소를 입가에 걸었다. 가은은 그 미소에서 시선을 떼지 못했다. 이번이 벌써 몇 번째로 보는 것일지 세어지지도 않았다. 습관인 모양이었다. 남자는 성에 찰 때까지 온몸 구석구석을 탐하고 나면 지금처럼 꼭 시선을 맞춰 왔다. 그러곤 지금처럼 이름을 불렀다. 대답을 하지 않으면 유독 예민하게 반응하는 목덜미를 파고들어 지분거리며 재촉했다. 어서 제 부름에 대답하라는 듯이.

극한의 쾌감을 이기지 못하고 마지못해 대답하면, 그제야 남자는 만족스러운 얼굴로 고개를 들었다. '응'이라는 짧은 대답이 그에게 무슨 의미일지는 알 수 없었다. 다만 그는 그 대답으로써 자신이 남자의 곁에 머무르고 있다는 걸 확인하는 것 같았다. 대답을 듣고 만족한 남자의 얼굴엔 만족뿐 아니라 안도도 함께 깃들어 있었으니까. 그가 제게 원하는 건 고작 그것뿐인 모양이었다. 부름에 짧게 대답하고, 그걸로 남자의 곁에 제가 머무르고 있음을 확인해 주는 정도.

처음 몸을 섞은 이후 하루가 지나고 이틀이 지날 동안 남자가 제게 원한 건 그것뿐이었다. 누구처럼 돈을 갈취하지도 않았고, 자신을 이 자그마한 객실에 가두지도 않았다. 바깥 공기를 쐬고 싶어 하면 말을 꺼내기도 전에 기차가 정차할 시간을 알아내어 전해 주었고, 맹추위에 감기가 찾아오기라도 할까 봐 패딩을 챙겨주었다.

가은은 그 모든 것이 얼떨떨했다. 처음으로 받아 보는 종류의 관심이었다. 적어도 그녀가 기억하고 있는 순간 중엔 이런 친절한 배려가 없었다. 그래서 너무 낯선 관심이 절대 적응되지 않을 거라고 생각했다. 하지만 가은은 빠르게 적응했다.

남자가 그녀의 식사를 챙기는 게 당연해졌고, 객실 안으로 달빛이 가득 쏟아질 때가 되면 여지없이 품을 파고드는 몸짓을 자연스럽게 받아들였다. 그토록 밀어내던 남자였는데, 이젠 그가 싫지 않았다. 아니, 생각보다 많이 좋았다. 하지만 고작 이틀 만에 이진우가 좋아진 것이냐고 묻는다면 그 말엔 선뜻 대답할 수 없었다. 그냥 그가 하는 모든 말들과 행동들이 자꾸만 정신을 차리지 못하게 만들었다.

가은은 그저 그것이 좋았다. 그와 함께하면서 잡념이 사라지고 나니 괴로울 이유가 없었다. 제 인생이 이토록 평온할 수도 있었던가, 하루에도 몇 번씩 놀랄 만큼. 불현듯 찾아온 지금의 평화가 꿈만 같았다. 가능하다면 그의 바짓가랑이를 붙들고 늘어져서라도 이 평화를 지키고 싶었다. 그뿐이었다.

"하아, 웃……!"

가은의 잇새를 타고 다시금 아슬아슬한 신음이 새어 나왔다. 쾌감과 함께 고통이 섞인 탄성이었다. 어느덧 품 안 깊숙이 파고들어 온 남자가 느릿하게 허리를 움직이고 있었다. 가은은 머릿속 가득 늘어놓고 있던 이틀간의 생각들을 빠르게 잊어 갔다. 하나로 뒤엉킨 자리에서부터 피어오른 야릇한 감각이 순식간에 그녀를 좀먹어 갔다. 본능처럼 진우의 목에 팔을 둘렀다. 때때로 견딜수 없이 몰아치는 쾌락에 손톱을 세워 그의 어깨를 붙잡기도 했고, 쭉 뻗은 다리로 그의 허리를 힘주어 감기도 했다. 그 어떤 반응에도 진우는 멈칫거리는 법이 없었다.

진우는 자신의 행동 하나하나에 가은이 철저하게 점령당하고 물들어 가고 있다는 걸 알고 있는 사람처럼, 잠깐도 쉬지 않고 가은을 품에 가두었다. 그때마다 진우는 생각했다. 가은의 온몸 구석구석 자신을 각인시키고 싶다고. 이유랄 건 없었다. 그저 본능이었으니까. 모호한 관계의 시작은 그 끝 역시 모호할 수밖에 없었다. 진우는 그 생각이 들 때마다 더욱 집요하게 가은을 괴롭혔고, 힘껏 안았다. 그러다 보면 이 관계의 정의가 조금은 달라질 수도 있지 않을까 하는 발악이었다.

밤은 더욱 깊어갔다. 남자는 제 아래에서 본능에 달뜬 얼굴을 한 여자를 동공 가득 담았다. 그 순간 형용할 수 없는 절정이 밀려왔다. 묵직한 저음과 날카로운 교성이 하나로 뒤섞였다. 남자는 어깨를 들썩이며 여자의 위로 완전히 무너졌다. 남자의 허리에 감긴 여자의 다리 역시 쾌감의 여운에서 벗어나지 못한 듯 잘게 진동하고 있었다.

그렇게 얼마쯤 시간이 지났을까. 허공을 헤매던 여자의 손이 남자의 등을 조심스레 다독였다. 새하얀 달이 유난히도 선명한 밤이었다. 빈틈없이 꽉 찬 달이 선로 위를 달리는 기차 곳곳을 환히 비췄고, 기차의 모든 객실 창문으로 달빛이 쏟아져 들어왔다.

단 한 곳.

습기에 얼룩진 객실만을 제외하고.

* * *

끔뻑끔뻑.

가은은 단잠에서 깨어나 느릿하게 눈꺼풀을 움직였다. 어느덧 밤이 지나간 모양인지 눈부신 햇빛이 창을 통해 들어왔다. 햇빛에 눈살을 찌푸리다가도 창을 통해 보이는 풍경에서 눈을 떼지 못했다. 간밤까지만 해도 황량한 벌판과 우거진 숲만이 번갈아 보였는데, 오늘은 좀 달랐다.

"다 왔나 보네."

자그맣게 속삭였다. 생각해 보니 어느덧 시베리아 횡단 열차에서의 투숙 일정이 끝나가고 있었다. 가은은 허리에 감겨 있는 묵직한 팔을 조심스레 치워냈다. 그러곤 가까스로 몸을 일으키는데 그러기 무섭게 아찔한 신음이 터져 나왔다.

"아읏."

허리에서 묵직한 근육통이 느껴졌다. 근육통의 원인이 무엇인지는 깊게 생각해 보지 않아도 알 수 있었다. 괜스레 뒤를 흘긋 보았다. 남자는 많이 피곤했는지 팔을 치워내는지도 모르고 곤히 잠들어 있었다. 가은은 짧게 숨을 내쉬며 다시 창으로 시선을 돌렸다. 자리에 앉아 보는 창밖 풍경은 지난밤과 비교해 확연히 달랐다.

곧, 도착하겠구나.

코앞으로 다가온 미래의 일이 선명하게 와닿았다. 늘 상상만 하던 모스크바 땅을 밟기까지 얼마 남지 않았다는 건데. 근데 이상하게도 가은의 기분은 무겁게 가라앉기만 했다. 맥없이 떨어진 눈동자 위로 너저분하게 놓여 있는 옷가지가 들어왔다.

'모스크바에 도착하면 같이 북한 식당에 가자.'

문득 며칠 전 남자가 했던 말이 떠올랐다. 그 말을 뱉은 남자는 한참 만에야 감고 있던 눈을 떴다. 가은은 그날 보았던 진우의 눈동자가 생생했다. 장난기라곤 조금도 담겨 있지 않던 남자의 먹색 동공은 대답을 바라고 있었다.

'같이 가자, 가은아.'

어쩌면 그날부터였던 것 같다. 대답을 바라고, 그것으로 제 존재를 확인하던 것이.

"……."

가은은 등 뒤에서 잠들어 있는 진우의 얼굴을 멀거니 바라보았다. 모스크바에 도착하기까지 얼마 남지 않았을 텐데, 남자는 일어날 기미가 보이지 않았다. 숨을 크게 들이마셨다. 그러곤 바닥에 떨어져 있는 옷가지를 주워 입었다. 갈 곳을 잃은 듯 멍하게 풀린 눈동자가 습관처럼 남자를 찾았지만, 단호히 등을 돌렸다.

사흘 만에야 제 객실로 향하는 길.

이젠 기차에서 내릴 준비를 해야 했다.

* * *

간단하게 샤워를 마치고 돌아온 가은은 새 옷으로 갈아입고 기초 케어를 했다. 그러고 나서 객실에 늘어놓았던 몇 가지 짐을 캐리어에 챙기고 나니 기차가 서서히 속력을 줄이는 게 느껴졌다.

이제 정말 도착하는구나.

가은은 패딩을 걸쳐 입곤 객실 문을 열었다. 막 복도로 한 걸음 내디디려는 찰나.

"준비 다 했어?"

객실 맞은편 복도 벽에 기대어 서 있는 진우가 보였다.

"좀 깨워 주지. 하마터면 내려야 할 역 지나칠 뻔했잖아."

그는 투정 부리듯 내뱉는 말과는 다르게 멀끔한 모습이었다. 가은은 굳이 대답하지 않았다. 진우가 집요하게 대답을 원하는 부류의 질문이 아니었다. 예상이 맞는지 그는 대답하지 않는 가은을 타박하지 않았다. 그럼에도 불만스럽긴 한 건지 특유의 얄미운 표정을 지으며 별안간 패딩 주머니로 손을 꿰어 넣었다. 그러곤 주머니에서 꺼낸 물건을 가은의 앞으로 건네었다.

"이거."

가은은 진우의 손끝에 매달린 물건을 멀거니 보았다. 여권이었다. 그런데 이걸 왜…….

"네 거야."

"……."

"복도에 떨어져 있던 거 주워서 가지고 있었어."

그 말끝에 가은은 진우를 빤히 바라보았다. 떨어트린 걸 그가 주웠다면 불행 중 다행인데. 그런데 이걸 왜 이제야 제게 돌려주는 걸까. 묻고 싶었지만, 그러지 않았다. 물어도 제대로 된 대답은 들을 수 없을 것이다. 그에게 여권을 돌려준 시기 같은 건 중요하지 않을 테니까.

"가자."

"……."

"내리면 밥부터 먹자."

가은은 제 앞으로 내밀어진 손을 멀거니 바라보았다. 그사이 기차가 완전히 멈추어 섰다. 다음 역으로 출발하기 전에 어서 내려야 했다. 하지만 가은은 요지부동이었다.

"가자."

가은의 앞으로 조금 더 가까이 손이 내밀어졌다. 잡아도 될까, 저 손을. 일탈을 일탈로써 끝내려면 여기서 정리를 하는 게 맞았다.

"한가은."

그때 진우의 목소리가 가은의 귓가에 진득하게 달라붙었다. 가은의 동공이 속절없이 진우를 찾았다.

"가자, 가은아."

그는 미소를 머금고 있었다. 지독히도 여유로운 모습이었다. 이 진우 특유의 자유롭고 느긋한 모습. 그게 이번에도 역시 가은을 강하게 잡아당겼다. 지금 끝내지 않으면 이젠 일탈이 아니게 될지도 모르는데.

"……그래."

하지만 가은은 기어이 그의 손을 다시 잡고 말았다. 손가락 사이사이로 파고든 남자의 손은 사소한 빈틈까지도 말끔하게 메웠다. 가은은 마주 잡은 손을 멍하니 바라보았다. 어쩐지 보이지 않는 수갑이 채워진 것만 같았다.

* * *

"먹어 봐. 생각보다 맛있어."

진우는 냉면을 한 젓갈 후루룩 삼키곤 가은의 앞으로 음식을 밀어 주었다. 그의 성의가 무색하게 가은은 물 한 모금도 입에 대지 않았다. 그런 와중에도 진우는 급히 음식을 삼켜냈다.

배가 많이 고팠던 모양이다. 그럴 만도. 열차에서 파는 음식은 입맛에 맞지 않는다며 일주일을 거의 굶다시피 버틴 참이었다. 그에 반해 가은은 식사 때마다 질긴 빵을 조금씩이나마 먹어 두었다. 입맛에 맞지 않기는 마찬가지였지만, 원래도 맛을 음미하기 위해 음식을 먹었던 적은 없었다. 그래서인지 질긴 식감이 조금 불편하다는 것만 빼면 그간 해 온 식사와 별반 다르게 느껴지지 않았다.

"그렇게 맛있어?"

기차에서 내려 이곳에 오기까지, 내내 한마디도 하지 않던 가은이 처음으로 꺼낸 말이었다. 진우는 가은의 말에 슬쩍 턱을 들곤 고개를 끄덕였다.

"응. 먹어 봐. 한국에서 파는 거랑 좀 다르긴 한데, 먹을 만해."

그러곤 또 허겁지겁 음식을 먹기 시작했다. 그 모습을 빤히 바라보는데 가은은 푸슬푸슬 웃음이 나올 것 같았다. 영락없는 소년의 모양새였다. 이런 남자가 밤이면 밤마다 폭군이 되어 제 위를 점령했다니. 의미 없는 생각에 잠겨 있는데, 별안간 진우가 바쁘게 움직이던 손을 멈추곤 고개를 들었다. 음식을 가득 채운 양 볼이 빵빵하게 부풀어 있었다. 그건 그거대로 우스운 꼴이었다.

가은은 저도 모르게 풉, 소리를 내었다. 보고 또 보아도 웃긴 모습에 웃음을 참을 수 없었다. 진우의 표정이 문득 아연한 색을 띠었다. 음식을 씹으며 가열하게 움직이던 턱도 멈추곤 제 얼굴에서 시선을 떼지 못한다. 저야 그의 모습이 웃겨 그렇다지만, 그는 뭐 때문에 먹던 일도 잊고 멍한 얼굴을 하고 있는 걸까. 갑작스럽게 찾아온 의문에 고개를 갸웃하는데, 진우가 멈추고 있던 턱을 다시금 움직였다. 그는 입안 가득 채운 음식물을 꼭꼭 씹어 삼키고 나서야 말을 뱉었다.

"그렇게 웃을 줄도 아네."

"……어?"

"예쁘다, 웃는 거."

고저 없는 목소리가 내뱉은 말에 가은은 온몸이 경직되는 것 같았다. 처음 들어보는 말이었다. 예쁘다니.

"웃는 거 예쁘다니까 왜 표정을 바로 굳혀?"

"……."

"너도 은근히 청개구릿과야. 알아?"

진우는 퍽 불만스럽게 툴툴거리더니 젓가락을 쥐고 있던 손을 재차 움직였다. 그의 눈길이 상 위에 놓인 음식으로 향했다. 올가미 같은 시선이, 그녀에게서 떨어져 나간 것이다. 하지만 가은은 여전히 표정을 풀지 못했다. 조금 전까지만 하더라도 자연스럽게 위로 올라가던 입꼬리가 경직된 채 마음처럼 움직이지 않았다. 그러고 보니 자신이 웃고 있었던 모양이다. 꿈에도 생각하지 못했다. 웃다니. 그것도 자신이. 마지막으로 웃어본 게 언제인지 기억도 나지 않는데……. 가은은 당최 스스로가 적응되지 않았다.

"먹어, 좀."

혼란 속에서 한참을 헤매고 있는데, 별안간 들려온 진우의 목소리가 정신을 맑게 했다. 가은은 한결 또렷해진 눈으로 진우를 보았다. 배불리 다 먹은 건지, 그는 한층 정돈된 모습으로 입가를 닦고 있었다.

"기차에서도 새 모이만큼만 먹던데, 넌 배도 안 고파?"

"……."

"아니면 먹여 줘야 먹을 거야?"

제법 의미심장한 어투였다. 가은은 내키지 않은 표정을 하면서도 식탁 아래로 내리고 있던 손을 들어 수저를 쥐었다. 답지 않게 빠른 행동이었다. 가은으로선 그럴 수밖에 없었다. 그렇게 하지 않으면 당장에 옆자리를 차지하고 앉아 입을 벌리라고 채근할지도 모를 일이었다. 며칠간 본 진우라면 충분히 그러고도 남을 사람이었다.

"하하."

긴장한 얼굴로 상 위에 차려진 음식을 쭉 살피는데, 문득 진우가 유쾌하게 웃는 소리를 냈다. 가은은 의아하게 시선을 들어 올렸다.

"날 좀 파악하긴 한 모양이네?"

진우가 흐뭇한 얼굴로 피식거렸다. 반자동이나 다름없이 이어진 가은의 행동이 썩 나쁘지 않았다. 솔직하게는 아주 마음에 들었다.

"수저 쥐었으면 나 보지 말고 좀 먹어. 다음은 말로 안 해."

진우는 더욱 환해진 얼굴로 조금 더 단호하게 말했다. 부러 그렇게 했다. 가은이 제 성격을 파악했다면, 이렇게 단호하게 굴어야만 말을 들을 것이 빤했기에. 예상대로 가은은 어딘지 내키지 않는 얼굴을 했지만 이내 그의 말대로 음식을 먹기 시작했다.

진우는 가은에게 시선을 박아 넣었다. 음식을 밀어 넣기 위해 벌린 입술이 앙증맞기 그지없었다. 입술이 작아서 음식도 많이 못 먹는 건가. 의미 없는 상념이었다. 하지만 가은을 처음 본 순간부터 그녀가 무언갈 맛있게 먹는 모습을 본 적이 없었다. 유일하게 먹은 거라곤 질긴 빵이 다였는데, 가은은 예의 그 무심하고 덤덤한 표정으로 종이 씹듯 빵을 씹어 삼키곤 했다. 원래 먹는 습관이 그런 건지, 그 빵이 맛이 없어 그런 건지는 알 수 없었다. 그래서 진우는 좀 더 빤히 가은을 바라보았다.

앞에 놓인 음식들이 가은의 입맛에 맞았으면 했다. 그녀가 무언갈 맛있게 먹는 모습을 한 번이라도 보고 싶었으니까. 공복이 완벽하게 해결된 게 아님에도 굳이 식사를 끝낸 이유가 그거였다.

그의 성의를 아는지 모르는지, 다행히도 가은은 꽤 여러 번 젓가락질을 했고 수저를 떴다. 진우는 멀거니 그 모습을 바라보다 턱을 괸 채 내내 입안에 담아 두었던 말을 툭 뱉었다.

"호텔 어디로 예약했어?"

질문을 하기 무섭게 가은이 먹던 것을 멈추고 눈을 위로 치켜떴다. 그 눈빛이 꼭, 그걸 네가 왜 궁금해 하냐는 듯했다. 진우는 괜스레 어깨를 으쓱거리며 덧붙였다.

"같이 있고 싶은 게 잘못은 아니잖아."

"……."

"며칠 내내 그 정도 겪었으면 너도 눈치챘을 거라고 생각했는데. 아닌 건가?"

진우가 괜스레 눈동자를 사방으로 굴렸다. 능구렁이처럼 보이기 충분한 모습이었다. 하지만 이내 다시금 가은을 눈동자에 담았을 땐, 그 어느 때보다 또렷하게 빛을 내고 있었다. 비뚜름하게 휘어진 입술 새로 장난기 하나 없는 남자의 목소리가 흘러나왔다.

"나 너 마음에 들어."

지나치게 직설적이었다. 콕 박혀 떨어질 줄 모르던 가은의 눈동자가 일순 잘게 흔들렸다. 이런 말을 듣게 될 거라곤 전혀 예상하지 못했다는 듯. 진우는 한층 더 짙은 미소를 머금은 채 말했다.

"기차에서처럼 막무가내로 굴지는 않을게."

"……."

"그냥 식사 때 되면 같이 밥이나 먹자. 우선은 그 정도로 만족할 테니까."

진우 나름대로는 많은 부분을 양보한 제안이었다. 하지만 가은은 그렇게 생각하지 않는지 그저 똑바로 바라보기만 할 뿐, 어떤 대답도 하지 않았다. 진우는 가은을 재촉하지 않았다. 그저 그녀의 시선을 피하지 않으며 묵묵히 자리를 지켰을 뿐. 며칠간 그가 온몸으로 느꼈던 가은이라면 분명 자신이 원하는 답을 말해 줄 것이라고 확신했다.

가은은 커다란 눈망울을 반짝 빛내며 끈질기게 진우를 바라보았다. 그의 진짜 속내가 무엇인지 낱낱이 파헤치겠다고 작정이라도 한 것 같았다.

고요한 시간은 결코 짧지 않았다. 하지만, 인고 끝에 얻은 결실은 세상 그 무엇보다 가치 있었다.

"호텔 M."

별안간 벌어진 가은의 입술 사이로 무심한 목소리가 흘러나왔다. 진우가 바라고 바라던 호텔 상호명. 그뿐이었다.

* * *

프런트 건너편의 호텔 직원은 퍽 난감하다는 듯 연신 모니터를 들여다보았다. 진우는 프런트에 기대선 채 동정심을 유발하기 좋은 얼굴로 가은을 응시했다.

가은은 고집스러울 정도로 진우에게 눈길 한번 주지 않았다. 그럼에도 그녀의 불편한 심기가 선명하게 전달되는 것만 같다. 진우는 가은을 흘깃거리다 다시금 호텔 직원의 얼굴을 빤히 바라보았다. 시선을 느꼈는지 고개를 든 직원이 영어로 응대를 해 왔다.

"죄송합니다. 숙박 가능한 객실이 남아 있지 않아 오늘은 이용 불가능합니다. 내일부터 이용 가능한 객실은 있는데, 예약 도와드릴까요?"

조금 전 들었던 대답과 달라진 게 없는 말이었다. 진우는 멋쩍은 얼굴로 관자놀이를 긁적였다.

"……어떡하지."

곤란한 목소리로 혼잣말인 척 내뱉으며 가은을 바라보았다. 가은은 여전히 묵묵부답이었다. 진우는 목까지 차오른 한숨을 속으로 삼켰다. 이곳으로 오는 길, 원래 예약해 두었던 호텔에 전화를 걸어 예약을 취소한 참이었다. 물론 예약이야 다시 하면 되는 일이었다. 운이 좋다면 취소했던 방을 다시 예약할 수도 있을 것이리라. 그 호텔이 아니더라도 제 한 몸 누일 수 있는 객실 하나 정도는 어렵지 않게 찾을 수 있을 것이다. 하지만 진우는 그러고 싶지 않았다. 내일부터는 가능하지만, 오늘 당장 머물 수 있는 객실은 없다는 말을 듣고 나니 더더욱, 다른 곳으로 향하고 싶지 않았다.

"한가은."

진우는 나긋하게 가은의 이름을 불렀다. 한 번을 쉽게 대답하는 법이 없었지만, 진우는 가은을 다그치지 않았다. 어쨌든 당장 아쉬운 건 자신이었다. 아쉬운 사람을 자처하고 싶은 것도 자신이었고. 하루면 되었다. 하루만 버티면 가은과 같은 호텔에 투숙할 수 있었고, 무엇보다 오늘 하루를 가은과 떨어져 지내고 싶지 않았다. 그런 그가 선택할 수 있는 건 하나뿐이었다.

　"하룻밤만 재워 줘."

　가은의 시선이 단숨에 진우에게 와 닿았다. 미친놈. 질펀한 욕설이 눈동자에 선명히 담겨 있었다. 진우는 그걸 알고도 뻔뻔하게 미소를 감아올렸다. 가은이 자신을 어떻게 봐도 상관없었다. 당장 그의 목적은 가은과 떨어지지 않는 것, 그거 하나뿐이었으니까.

　"새삼스러울 것도 없잖아. 어차피 내내 같이 지냈는데."

　가은의 미간이 일그러졌다. 틀린 말은 아니지만, 태도가 마음에 안 든다는 의미겠지. 진우는 어깨를 으쓱거렸다. 그가 할 수 있는 것 중 가장 잘하는 일이었다. 뻔뻔할 정도로 솔직하게 굴기.

　"떨어져 있기 싫어, 너랑."

　한마디 내뱉기 무섭게 가은의 미간으로 주름이 팼다. 역시 뻔뻔하게 솔직한 태도가 마음에 들지 않는 모양이다. 그래도 별수 없었다. 진우는 며칠 새 가은을 정확하게 파악하고 있었으니까.

　"약속할게. 아무 짓도 안 해. 그냥 옆에만 있게 해 줘."

　한가은은 솔직한 이진우의 모습에 매정하지 못했다. 그게 이진우여서 그런 건지, 아니면 원래 솔직한 사람에게 모질지 못한 건지. 이유는 알 수 없었지만, 뭐, 어느 쪽이든 상관없었다. 그런 가은의 성격이 줄곧 유용하게 작용해 왔으니까.

"……"

일그러진 눈살 아래로 가은의 눈동자가 잘게 흔들리며 동요했다.

"내일 예약 가능하다는 객실 체크인 시간 되면 군말 없이 나갈게."

"……"

"정말이야. 난 약속은 지켜."

진우는 거짓 없는 눈으로 가은을 응시했다. 허공에서 뒤얽힌 시선이 꽤 오래 신경전을 벌였다. 그리고 그 끝에 백기를 든 건.

"하아……"

가은이었다.

가은은 카드키를 챙겨 등을 돌렸다. 하룻밤만 재워 달라는 그의 제안에 거절하는 말은 남기지 않았다. 고로 내키진 않지만 하고 싶은 대로 하라는 뜻. 그의 예상은 빗나가지 않았다. 진우의 뺨 위로 볼우물이 깊게 팼다. 옆에 내려놓았던 캐리어 손잡이를 잡은 그가 걸음에 속도를 붙이며 가은의 뒤를 따랐다.

"같이 가, 한가은."

능글거리는 웃음소리는 덤이었다.

* * *

저녁은 빠르게 찾아왔다. 애초에 체크인 한 게 오후 다섯 시를 넘긴 시간이었으니 눈 깜짝할 사이에 저녁 식사 때가 찾아오는 건 당연했다. 진우는 괜스레 굳게 닫혀 있는 문을 노려보았다. 그가 바라던 대로 가은의 객실에 입성하는 것까진 성공했지만, 객실에 들어선 순간 얕게 한숨을 내쉬어야 했다. 가은이 예약한 객실은 스위트룸이었다. 그것도 킹사이즈 침대가 놓인 침실이 2개나 있는.

"후우."

진우는 짙게 한숨을 내쉬었다. 홀로 누워 있는 널따란 침실이 정말이지 못마땅하다. 지금쯤 가은은 문밖에서 뭘 하고 있을까. 짐정리? 그게 아니라면 우선 휴식을 취하고 있으려나. 진우는 문밖의 가은이 무척 궁금했지만, 선뜻 문밖으로 나갈 수가 없었다. 객실에 들어오기 무섭게 가은이 뱉은 엄포 때문이다.

'쓸데없이 방 밖으로 나오지 마. 귀찮게 굴면 바로 내쫓을 거야.'

그 말을 내뱉을 때 가은의 얼굴은 제법 근엄했다. 나름대로 매섭게 경고하고 싶었던 모양이다. 사실 하나도 무섭지 않았지만, 진우는 이번만큼은 가은의 말을 되도록 들어줄 작정이었다. 가은으로선 자신을 객실에 들이기까지 결코 쉽지 않은 양보를 한 셈일 것이다. 그러니 이 정도쯤은 감수해야지.

"하. 아무리 그래도 더럽게 심심하네, 정말."

진우는 얼굴을 거칠게 쓸어내리다 이내 양손으로 머리 뒤를 받쳤다. 천장을 멀거니 바라보고 있으려니 문득 북한 식당에서 호텔로 향하는 길, 눈썹을 찌푸리던 가은의 모습이 떠올랐다.

'계속 모스크바에 있을 거야?'

'응.'

기껏 전한 질문에 돌아온 대답은 무척 단조로웠다. 흑심을 가득 담아 한 질문이 무색해진 순간이었다.

질문에 담긴 의도를 눈치채기라도 한 건지, 대화를 이어가 보려던 노력은 단칼에 잘려 나갔다. 그래도 수확이 전혀 없는 건 아니었다. 진우는 러시아로 떠나올 때부터 구체적인 귀국 날짜를 정해 두지 않았다. 언제 돌아가도 크게 의미가 없는 그로서는 가은이 귀국하는 날 함께 돌아갈까 싶었다.

'한국엔 언제 갈 건데?'
'……일주일쯤 뒤에.'

가은은 불만스러운 표정을 했지만, 그래도 거짓으로 대답을 한 것 같진 않았다. 덕분에 진우 역시 귀국일을 예정할 수 있었다.

"일주일……."

진우는 가은이 했던 말을 나직이 뇌까렸다. 그나저나 일주일간 묵을 객실이 5성급 호텔의 호화스러운 스위트룸이라…….

"숙박비가 만만치 않을 텐데."

객실 안을 슥 훑어보는 눈동자에 쓸데없는 오지랖이 가득했다. 물론 진심으로 가은의 주머니 사정이 걱정되는 건 아니었다. 고작 29살의 나이로 대학 등록금을 내야 한다는 문자를 받아야 하는 여자애의 인생이 문득 가슴속에 잔잔히 가라앉았다. 염치없는 딸과 그 엄마는 언제부터 가은의 등골에 빨대를 꽂았던 걸까. 창피하지도 않았나. 진우는 괜스레 입술을 비죽거렸다.

"상속받은 유산이 어지간히도 많은 모양이네."

얼마 동안인지는 알 수 없지만, 염치없는 모녀의 인생과 본인 인생을 지금껏 책임지고도 이 정도 객실을 당연하다는 듯이 이용할 정도라면…… 예상했던 것보다 상속받은 재산의 규모가 더 큰 모양이구나. 대수롭지 않게 중얼거린 목소리가 아스라이 공기 중에 흩어졌다.

"어쨌든 침실이 2개나 있는 스위트룸이라서 허락해 준 건가."

진우는 침실 천장을 휘둘러보며 피식거렸다. 침실이 2개나 되는 탓에 가은과 떨어져 있는 것이 못내 불만스럽지만, 어쩌면 정말 침실이 2개라서 허락한 걸지도 모르겠단 생각이 들었다. 마지못해 뒤돌아서는 가은의 표정이 딱 그랬으니까. 지금 이 스위트룸과는 비교도 되지 않을 만큼 허름하고 비좁은 열차 객실에서도 함께 며칠 밤을 보냈지만, 계속 이렇게 엮이는 게 내키지 않는다는 듯.

태어나 한 번도 이런 식의 푸대접은 받아 본 적 없는 진우였다. 그런 그에게 가은의 태도는 퍽 기분 나쁠 법도 했지만, 되레 자꾸만 흥미를 자극했다.

"아, 배고프다."

허기지지도 않은 배를 부여잡고 가은과 말을 섞을 핑계를 찾을 만큼.

"한가은, 나 배고파. 밥 먹자."

진우는 자리에서 일어나 굳게 닫혀 있던 문고리를 당겼다.

* * *

"그래도 호텔 음식이라 그런지 그럭저럭 먹을 만하네. 기차에서 파는 음식이 진짜 별로였던 건가 봐."

진우는 앞에 놓인 접시 위로 포크를 놀렸다. 적당히 핏기가 비치는 고기를 푹 찔러 입안에 넣자 낯선 듯하지만 익숙한 맛이 혀끝에 감겼다. 그런 진우의 맞은편에는 이번에도 가은이 함께였다.

진우는 포크를 슬쩍 내려놓곤 가은을 바라보았다. 가은은 적당히 정갈한 자세로 앉아 식사를 이어가고 있었다. 딱히 맛있게 식사를 하는 듯이 보이지는 않았지만, 적어도 북한 식당에서처럼 잔소리는 필요하지 않았다.

"그만 봐. 부담스러워."

별안간 가은이 나지막한 목소리로 다그쳐 왔다.

"쳐다보는 거 알고 있었어?"

"모르는 게 더 이상하지. 그렇게 뚫어져라 보는데."

피식거리며 이어진 진우의 반문을 가뿐하게 받아친다. 아마 가은은 조금도 알지 못할 것이다. 지금 같은 가은의 행동이 자꾸만 진우의 흥미를 자극한다는 걸. 그 사실을 안다면 계속 이런 식의 행동을 반복할 순 없었다. 가은이 진우를 귀찮아하면 귀찮아할수록 진우는 되레 더욱 가은을 귀찮게 굴고 싶어졌으니까.

"내일은 뭐 할 거야?"

진우의 목소리는 내내 그랬듯, 그만의 여유로움으로 가득했다. 하지만 그의 속은 그렇지 못했다. 내일은 또 어떤 이유를 들먹여야 가은을 제 옆에 꿰어 놓을 수 있을까, 그 생각으로 조급했다.

"알 필요 없잖아."

그런 속도 모르고 가은은 여전히 차갑고 단호했다.

"정말 한마디를 안 지네."

냉랭한 가은의 태도가 줄곧 흥미롭긴 했지만, 이번만큼은 아니었다. 진우의 목적은 가능한 가은과 오래 붙어있는 것이었다. 가은을 안달복달하게 하고 싶었다. 다시는 자신을 이런 식으로 귀찮아할 수 없도록. 그러기 위해서 당장에 그가 못 할 일은 없었다. 그게 자존심을 몽땅 내려놓아야 하는 일이라고 해도 말이다.

"계속 같이 있고 싶다고 말했잖아. 사람 마음을 몰라줘도 분수가 있지, 너무 야박한 거 아니야?"

가은의 약점을 공략하기 위해 한 말이긴 했지만, 일부는 진심이 담기기도 했다. 가은에겐 그저 가엾은 말로만 들리겠지만.

"……내일은 볼일이 있어."

예상이 맞았는지 가은이 한결 누그러진 눈동자로 진우를 흘긋 보았다. 그제야 진우의 입가로 진심 가득한 미소가 감겼다.

"관광?"

"그냥 개인적인 일."

가은은 조금쯤 허물어진 것 같던 선을 단숨에 명확히 그었다. 그래도 이 정도는 상관없었다. 적어도 질문에 최소한의 답은 해 줄 것 같았으니까.

"방해하지 말라는 거지?"

"응."

진우는 한걸음 물러나기로 했다. 어차피 말을 뗐을 때부터 종일 가은과 함께할 수 있을 거라 기대는 하지 않았다.

"좋아. 개인적인 일이라는 그건 언제쯤 끝나는데?"

"……."

"저녁 정돈 같이 먹을 수 있어?"

마음 같아선 저녁뿐 아니라 더 많은 것을 함께하길 청하고 싶었지만 저녁에서 그쳤다. 지금도 충분히 부담스러워하는 가은의 속도에 조금쯤 맞춰도 나쁠 건 없겠지.

"혼자 밥 먹는 게 싫어서 그래. 물론 너랑 같이 있고 싶어서 그런 것도 맞고."

"······저녁 전에 올게."

"그래. 저녁쯤이면 나도 예약한 룸으로 옮기게 될 테니까 로비에서 봐."

"응."

한걸음 물러선 결과는 아주 만족스러웠다. 진우는 입술 끝이 간지러운 걸 억지로 참았다. 가은은 둔한 듯하면서도 예민했다. 그런 의미에서 섬세한 노력을 기울일 필요가 있었다.

"기다릴게. 올 때까지."

이어진 진우의 대답은 간결했다. 이만 물러설 타이밍이었다.

* * *

이른 아침, 가은은 조용히 룸을 빠져나왔다. 이렇게까지 서두를 필요는 없었지만, 굳이 그렇게 했다. 괜히 어물거리다 진우라도 마주치면 쓸데없는 시간 낭비를 할 것 같았다.

진우를 제 호텔 룸으로 들인 건 충동적이었다. 분명 그를 룸에 들일 생각은 없었다. 그는 여러모로 지독히 자극적이고 그래서 끌리는 사람인 건 맞지만, 그렇다고 해서 몸만 섞는 파트너처럼 불필요하게 엮일 생각은 없었다. 예약한 호텔명을 알려준 것도 어디까지나 한 호텔에 묵는 것까진 괜찮을 거란 생각에서였다. 물론 이후의 상황은 그도, 자신도 예상하지 못한 일들이었지만. 어쨌든 하나 확실한 건, 진우의 앞에 서면 자신이 이상할 정도로 물러진다는 사실이었다.

가은은 어느덧 도착한 호텔 정문 앞에 서서 자동문이 열리길 기다렸다.

"하아……."

호텔을 빠져나온 가은의 잇새로 입김이 서렸다. 어제보다 오늘 더 짙은 추위가 느껴지는 것만 같다. 그게 정말 몸으로 느끼는 추위인지, 그게 아니라면 마음으로 느껴지는 추위인 건지. 그건 가은조차도 알지 못했다.

가은은 막 빠져나온 자리에 서서 주변을 살폈다. 어느 쪽으로 가야 하지. 머릿속에 떠오른 생각을 곱씹는데 근처에 있던 벨보이가 의아하게 바라보는 것이 느껴진다. 도움을 주기 위한 선량한 시선일 것이리라. 피부에 닿은 시선의 온도만으로도 알 수 있었다. 거기까지 생각이 미치자 가은은 가차없이 자리를 떠났다. 선의는 고맙지만, 가은에겐 그마저도 불편이었다.

"……이쪽인가."

가은은 무작정 다리를 움직이며 핸드폰을 꺼내 지도 어플을 눌렀다. 진작 찾아본 목적지가 지도 위에 표시되어 있었다.

가은은 핸드폰과 주변을 번갈아 살피길 반복했다. 조금 헷갈리긴 했지만, 길을 전혀 찾지 못할 정도는 아니었다. 지도에 표시된 상점 이름과 실제 자리하고 있는 건물들을 비교해가며 알음알음

길을 찾아 걸었다. 가야 할 방향이 정해지고 나니 잡념이 머릿속을 파고든다. 가은은 길을 찾기 위해 살피던 주변을 조금은 다른 시각으로 바라보았다. 지금 자신이 이 길목을 걷고 있듯, 언젠가 이 길을 걸었을 제 부모를 떠올리며.

'떨어진 거리가 얼마 정도 된다고 하던가요?'
'350광년쯤이라고 했던 거 같아. 골디락스 존에 있는 행성인데다 크기도 지구와 거의 비슷하다더군.'
'이번엔 왠지 느낌이 정말 좋아요.'
'너무 기대는 하지 마. 당신 저번에도 기대 많이 했다가 실망도 크게 했잖아.'
'그렇지 않아도 너무 기대는 하지 말자고 계속 생각하고 있는데, 그래도 자꾸만 설레는 건 어쩔 수 없나 봐요.'

한껏 상기된 표정으로 환하게 웃는 여자와 그런 여자를 사랑스럽게 바라보는 남자. 어렴풋하게나마 떠오르는 어린 시절 속의 두 사람이라면, 아마 이 길목을 걸으며 그런 이야기를 나누었을 것이다.

한 걸음 뗄 때마다 형체도 없는 이들의 대화 소리가 선명히도 청각을 자극했다. 그럴 수밖에. 20년이 다 되어 가는 시간 동안 수백 수천 번 상상하며 원망하고 미워하던 사람들이었는데.

쉴 새 없이 재잘대는 목소리 두 개는 자신을 버려두고 이곳 러시아로 떠나온 제 부모의 것이었다. 가은은 지독한 현실에 지쳐 무너져 내릴 때마다 희미하기만 한 제 부모의 얼굴을 악착같이 떠올렸다. 지옥이나 다름없는 연옥의 집에 떠맡겨졌을 때, 가은의 나이는 고작 열 살 남짓이었다.

연옥의 집으로 가야 했던 이유는 특별할 게 없었다. 반대를 무릅쓰고 결혼을 강행한 탓에 피붙이 하나 맡길 곳도 없는 부모를 두었기에. 그런 부모가 천문학에 반쯤 미친 유능한 연구원이었기에. 하필 가은이 여덟 살이 된 그해, 새로운 행성이 러시아에서 관측이 되었기에.

유능할 뿐 아니라 열정적인 것까지 서로 빼닮은 부모는 새로운 행성이 발견되었다는 소식과 동시에 러시아로 떠났다. 조금만 기다리면 러시아가 아닌 한국에서도 관측할 수 있었을 텐데 하루라도 빨리 보고 싶었던 것이다. 가능하다면, 행성이 처음 발견된 바로 그 자리에서.

"하."

가은은 한 걸음 내디딜 때마다 보이는 모든 풍경을 동공 위에 눌러 담으며 쓰게 자조했다. 그들은 알고 있었을까. 열정 하나로 찾은 이 자리에서 죽음을 맞이하게 될 거란 사실을. 연옥의 집에 자신을 맡긴 순간이 돌이킬 수 없는 마지막 이별의 순간이었음을. 하나뿐이던 딸이 믿었던 친구에 의해 하루하루 죽기만을 소망하며 20년에 가까운 시간 동안 말라갈 거란 사실을.

"……."

가은은 얕게 도리질 치며 눈에 힘을 주었다. 자꾸만 따라오는 부모의 잔상을 지우고 싶었다. 하지만 그럴수록 가은은 부모의 잔상을 따라가기 위해 애썼다. 원망밖에 남지 않은 부모지만, 마지막 남긴 발자취는 제 두 눈으로 직접 확인하고 싶었다. 더한 원망이 될지, 그래도 조금쯤은 용서가 될지. 그들이 걸었을 길목을 따라 거닐면서도 제 마음을 확신할 수 없었지만, 그럼에도 끝까지 가 보고 싶었다. 지금 내딛는 이 한 걸음 한 걸음이 고통일지언정, 이마저도 하지 않았을 때 맞이해야 할 언젠가의 후회보단 덜한 아픔일 것이리라.

'여보, 지금 몇 시예요?'
'9시 조금 안 됐어. 왜?'
'아니, 우리 가은이한테 전화라도 해 볼까 싶어서요. 이렇게까지 떨어져 있던 적이 없어서 그런가 마음이 좀 그래요. 연옥이가 어련히 알아서 잘 돌봐 주겠냐마는…….'
'한국은 아마 지금쯤이면 새벽 3시가 다 되어 갈 거야. 지금 전화하는 건 아무리 연옥 씨라고 해도 실례지. 전화는 다녀와서 해 봅시다.'

남자의 말에 여자는 내키지 않는 얼굴을 했지만, 곧 해사한 미소를 입가에 걸며 고개를 끄덕였다. 가은은 그 모습을 빤히 바라보다 이내 입술을 감쳐물었다. 허상에 불과한 남녀의 대화가 지나치게 가은을 중심으로 꾸며져 있었다. 그것마저도 당연했다. 부모가 러시아로 떠나겠단 결정을 내림과 동시에 연옥의 집에 맡겨진 가은으로선 두 사람이 이곳에서 어떤 대화를 나눴을지 알 길이 없었다. 그래서 부모가 생각나는 매일 밤마다 그들이 나눴을 대화를 홀로 상상하고 그리며 지새우곤 했다. 그때마다 부디 바랐다. 부디 간절히 바라건대, 제 부모가 정말 자신을 사랑했더라면, 죽기 직전 어떤 한순간에나마 제 생각을, 제 걱정을……. 이제 곧 세상에 혼자가 되어버릴 그들의 하나뿐인 딸자식을 걱정하고 있기를.

'따지고 보면 하루도 채 안 지난 건데 이상할 정도로 가은이가 너무 보고 싶어요.'
'사실 가은이한텐 이게 참 못 할 짓이야. 아직 어린데, 아무리 연옥 씨라고 해도 남의 손에 맡긴다는 게…….'
'……한국에 돌아가면 가은이랑 같이 여행이라도 다녀와요, 우리.'
'그래요. 그럽시다.'

여자는 아닌 척하고 있었지만, 어딘지 모르게 불안한 모습이었다. 남자는 그런 여자의 어깨를 꽉 끌어안으며 걱정하지 말라는 듯, 그녀를 위로했다. 가은은 그 모습을 빤히 바라보았다. 그리고 다시금 바랐다. 부디, 부디 죽음 직전의 그들이 제가 상상하고 상상했던 모습과 하나 다를 바 없었기를. 19년을 지옥 속에 살았는데, 한순간도 제 걱정을 하지 않았다고 하면. 곧 새로운 행성을 보게 될 거란 사실에 들떠 제 이야기 한마디조차 하지 않았다고 하면.
"……그럼 내가 너무 비참하잖아."
가은의 입매가 비뚤름하게 휘어졌다. 그 끝에 걸린 건 쓸쓸함을 넘어선 처절함이었다. 그런 가은의 속도 모르고 두 남녀는 즐겁게 걸음을 재촉했다. 가은은 묵묵히 그 뒤를 따랐다. 목적지까지 남은 거리는 얼마 남지 않았다.

어느덧 커다란 광장이 가은의 눈앞에 펼쳐졌다. 가은은 건조하기 짝이 없는 눈으로 널따란 광장을 담담히 훑었다. 이른 아침이라 그런지 광장에 나와 있는 사람은 많지 않았다. 그럼에도 간간이 바쁜 걸음을 움직이는 사람들이 보이긴 했다. 그들을 살피던 가은의 시선이 멈춘 건 광장 한쪽에 자리한 지하철 출구 쪽이었다. 19년 전, 세상을 떠들썩하게 만들었던 사건의 시작인 지점이나 다름없었다. 그곳을 빤히 바라보고 있노라니 직접 겪지 않았던 그날의 일이 절로 그려지는 것 같았다. 문제는 없었다. 부모를 앗아간 그 사건과 관련한 기사는 단 하나도 놓치지 않고 살펴보았으니.

온통 회색빛으로 변한 시야로 웬 남자가 비척거리며 지하철 출구를 빠져나오고 있었다. 처음 보는 사람임에도 가은이 남자에게서 시선을 떼지 못했던 건, 그의 피부색이 자신과 흡사한 동양인이었기 때문이다.

"⋯⋯당신이구나."

제 부모의 목숨을 앗아간 원인 제공자. 당시, 전 세계에서 주목하고 보도했던 동양인 폭탄 테러범.

남자는 반쯤 넋이 나간 얼굴로 비틀거리며 광장을 가로질렀다. 가은은 남자에게서 눈을 떼지 못했다. 하지만 가은과 달리 광장을 가득 메우고 있는 수많은 회색빛의 사람들은 남자를 거들떠보지도 않았다. 곧 저들이 맞이하게 될 죽음 같은 건 꿈에도 예상하지 못하는 모습이었다.

넓은 광장의 중심부에 다다랐을 때, 남자가 걸음을 멈추었다.

남자는 주머니 깊숙이 찔러 넣고 있던 손을 조심스럽게 꺼내었다. 그러곤 손에 들린 낡은 종이를 슬픔에 잠긴 눈으로 오랫동안이나 바라보았다.

가은은 남자를 향해 천천히 다가갔다.

한 걸음, 한 걸음.

더디던 걸음은 이내 속도가 붙었고 단숨에 남자의 근처에 닿았다. 가은은 남자의 손에 들린 낡은 종이 위로 시선을 두었다. 종이의 정체를 알아챈 순간 아랫입술을 질끈 깨물었다.

"⋯⋯."

낡은 종이의 정체는 사진이었다. 사진 속엔 멀끔한 모습의 남자가 담겨 있었고, 그의 옆으론 웃는 모습이 무척이나 예쁜 여자아이가 서 있었다. 남자의 딸일 것이리라. 남자는 딸의 얼굴에서 시선을 떼지 못하며 한스러운 눈물을 뚝뚝 흘렸다. 소리 없이 얼굴을 적시던 눈물은 이내 한 많은 울음이 되었다.

남자의 잇새로 고통 어린 신음이 새어 나왔다. 하지만 여전히 남자에게 관심 두는 이는 단 한 명도 없었다. 남자 역시 끔찍하리만치 무관심한 상황이 아무렇지도 않다는 듯 개의치 않았다. 그러나 가은은 다른 사람들처럼 무관심할 수 없었다. 가슴이 울렁거렸다. 머리가 깨질 것처럼 지끈거리고 구역질이 치밀었다. 얼마나 사랑하고 그리워하면 이토록 서럽게 울부짖을 수 있는 것일까. 그게 꼭 위태롭던 청소년기의 제 모습 같았다. 부모를 그리워하며 가슴을 쥐어뜯던 저 자신 같았다. 그래서 가은은 차마, 남자를 외면할 수가 없었다.

또각.

높지 않은 구두 위에 올라탄 가은의 다리가 지면을 박찼다. 몇 걸음 떨어지지 않은 자리의 남자를 향해서. 바로 옆에서 듣는 남자의 울음은 절규에 가까웠다. 남자를 바라보는 가은의 동공 가득 눈물이 차올랐다. 남자의 눈물에 담긴 이유가 무엇인지 가은은 너무도 잘 알고 있었다. 많은 이의 목숨을 앗아간 폭탄 테러의 범인임에도, 그가 그럴 수밖에 없었던 사연이 기사를 통해 전 세계로 알려졌었으니까.

남자의 절규는 무척이나 사랑했던 딸을 잃은 것에 대한 고통이고 호소였다. 남자의 딸은 죽었다. 불의의 사고로 인한 게 아닌 스스로의 선택이었다. 재기를 꿈꾸며 러시아 땅을 밟은 남자는 하루하루 열심히 살았다. 남자의 딸은 피아노 연주에 재능 있는 아이로 태어나, 재능이 출중한 청소년으로 이견 없이 자랐다.

학비와 레슨비를 비롯한 딸아이 뒷바라지에 드는 돈이 한두 푼이 아니었지만, 그럼에도 남자는 고된 노동을 즐거이 버텨냈다. 제 욕심으로 온 가족을 말도 통하지 않은 타국에 데려와 고생만 시키는 게 아닌가 늘 마음이 무거웠던 터였다. 그런데 딸아이만큼은 이민을 왔기에 더 좋은 환경에서 유서 깊은 가르침을 받을 수 있게 한 것 같았다.

남자는 딸아이에게 드는 돈은 그 액수와 상관없이 단 한 푼도 아깝지 않았다. 하루 종일 이리저리 뛰며 돈을 벌기 위해 하는 모든 행위가 고되었지만, 나날이 더 출중해지는 딸아이를 보고 있노라면 남자는 이보다 더한 것도 할 수 있을 것 같았다. 딸아이는 하나를 가르치면 두셋을 알았고, 그 이상을 깨우쳤다. 그런 딸아이를, 남자는 무척이나 사랑했다. 그러나 다른 날과 다를 것 하나 없던 어느 날, 사랑하는 딸아이는 제대로 꽃 한번 피워보지 못한 채 싸늘한 시신이 되어 남자를 맞이했다.

남자는 믿을 수 없었다. 딸아이는 누군가에게 죽임을 당할 만큼 못된 아이도 아니었고, 근처 이웃 중 이런 끔찍한 일을 벌일 사람은 단 한 명도 없다고 자부했다. 원래도 남자는 심성 착한 사람이었다. 그런데도 이곳이 제 나라가 아니기에 더욱 자세를 낮추고 겸손한 마음을 잊지 않기 위해 노력했다. 그렇다면 운이 나쁘게 강도가 들었던 걸까. 그러기엔 집 안은 작은 단서 하나 없이 깔끔했다.

반쯤 미치광이처럼 딸아이를 부여잡고 오열하던 남자는 뒤늦게 딸아이 손에 쥐여 있던 유서를 발견했다. 허망함에 물든 눈동자가 딸아이의 친필임이 분명한 둥그런 글씨를 읽어 내려갔다. 둥그런 필체는 고통을 호소했다. 고등부에 진학한 이후 줄곧 하루도 힘들지 않았던 날이 없었다고.

자살이란 극단적인 선택까지 몰고 간 원인은 동급생들의 인종차별이었다. 유서 안엔 차마 상상하는 것조차 끔찍할 정도의 괴롭힘에 대한 내용이 상세하게 적혀있었다. 묵묵히 내용을 보고 있노라면 지금껏 홀로 버텼을 아이가 어떤 고통을 느껴왔을지. 끝끝내 죽음을 선택할 수밖에 없었던 그 마지막 마음이 어떠했을지. 그 모든 게 고스란히 전해지는 것만 같았다. 어느덧 남자의 시선이 마지막 문구에 가 닿았다.

「아빠……, 미안해.」

마지막 구절을 눈에 담은 남자는 무너져 내렸다. 땅바닥에 철퍼덕 주저앉아 유서와 사진을 품에 끌어안은 채 악을 질렀다.

남자를 바라보는 가은의 눈매를 타고 눈물이 또르르 흘러내렸다. 유서 가장 끄트머리에 적혀 있던 둥그런 글씨가 가슴에 사무쳐 미칠 것만 같았다. 자살을 선택할 수밖에 없었던 아이에게 죄가 있다면 마지막의 마지막까지 버텨 내고자 애를 쓴 것밖에 없을 텐데. 어쩌면 잘못은 극단적인 선택을 할 때까지도 아이의 괴로움을 알아채지 못한 모두에게 있었다. 그런 아이가 죽음의 문턱을 바로 앞에 두고 선택한 메시지는……, 미안하단 말이었다.

　가은의 가슴이 턱 끝에 닿을 것처럼 격동적으로 들썩거렸다. 숨이 막혀 왔다. 남자의 오열이 짙어지면 짙어질수록, 가은 역시 숨이 막혀 죽을 것만 같았다. 그 고통을 차마 이겨내지 못하고 자리에 주저앉을 무렵, 남자가 유서와 사진을 꺼낸 반대쪽 주머니로 손을 넣었다. 절망에 가득 찬 손에 쥐어 나온 건 기분 나쁠 정도로 새빨간 버튼이 달린 스위치였다. 그걸 쥐고 있는 남자의 손이 가련하게 흔들렸다. 맹렬하게 불어오는 바람에 위태로이 흔들리며 낙하할 일만 남겨 둔 마지막 잎새처럼. 남자는 품에 안고 있던 사진을 다시금 들여다보며 스위치를 고쳐 잡았다. 딸아이에게 마지막 메시지를 전하기라도 하듯, 내내 고통뿐이던 그의 입가에 어렴풋한 미소가 감겼다.

　가은은 그 모든 순간을 눈에 담았다. 잠깐도 놓치지 않았다. 그리고 모든 메시지를 전한 듯 남자의 눈꺼풀이 내려 닫힌 순간, 남자가 빨간 버튼 위에 올린 엄지에 서서히 힘을 주는 게 보였다.

'여보. 우리 돌아갈 때 가은이 선물로 뭐 사 가는 게 좋을까요?'
'글쎄. 마트료시카 인형은 어때요?'

'그건 너무 기념품 느낌 나지 않아요? 우리 가은이는 아직 그런 게 뭔지도 모를 텐데.'

'그렇긴 하겠지만, 그래도 러시아를 상징하는 거니 그것도 나쁘진 않을 것 같은데……'

'겨우 8살 된 앤데 러시아 기념품이 받고 싶겠어요? 당신은 여자 마음을 너무 몰라요.'

'그럼 귀국하기 전에 선물 사러 돌아다녀 봅시다. 이번 기회에 여자 마음이 어떤 건지 단단히 배워 둬야겠어요.'

듣는 것만으로도 자상함이 물씬 묻어나는 다정한 남자의 목소리와 애교 가득한 여자의 목소리. 무척이나 낯익은 둘의 목소리가 가은의 귀를 사로잡았다. 가은은 자리에 주저앉아 눈물을 뚝뚝 흘리며 천천히 고개를 돌렸다. 어느 순간 보이지 않던 부모가 자신이 있는 곳을 향해, 딸아이를 대신해 복수를 작심한 남자를 향해 다가오는 게 보였다.

가은은 행복한 얼굴을 한 부모의 얼굴을 빤히 바라보다 남자를 향해 고개를 돌렸다. 남자의 손가락에 한가득 힘이 실려 있는 게 보인다. 이제 곧 폭탄이 터질 것이리라.

가은은 남자를 향해 손을 뻗었다. 소용없다는 걸 알면서도 어떻게든 막고 싶었다. 하지만 남자는 기어이 빨간 버튼을 눌렀고, 고막이 찢어질 듯한 굉음이 울리던 찰나 가은의 부모는 남자의 곁을 지나치고 있었다. 어마어마한 화염이 가은의 시야를 가득 메웠다. 가은은 눈을 질끈 감았다. 시야가 차단되자 순식간에 아수라장이 된 광장 안을 가득 메운 신음이 가은을 괴롭혔다.

몇 명의 소리인지 셀 수도 없을 정도로 수많은 사람들의 목소리가 뒤엉킨 채 들려왔다. 가은은 그 소리를 듣고 있는 게 괴로웠지만 귀를 기울였다. 혹 제 부모가 아직은 의식이 있는 상태가 아니었을까 싶어서. 그렇다면, 어쩌면 그들이 마지막으로 남긴 메시지가 있을 수도 있지 않을까 싶어서. 하지만 끔찍하게 뒤섞인 신음 속엔 제 부모의 것은 존재하지 않았다.

"하하……."

가은의 잇새로 허탈한 웃음이 새어 나왔다. 머릿속 깊숙이 박혀 버린 문구가 새삼 새록새록 떠오른다.

「아빠……, 미안해.」

아빠 미안해.

미안해.

"……."

그래도 조금쯤 바랐다. 조금쯤 기대하기도 했다. 그렇게 허망하게 떠나 버린 것을 미안하게 생각하지는 않았을까. 저 혼자만 남겨 두고 떠나게 된 것을 죄스럽게 생각하지는 않았을까. 그러나 미안하단 사과의 말은 어디에도 존재하지 않았다. 그럴 겨를도 없었을 거란 합리화 같은 건, 더는 하고 싶지 않았다.

가은은 감았던 눈을 떴다. 아수라장이 됐던 광장의 모습은 말끔히 사라지고, 이곳에 막 도착하자마자 봤던 한적한 광장의 모습만이 동공 가득 들어찼다. 눈동자를 굴리고 이곳저곳을 향해 고개를 돌려 봐도, 19년 전 테러의 흔적은 어디에도 남아 있지 않았다. 가은은 허탈한 미소를 감아올리며 고개를 아래로 처박았다. 그러곤 무릎 위에 올려 두었던 두 손을 힘껏 그러쥐었다.

애써 억눌렀던 원망의 감정이 순식간에 가슴 전체를 좀먹어 갔다. 금방이라도 숨통을 조일 것처럼 식도를 타고 올라온다. 정신적인 문제라는 걸 인지하고 있으면서도 단숨에 호흡이 불안정해졌다. 갑작스레 어지럼증이 밀려왔고, 금방이라도 정신을 잃을 것만 같았다.

온몸에 힘이 들어갈 리 만무했지만, 가은은 악착스레 자리에서 일어났다. 어쩌면, 이곳을 찾아 부모의 발자취를 따라가다 보면 용서를 할 수 있을지도 모르겠단 생각을 했다. 하지만 오만이었다. 가은은 여전히, 제 부모를 용서할 용기가 없었다.

광장을 등지고 선 가은의 다리가 다급하게 움직였다. 도망치고 싶었다. 생각했던 것보다 훨씬 더 고통스러운 사실을 받아들이기가, 아직은 버거웠다. 그래서 가은은 생각했다. 일주일로 예정했던 모스크바에서의 일정은 오늘로 마무리하는 것이 좋을 것 같다고. 그뿐이었다. 가은은 그 한 가지 생각만으로도 지나치게 버거웠다.

* * *

진우는 점심이 막 지난 무렵부터 새롭게 체크인 한 룸에서 시간을 보냈다. 특별히 할 게 있는 것도 아닌데 시간은 잘도 흘렀다.

이곳으로 떠나올 때만 해도 거추장스럽기만 하던 캐리어가 유난히 약소하게만 보였다. 좀 차려입어 보려니 마음에 차는 옷이 없던 탓이다. 손에 잡히는 대로 아무 옷이나 처넣긴 했지만, 그래도 평소 즐겨 입던 옷 위주로 담았는데 마음에 드는 게 이렇게까지 없을 수가 있나. 급한 대로 근처 명품 브랜드 매장에 쇼핑이라도 나가 볼까 했지만, 그만두었다. 막상 가려고 마음을 먹으니 그건 그거대로 내키지 않았다.

"저녁이나 같이 먹기로 한 건데, 뭐."

입안 가득 차오른 말을 툭 뱉었다. 하지만 여전히 찝찝한 마음은 가시질 않았다. 진우는 머리칼을 거칠게 헤집으며 소파에 털썩 앉았다. 어느 쪽도 후련한 답이 보이질 않으니 괜한 짜증만 치민다. 진우는 바로 눈앞에 보이는 통유리 너머를 멀거니 응시했다. 그러자 문득 뒤늦은 깨달음이 밀려온다.

첫째는 홀로 지내게 된 룸이 쓸데없이 넓다는 거였고, 둘째는 그래서 자꾸만 한가은이 생각난다는 거였다. 핑계라고 해도 어쩔 수 없었다. 할 일도 없이 앉아만 있으려니 머무르게 된 룸이 새삼스레 넓었고, 넓은 만큼 공허한 정적이 가득하게 느껴지는 건 어쩔 수 없는 일이었다. 그러고 나니 이따금 공간을 메우던 가은의 차분한 목소리가 자꾸만 허상처럼 떠올랐다.

"하."

짧은 탄식이 새어 나왔다. 방금 전까지만 해도 잘 가던 시간이 불현듯 더디게만 느껴진다.

"아직 일 보고 있으려나."

진우는 혼자 중얼거리며 시간을 살폈다. 시곗바늘이 슬슬 저녁을 향해 달려가고 있는 게 보인다. 낮에 이 근처에서 볼일이 있다고 했었는데. 예정된 일정이 빠르게 마무리되었다면 지금쯤 호텔에 돌아왔을지도 모를 시간이다. 분명 저녁은 자신과 함께 보내기로 약속했으니까. 순간적으로 룸으로 찾아가 볼까 하는 충동이 밀려왔다. 하지만 그마저도 얼마 가지 못해 포기했다.

아주 잠깐 침묵을 지키던 그가 짜증 가득한 입술을 움직였다.

"하, 시간 더럽게 안 가네."

시간이 너무 더디다. 도대체 한가은과 보낸 그 며칠이 특별하면 얼마나 특별했다고. 하지만 그 답을 찾기도 전에 진우는 자리에서 벌떡 일어났다. 아직 시간이 남긴 했지만, 이렇게 방에서 할 일 없이 시간을 때우느니 멀거니 서 있는 한이 있더라도 로비에서 가은을 목 빠져라 기다리는 게 차라리 나을 것 같았다.

* * *

똑딱똑딱.

정직한 시계 초침 소리가 진우의 청각을 묘하게 자극했다. 로비 한가운데에 걸린 시계는 그 크기와 비례하게 초침 소리마저 우렁차기만 했다. 진우는 그 소리가 못내 마음에 들지 않았다. 시간은 지체하는 법 없이 잘도 흘러가는데, 정작 약속한 시간이 한참이나 지나도록 상대가 나타나질 않은 탓이다.

진우는 천천히 고개를 돌렸다. 시선의 끝에 엘리베이터가 걸린다. 처음 로비에 내려오자마자 그가 서 있던 자리였다. 얼마 동안 저 자리에 서 있었는지는 잘 모르겠다. 지루하다 못해 다리가 아플 때쯤이 돼서야 아직 호텔에 돌아오지 않은 건가 하는 생각을 했으니까. 그러고 나선 자리를 옮겼다. 아직 돌아오지 않은 거라면 호텔 정문에 서서 기다리는 게 더 효율적일 거라고 생각했다. 하지만 자리를 옮기고 나서도 진우의 동공에 가은이 걸리는 일은 없었다.

무겁게 가라앉은 진우의 까만 눈동자 위로 야속하게 흘러가는 시간이 다시금 비쳤다. 현지 시각으로 밤 10시 43분. 가은과 약속했던 시간은 저녁 7시였다. 약속의 목적은 저녁 식사였으니, 더 기다려 봐야 이젠 의미가 없었다. 그걸 차치하더라도 여기서 계속 기다려 봐야 가은은 오지 않을 거란 걸 진우는 알고 있었다.

'한가은!'
쾅쾅!
'한가은!'

한 시간 전, 혹시나 하는 마음에 가은의 룸을 찾아갔지만, 그를 반기는 건 가은이 아니었다. 열린 문틈으로 모습을 드러낸 건 가은이 아닌 처음 보는 외국인 남성이었다. 분명 어제까지만 하더라도 가은은 물론 자신이 머무르던 룸이 맞는데. 믿을 수 없었지만, 이쯤 되니 믿어야만 했다.

이곳에 가은은 없다. 호텔을 옮긴 건지, 그게 아니라면 모스크바를. 아니, 러시아를 떠난 건지. 가은의 행방을 알 길이 없었다. 그럼에도 진우는 쉬이 자리를 떠나지 못했다. 혹여나 뒤늦게 가은이 이곳으로 달려와 체크아웃을 해야만 했던 이유를 설명하지 않을까. 그런 말도 안 되는 기대에 희망을 걸었다. 그러다가도 이내 절망했다.

한가은과 이진우의 관계가 명확한 단어로 정의 내릴 수 있는 건 아니더라도, 그래도.

"······일주일은 있을 거라고 했잖아, 분명."

그래도 고작 하루 만에 떠날 호텔에서 일주일을 묵을 거라고 거짓말할 정도의 최악은 아니지 않았나.

진우는 힘없이 내려놓았던 손을 꽉 말아 쥐었다. 그러곤 앉은 자리에서 고개를 찬찬히 돌리며 로비 곳곳을 눈에 담았다. 바로 어제 가은과 저기 보이는 문을 밀고 들어와 프런트 앞에 서 있었다. 또 저녁을 먹기 위해 잠깐잠깐 지나치기도 했었다. 그 모든 모습들이 잔상처럼 눈앞에 그려진다. 이렇게 선명하기만 한데······.

"······나쁜 년."

하지만 이곳에 가은은 없었다. 뜨겁게 끓어오르던 피가 한순간 차게 식었다. 그런 진우가 곧바로 확인한 건, 한국으로 돌아가는 가장 빠른 비행기의 시간이었다.

* * *

똑똑.

고요하던 방 안의 공기를 가로지른 건 별안간 들려온 노크 소리였다. 가은은 침대 헤드에 기대어 책을 들여다보고 있던 시선을 들었다. 조심스럽게 문이 열리고 그 사이로 보인 건 한껏 주눅든 지수의 얼굴이었다. 가은은 무엇 때문이냐는 질문은 하지 않았다. 지수가 해 올 말이 무엇인지 굳이 묻지 않아도 알고 있었다.

"······나, 전공 서적 사야 해서."

예상은 빗나가는 법이 없었다. 신학기가 시작할 때면 늘 하던 요구였으니 낯설 이유도 없었다. 그래도 이만하면 많이 나아진 거라

위로라도 해야 하나. 서연옥이 죽기 전엔 마치 제게 돈을 맡겨 놓은 것처럼 당당하게 요구하던 걸, 이젠 적어도 눈치는 살피니까.

익숙하지 않은 지수의 모습을 보고 있자니 자연스레 떠오른 생각인데, 거기까지 생각이 닿고 나니 또 입안이 씁쓸해진다. 가은은 대답 없이 다시 시선을 책 위로 내렸다. 그 반응에 지수가 어쩔 줄 몰라 하는 게 선명히 느껴졌다. 가은은 짧게 대꾸했다.

"네 계좌로 이체해 뒀어."

신학기가 되면 지수가 전공 서적을 사야 한다는 걸 알면서도 지금까진 단 한 번도 먼저 돈을 쥐여 준 적이 없었다. 그런데 지난밤 학교에 갈 준비를 하는 지수를 보며 문득 생각이 들었다. 그러고 보니 어느덧 3월이고 지수가 학교에 나갈 때가 되었구나. 용돈이 필요하겠네. 학교생활도 해야 하고, 전공 서적도 사야 될 거고. 그 생각이 들기 무섭게 지수의 계좌로 절대 모자라지 않을 만큼의 넉넉한 액수를 이체해 두었다.

갑자기 왜 그렇게 했는지는 스스로도 알 수 없었다. 다만 모스크바에 다녀온 이후 설명 못 할 동질감 같은 것을 지수에게서 느꼈다. 비록 십여 년간 자신을 괴롭히고 제가 가진 것을 대가도 없이 갈취해 간 사람이지만, 어느 날 갑자기 부모를 잃었다는 데서 설명 못 할 연민이 들었다.

더욱이 모스크바로 떠나기 직전 밤만 하더라도 악다구니를 퍼붓던 지수가 별안간 기세를 잃은 것도 이 같잖은 연민에 큰 몫을 했다. 그간의 기세는 어쩌고 왜 갑자기 이렇게까지 납작 엎드린 것일까. 이유야 특별할 건 없을 것이다.

'차라리 무섭다고 말을 해, 지수야.'

'……하, 뭐?'

'그렇게 하면, 내가 동정심에라도 널 계속 거둬 줄 수도 있잖아.'

그날 자신이 했던 말에서 두려움을 느꼈을 것이다. 서지수에게 한가은은 세상에서 가장 하찮은 존재일 테지만, 결국 지금까지 삶을 영위할 수 있었던 게 전부 한가은의 덕분이란 걸, 너무도 잘 알고 있을 테니.

가은은 그런 지수를 만류하지 않았다. 도리어 언제나 당당하게 굴던 지수가 자세를 납작 낮추고 제게 아쉬운 소리를 하는 걸, 두 눈 똑똑히 뜨고 지켜보았다. 그게 가은이 선택한 복수의 방법이었다.

"……고마워."

별안간 풀 죽은 지수의 목소리가 들려왔다. 예상하지 못했던 것이었다. 지수는 그 말만 남기고 방문을 닫았다.

다시 적막이 찾아왔다. 그리고 가은의 입가에 아주 희미한 미소가 어렸다. 그래. 적어도 넌, 고맙다는 말은 할 줄 알아 다행이다. 그런 속 편한 생각이나 하며 종이 위의 활자를 다시금 눈에 담았다.

누구의 간섭도 받지 않고 보내는 하루는 신기할 정도로 눈 깜짝할 사이에 지나갔다. 정오를 넘기고 나서야 가은은 허기를 느끼곤 거실로 나왔다. 하지만 막상 냉장고를 열어도 무엇을 먹어야 할지 알 수가 없었다. 갖은 구박을 받고 살긴 했어도 먹는 것 하나만큼은 잘 챙겨 주던 여자였다. 그 덕에 가은은 집안 살림과는 무척이나 거리가 멀었다.

무얼 먹어야 하나 고민하길 한참, 결국 배달을 시키는 게 낫겠다는 결론을 얻었다. 소파에 앉아 배달 어플을 막 실행시키는 찰나였다.

딩동.

별안간 초인종 벨이 집 안 가득 울렸다. 누구지. 지수도 나갔고, 자신을 찾아올 사람은 없는데. 가은은 의아함에 인터폰을 확인했다. 작은 화면 위로 낯선 얼굴이 둥둥 떠 있었다.

– 택배입니다.

지수가 뭘 시켰나.

자신이 물건을 시킨 적은 없었으니, 받는 이에 지수의 이름이 적혀 있어야 맞았다. 하지만 가은은 현관문을 열고 물건을 전달받기 무섭게 고개를 갸웃거려야 했다.

「이해운」

택배에 적힌 이름은 자신의 것도 지수의 것도 아닌, 해운의 이름 석 자였다. 가은은 절로 미간을 구겼다. 해운은 가은에게 있어 그다지 반가운 인물이 아니었다.

아무래도 옆집 남자가 물건을 시키고 호수를 잘못 적은 것 같은데…….

가은은 되도록 해운을 마주하고 싶지 않았다. 하지만 그렇다고 해운의 물건을 이곳에 두는 건 더 내키지 않았다. 결국 한숨을 푹 내쉬며 조금 전 닫은 현관문을 다시 열었다. 걸음이 향한 곳은 바로 맞은편, 해운의 집이었다. 가은은 망설임이 그득 담긴 손으로 초인종을 꾹 눌렀다. 막상 초인종을 누르고도 해운을 마주할 생각을 하니 속이 편하지 않았다. 문이 열리면 그냥 택배만 건네고 곧장 집으로 돌아가리라. 하지만 다짐이 무색하게 해운의 집 문이 열리고도 가은은 옴짝달싹도 할 수가 없었다.

"안녕?"

요동치기 시작한 그녀의 동공을 가득 채운 건 해운이 아니었다.

"드디어 찾았네."

보름 전, 모스크바에서 마지막으로 봤던 남자.

"나 버리고 간 나쁜 년."

진우였다.

버킷리스트(1)

　끔뻑끔뻑.

　가은은 어떤 말도 할 수 없었다. 너무도 혼란했다. 이진우가 어째서 이해운의 집에서 나올 수 있는 것인지. 또 어째서 이진우는, 이렇게 자신을 마주하고도 일말의 놀란 기색도 없을 수가 있는 건지. 가은은 눈앞에 펼쳐진 모든 상황이 통 받아들여지지 않았다. 머릿속에 빼곡히 들어찬 거라곤 이진우와 이해운의 이름. 그두 가지뿐이었다.

　"놀란 모양이네?"

거칠게 요동치는 가은의 눈동자 위로 진우의 얼굴이 비쳤다. 비뚜름하게 비틀어 올린 입매가 선명했다.

놀란 모양이라고? 그걸 지금 말이라고.

순간적으로 형용할 수 없는 짜증이 치밀었다. 진우의 말투가 그랬다. 꼭 자신을 농락하는 투였다.

신경을 거스르는 그의 말을 곱씹고 곱씹는데, 불현듯 기시감이 들었다. 모스크바로 향하는 열차 안에서 처음 보았던 진우의 모습이 꼭 지금과 같았다. 격정적으로 몸을 섞기 직전까지 보았던 모습들 역시 지금과 다를 게 전혀 없었다. 그러고 보니 그 당시 제 손에 쥐여 있던 진우의 핸드폰이 진동했던 게 떠오른다. 액정 위엔 이해운의 이름 석 자가 선명하게 찍혀 있었다. 그래. 이진우는 이해운과 아는 사이였다.

'그냥 아는 놈이야.'

분명 그가 그렇게 말했었다. 얼마나 어떻게 아는 사이인지는 모르겠지만, 해운과 아는 사이라고.

뒤늦게 후회가 밀려온다. 그날 해운과 무슨 사이인지 들었어야 했다. 처음 느껴보는 기묘한 감각에 취해 자신의 이야기만 늘어놓을 것이 아니라, 이진우의 이야기를 들었어야 했던 거다. 치밀하지 못했던 행동의 결과는 꽤 굴욕적이었다. 대놓고 자신을 농락하려는 남자를 앞에 두고 어떤 말도 할 수가 없으니, 가은은 일순 가슴이 차게 식는 걸 느꼈다. 눈앞의 남자를 더는 마주하고 싶지 않았다.

"이거."

가은은 무작정 진우에게 택배 상자를 내밀었다. 애초에 이 집을 찾은 이유가 바로 손에 들린 상자 때문이었다. 그러니 이것만 전하고 나면 이진우를 마주하고 있어야 하는 이유가 사라지는 것이다. 하지만 진우는 내밀어진 상자를 관심 없는 눈으로 슬쩍 훑기만 할 뿐, 받지 않았다. 가은의 미간 위로 주름이 팼다. 도통 지금 자신과 뭘 하자는 건지 알 수가 없었다.

가은은 다시 한 번 상자를 내밀었다. 이번이라고 그가 받을 거란 기대 같은 건 하지 않았다. 하지만 그가 상자를 받지 않는다고 해서 계속 자리를 지키고 있을 이유는 없었다.

애초에 불찰은 물건을 주문하면서 주소를 잘못 적은 이해운에게 있었다. 그리고 자신은 잘못 도착한 택배를 돌려주기 위해 직접 걸음까지 했으니, 최소한의 도리는 한 셈일 터다. 그러니까 이 이상으로는 그게 무엇이든 배려하고 베풀 이유가 없다는 거다.

가은은 마지막으로 어서 상자를 받으라고, 시선으로 종용했다. 하지만 이번에도 진우는 받지 않았다. 가은이 할 수 있는 배려는 거기까지였다. 가은은 상자를 쥐고 있던 손에서 힘을 풀었다. 상자는 순식간에 한쪽으로 기울었고, 이내 바닥으로 곤두박질쳤다. 상자가 떨어지고 둔탁한 소리가 이어졌지만, 가은은 바닥으로 떨어진 상자를 보지 않았다. 지독하리만치 차게 식은 눈동자로 정면만 응시할 뿐.

생기 없이 가라앉은 동공 위엔 비참하게 떨어진 상자를 보고 있는 진우의 얼굴이 또렷하게 비쳤다. 어쩐지 그의 얼굴이 미묘하게 일그러진 것만 같았다. 마치 아래로 처박힌 상자가 꼭 자신이라도 되는 것처럼, 진우는 상자에서 쉽사리 눈을 떼지 못했다. 가은은 그런 진우를 조금 더 마주했다. 하지만 정말 잠깐일 뿐이었다. 천천히 뒤를 돌았다. 진우의 시선이 따갑게 느껴졌지만, 가은은 아랑곳하지 않고 도어록의 비밀번호를 꾹꾹 눌렀다.

 비밀번호가 눌리고 이내 잠금이 해제되는 알림 소리가 복도를 청아하게 울렸다. 가은은 망설임 없이 문을 열었다. 그리고 그 안으로 숨어들었다. 문이 닫히고 이진우의 시선에서 완벽하게 벗어나고 나면 가슴을 짓누르는 답답한 기분에서 조금쯤은 벗어날 수 있을 것이리라. 가은은 어서 그 기분을 느끼고 싶었다. 하지만, 도무지 문을 닫을 수가 없었다. 아무리 힘을 주어도 문이 닫히지 않았다. 날카롭게 사선을 그린 눈매가 매섭게 뒤를 돌아보았다.

"뭐 하는 거야, 지금."

 본능이나 다름없이 튀어나온 음성은 냉정하기 그지없었다. 그럼에도 진우는 눈 하나 깜빡하지 않았다. 도리어 현관문 손잡이를 잡고 있던 손에 더욱 힘을 주어 당겼다. 반대쪽 손잡이를 잡고 있던 가은의 몸이 속절없이 끌려 나왔다. 힘을 준다고 주었는데, 가까스로 멈춘 자리는 진우의 가슴팍 바로 앞이었다.

 가은의 동공이 크게 일렁였다. 낯설지 않은 체취가 단숨에 후각을 자극했다. 그러자 반사 작용처럼 심장이 뜨겁게 끓어오르다 차게 식기를 반복한다. 그와 함께 보낸 며칠간의 밤은 분명 쉽게 잊을 수 없을 만큼 강렬한 시간이었다. 그건 부정할 수 없는 사실이다. 그러나 동시에 그를 보고 있으면 모스크바에서 마주한 끔찍한 잔상이 선명하게 상기되었다. 그게 진우가 반갑지 않은 이유였다.

 가은은 눈을 질끈 감았다. 위에서 쏟아져 박히는 진우의 시선이 정말이지 못 견디게 따가웠다. 왜 그런 시선을 보내는지, 그 이유를 모르지 않았다. 하지만 가은은 설명할 여력도, 아무렇지 않게 그를 마주할 여유도 없었다. 이제야 조금씩 그날의 충격에서 벗어나는 중이었다. 벗어난다고 하기엔 온 힘을 다해 외면하는 쪽이 더 맞는 말이겠지만, 방법이 무엇이든 상관없었다. 그날 이후 또 숨 막히는 고통 속에 머물러야만 했다. 그 끔찍한 고통에서 벗어날 수만 있다면, 가은은 뭐든 다 할 수 있었다.

"밑에서 내내 할딱거리길래 내 실력을 꽤 마음에 들어 한다고 생각했는데, 착각이었나?"

진우의 목소리가 불시에 고막을 꿰뚫고 들어왔다. 그는 한껏 비틀린 음성으로 가은을 비웃었고, 힐난했다. 그리고 분노하고 있었다.

가은은 가만히 생각에 잠겼다. 그와 저녁을 약속해 놓고 이렇다 할 설명도 없이 무작정 한국으로 돌아왔으니, 그의 입장에선 화가 날 만도 했다. 하지만 이렇게까지 자신을 비웃고 힐난할 일이던가. 이렇게까지, 제게 화를 낼 일이던가.

가은은 이해할 수 없었다. 이진우와 한가은은 그저 불같은 하룻밤을 보냈을 뿐이었다. 그 불같은 하룻밤이 몇 번 더 반복되었다고 해서 그들의 관계를 특별하게 정의 내릴 이유는 없었다. 무엇보다 가은은 진우와 더 엮이고 싶지 않았다. 가능한 머릿속에서 러시아에서 있었던 모든 일을 지우고 싶었으니까. 잠시 물렁해지는 것 같던 심장이 순식간에 단단해지기 시작했다. 가은은 닫고 있던 눈꺼풀을 들어 올려 진우를 차게 쏘아보았다.

"응. 마음에 들었어."

건조하기 짝이 없는 음성은 어울리지도 않게 그의 말을 긍정했다.

"하, 뭐?"

진우가 실소하며 되물었다. 어이없다는 듯한 웃음소리가 지나치게 차가웠다. 그럼에도 가은은 조금도 주춤하는 기색을 보이지 않았다.

"마음에 들었다고, 너."

도리어 더욱 거세게 진우를 몰아붙였다.

"근데. 마음에 들어서, 뭐."

"……."

"마음에 들었으면 그다음은 또 뭘 해야 하는 건데?"

"……."

"마음에 들었으니 너랑 계속 자야 해? 네가 원하는 게 그런 거야?"

가은은 거침없었다. 진우가 받아칠 시간도 주지 않았다. 진우는 반쯤 넋이 나간 사람처럼 멀거니 가은을 바라보기만 했다. 얕게 일렁거리는 그의 눈동자가 지금 몹시도 혼란하다는 걸 알려주고 있었다. 하지만 가은은 봐주는 법이 없었다.

"너랑 난 그냥 그날 잠깐 눈이 맞아 하룻밤 보낸 것뿐이잖아."

"……."

"너 나 사랑하기라도 해?"

그새 진우에게 배우기라도 한 건지, 사랑을 운운하는 음성엔 비소가 묻어나기까지 했다. 진우의 미간이 삽시간에 좁아 들었다.

"누가. 내가? 내가 널?"

이미 더 구겨질 자존심도 없었지만, 이런 굴욕까지 모두 참아낼 수 있을 만큼 진우는 마음의 여유가 없었다.

"어. 너 나 사랑하니?"

다시 돌아온 가은의 질문에 진우의 눈꺼풀이 바르르 떨렸다. 나름대로 최선을 다해 아닌 척하고 있지만, 이미 가은에게 말렸다는 걸 인정하지 않을 수 없었다. 그걸 가은 또한 눈치챘다는 사실까지도.

진우의 입술이 점점 하얗게 말라 갔다. 굴욕적이다 못해 수치스럽기까지 한 기분이 온몸을 좀먹어 간다. 내내 가은을 쥐락펴락하던 건 자신이었다. 그런데 그랬던 자신이 이렇게 손쓸 새도 없이 가은의 페이스에 말릴 줄이야. 진우는 아래턱에 힘이 들어가는 줄도 모르고 여유로운 척 대답했다.

"착각도 병이야, 너."

가소롭다는 듯 입매를 한쪽으로 비트는 것도 잊지 않았다. 그러나 여전히 가은에게선 한 치의 흔들림도 찾아볼 수 없었다.

"그럼 된 거네."

되레 그녀는 명쾌한 해답을 얻은 사람처럼 굴었다.

"되긴 뭐가……!"

"러시아에서 있던 일은 너나 나나 분위기에 취해 몇 번 몸 섞은 사이로 정리하면 되는 거잖아. 안 그래?"

시원시원하게 내뱉어진 말은 어느 한구석 반박의 여지가 없었다. 틀린 말이 아니다. 분명 틀린 말이 아닌데, 그런데.

"그렇게 정리하고 나면 지금처럼 너랑 나랑 이렇게 마주 보고 있을 일도 없을 것 같은데."

분했다. 가은이 말을 뱉을 때마다 속에서 울화가 치밀었다. 그러고 나자 다시금 입안 가득 가은에게 하고 싶은 말이 차오른다.

"이만하면 충분하지 않아? 여기서 더 유치하게 굴어야겠어? 애도 아니고."

나쁜 년.

하는 말마다 아프지 않은 말이 없었다. 진우는 이번에도 한마디 대꾸도 하지 못했다. 다만, 속으로 확신했다. 저 할 말만 하고 뒤돌아선 저 계집애는 정말이지 매정할 정도로 못되고 야박한 여자임이 분명하다고.

* * *

막 집으로 돌아온 해운이 별안간 불이 켜진 거실을 의아하게 바라보다 미간을 좁혔다. 해운은 중문 옆에 놓인 협탁에 차 키를 신경질적으로 집어 던졌다. 그러곤 기다렸다는 듯이 불만 가득한 입술을 떼었다.

"뭔데? 한국엔 언제 들어왔어?"

반가움과 성가심 사이.

해운의 목소리는 어울리지도 않는 그 두 가지 감정 사이를 배회하고 있었다. 그게 빤히 느껴졌지만, 진우는 개의치 않으며 어깨를 으쓱거렸다.

"이틀 전에."

진우의 대답이 필요 이상으로 간결했다. 왠지 모르게 지금 너랑 대화할 기분 아니야, 하고 말하는 것만 같았다. 해운은 설마 하는 얼굴로 눈살을 찌푸리며 물었다.

"근데 주인도 없는 내 집엔 왜 와 있어? 큰아버지가 또 잔소리 하셔?"

해운은 직업 특성 때문에 집을 자주 비우는 편이었다. 그리고 진우는 배려라곤 눈곱만큼도 찾아볼 수 없는 맹목적인 집안의 압박에서 벗어나 쉴 곳이 필요한 사람이었다. 그런 의미에서 진우에게 해운의 집은 쉴 수 있는 공간으로 최적의 장소였다. 자주는 아니더라도 종종 이런 경우가 있었기에 해운은 이번에도 그런 경우일 거라고 대수롭지 않게 생각했다.

"아니. 집에 안 갔어. 오자마자 여기로 온 거야."

하지만 돌아온 대답은 청천벽력 같은 소리나 다름없었다.

"하, 야. 넌 한국에 들어왔으면 집으로 곧장 갈 일이지, 왜 여기로 오고 지랄이야!"

신경질이 가득 묻어나는 중저음의 톤이 진우의 고막을 사정없이 내찔렀다. 그럼에도 소파에 앉아 있던 진우는 미동도 하지 않았다.

눈동자가 탁했다. 생기라곤 찾아볼 수가 없었다. 진우의 머릿속은 온통 가은으로 가득했다. 아무리 생각해도 못돼 먹은 계집애였다. 일주일간 있을 거라 거짓말을 하고 사라진 거로 모자라, 미안하단 말 한마디도 하지 않다니. 정말 생각할수록 분하고 괘씸했다. 그날 자신이 호텔 로비에서 그녀를 얼마나 기다렸는지, 오지 않을 걸 알면서도 끝끝내 기다리는 마음이 어땠는지. 그걸 조금이라도 안다면 이렇게 매정하게 굴진 못했을 것이다.

"야, 내 말 듣고 있냐? 어? 너 큰아버지, 큰어머니한테 연락은

드린 거야?"

"아니."

진우는 짜증이 가득한 투로 짤막하게 대답했다. 그렇지 않아도 머리가 아파 죽겠는데, 꽥꽥거리며 잔소리해대는 목소리가 반가울 리 없었다. 하지만 눈치라곤 약에 쓸래도 없는 해운은 1절에서 멈추지 못했다.

"야, 인마! 넌 진짜 나한테 그러고 싶냐? 어? 내가 네 전용 비서야? 너 이럴 때마다 하루 종일 큰어머니가 전화를 얼마나 하시는 줄 알아? 나도 바쁘다고!"

해운의 하소연에 진우가 매섭게 미간을 구겼다.

"그럼 받지 마. 너더러 전화 받아 달라고 한 적 없어."

그러곤 자비 없는 목소리로 일갈했다.

해운은 순간적으로 저도 모르게 몸을 움찔거렸다. 들려온 목소리가 심상치 않았다. 누구 한 명쯤은 가뿐히 만신창이를 만들 수 있을 만큼 싸늘했고, 매몰찼다. 그제야 해운은 진우의 눈치를 살폈다. 진우의 표정이 예사롭지 않은 기운을 머금은 채 한껏 가라앉아 있었다.

아주 잠깐 무엇 때문에 저러는 건가 걱정이 되기도 했지만, 금세 짜증이 치밀었다. 많지도 않은 일가친척 중에 또래라곤 유일한데, 유일한 놈 하나가 잊을 만하면 이렇듯 제 속을 썩여댔다. 결국 해운은 초연한 얼굴로 협탁 모서리에 기대선 채 팔짱을 꼈다.

"뭐가 또 문젠데?"

진우를 바라보는 해운의 눈동자는 마치 모든 것을 해탈한 성인의 것처럼 잔잔하기만 했다. 그런 해운을 바라보는 진우의 시선은

영 마뜩잖은 듯했지만.

"……문제 같은 거 없어."

진우는 답답함에 이맛살을 구기면서도 고민거리를 털어놓지 않았다. 한국에 입국하기 무섭게 해운의 집으로 달려오긴 했지만, 해운에게 러시아에서 있었던 일을 구구절절 떠들 생각은 없었다. 애초에 이 집을 찾은 이유는 해운에게 돌아왔단 신고를 하기 위해서가 아니라 괘씸한 한가은 때문이었다. 내리 고민했다. 한국행 비행기에 오를 때까지. 한국으로 돌아오는 비행 중에도 고민은 멈추지 않았다.

진우는 이대로 가은을 러시아에서의 추억으로 남길 생각이 없었다. 가은의 말처럼 특별한 거라곤 서로에게 이끌려 충동적으로 보낸 밤이 전부였지만, 진우는 가은을 계속 보고 싶었다. 그런 이유를 차치하더라도, 조용히 물러날 생각이 없는 건 마찬가지였다. 자신을 매몰차게 바람맞히고 간 나쁜 년을 이렇게 순순히 놓아준다면 몇 날 며칠을 속이 쓰려 잠도 이루지 못할 게 분명했다. 그래서 해운의 집을 찾았다. 가은을 처음 마주했던 날. 그러니까 정확하게는 가은이 제 차 앞으로 뛰어들었던 날, 해운이 했던 말이 떠올랐기 때문이다.

'가은이 아니야? 네가 가은이를 어떻게 알아? 너랑 가은이가 만날 만한 접점이 없는데.'

해운은 뒷모습만을 보고도 그녀가 한가은이라는 걸 정확하게 알고 있었다. 처음엔 그 사실이 의아했지만, 곧이어 들려온 말에 의문은 완벽히 해소되었다.

'옆집 사는 애야. 그 집 아주머니가 부탁하셔서 요즘 지켜보고
있는 애고.'
'……'
'무슨 일 있나? 평소엔 집 밖으로 잘 나오지도 않는 앤데 어딜
저렇게 정신없이 가?'

옆집 사는 애.
대수롭지 않은 말이었다. 적어도 그날의 진우에겐 그랬다. 그런
데 이제 와 명쾌한 해답이 되어 줄 줄이야.
가은이 해운의 옆집에 산다는 사실이 떠오르기 무섭게 이곳으
로 왔다. 그때까지만 해도 기분이 썩 나쁘진 않았다. 감히 자신을
바람맞힌 나쁜 년을 어떤 식으로 놀려 줘야 할까. 그 고민에 사로
잡혀 기분 나빠할 새가 없었다. 오랜 고민 끝에 떠올린 게 가은의
집으로 택배를 보내는 것이었다. 상황은 예상했던 대로 흘러갔다.
놀랐다, 분명. 열린 현관문 사이로 나타난 자신을 보고 처음엔
한가은도 놀란 게 확실했다. 어지러이 흔들리는 눈동자와 쉽게 말
을 잇지 못하는 행동 자체가 그 증거나 다름없었다. 하지만 그 이
후의 상황은 진우가 그리던 것과는 달라도 한참이나 다르게 흘러
갔다. 미안하다고는 할 줄 알았다. 그날 그렇게 바람맞혀 정말 미
안하다고. 그 정도 사과의 말은 들을 수 있을 거라 생각했다. 그러
나 가은의 잇새로 흘러나온 말은 정말이지 괘씸하기 그지없었다.

'러시아에서 있던 일은 너나 나나 분위기에 취해 몇 번 몸 섞은 사이로 정리하면 되는 거잖아. 안 그래?'

'⋯⋯.'

'이만하면 충분하지 않아? 여기서 더 유치하게 굴어야겠어? 애도 아니고.'

진우는 진심으로 분했다. 러시아에서 느낀 기분과 오늘 느낀 기분을 어떻게 돌려줘야 할까, 그 생각만이 오로지 진우의 오감을 사로잡았다.

그렇게 얼마간 있었을까. 별안간 상념에 잠겨 있던 진우가 초점을 되찾은 눈으로 정면을 향해 고개를 들었다. 맑게 갠 동공 위로 불만 가득한 해운의 얼굴이 비쳤다. 진우는 망설임 없이 제 할 말을 쏟아냈다.

"당분간 여기에서 좀 지내자."

"야, 인마. 너 내가 하는 말 뭐로 들⋯⋯!"

"전화 오면 받지 마. 뭣하면 여기에 있다고 일러바쳐도 상관없어."

한참을 묵직하게 자리를 지키던 진우가 가볍게 머리를 털어냈다. 종일 가은의 생각으로 골머리를 앓은 탓에 머리가 다 지끈거렸는데, 답을 내려놓고 나니 몸이 한결 가벼워지는 기분이다. 해운은 그렇지 못한 듯했지만.

"하, 너 지금 그걸 말이라고 하냐?"

해운은 이제 소리칠 힘도 없다는 듯, 절망한 얼굴을 했다. 하지만 진우의 연민을 자극하기엔 역부족이었다. 목적이 생기면 반드시 이루고야 마는 진우에겐 씨알도 먹히지 않을 일이기도 했다.

진우는 가볍게 어깨를 으쓱였다. 조금 전까지 깊은 고민으로 시름에 잠겼던 사람치곤 퍽 시원한 얼굴이었다. 그런 진우가 해운에게 내놓은 해답은 일말의 성의도 찾아볼 수 없는 것이었다.

"가라고 했는데도 내가 고집부렸다고 해. 네 말은 귓등으로도 안 듣는다고. 너도 방법이 없다고."

진우는 그 말만 남기곤 자리에서 벌떡 일어났다. 성큼성큼 뻗어나가는 걸음은 이곳이 마치 그의 집인 양 거침없었다. 익숙하게 찾아 들어간 방은 진우가 해운의 집을 찾을 때마다 지내는 방이었다. 곧 문이 닫히고, 해운은 원망 가득한 눈으로 닫힌 문을 노려보며 작게 속삭였다.

"알긴 아냐. 내 말은 귓등으로도 안 듣는 거. 하, 진짜 저 꼴통 자식."

해운은 거칠게 머리를 헤집었다. 조금 전 진우가 머리를 털어내던 것과는 퍽 다른 감정의 손길이었다.

* * *

가은의 하루는 전에 없이 평화로웠다. 며칠 전 별안간 나타난 진우 때문에 잠시 혼란하긴 했지만, 그게 그녀의 일상을 뒤흔들 정도의 파급력은 되지 못했다. 러시아에서 한국으로 돌아왔을 때, 그녀의 마음은 이미 단단하게 다져지고 굳건하게 닫힌 뒤였다.

가은은 진우를 마주한 게 불과 며칠 전임에도 금세 진우를 잊었다. 그날 이후 진우를 마주한 적도 없으니 아주 잠깐에 불과한 그

시간을 깨끗하게 잊는 건, 가은에겐 식은 죽 먹기와 다를 게 없었다. 그런데 그렇게 평화롭기만 하던 가은의 일상에 불현듯 균열이 생기기 시작했다.

가은은 미간을 좁힌 채 식탁 위에 놓인 접시를 빤히 보았다. 그 곁에 선 지수가 가은이 뿜어내는 오라에 기가 죽어 연신 눈치만 살폈다.

"아니, 그게……. 그냥 집에 들어오려는데, 갑자기 옆집에서 모르는 사람이 나와서……."

"……."

"음식 양이 많아서 나눠 주는 거라고 주길래……. 나는 옆집에 새로 이사 와서 잘 지내보자는 의미로 주는 건 줄 알았어……."

줄줄이 이어진 지수의 설명에 가은의 미간이 속절없이 구겨졌다. 이진우의 소행이 분명했다. 자신이 알고 있는 한, 옆집에 새로 이사 온 사람은 없었다. 원래 누군가 살던 집에 불청객이 들어왔다면 모를까.

"……내가, 실수한 거야?"

한껏 위축된 목소리가 연이어 들려왔다. 가은은 천천히 시선을 위로 들었다. 동공 위에 비친 지수가 어깨를 연약하게 떨고 있었다. 무척이나 불안해하는 모습이었다. 그걸 바라보고 있노라니 가은은 삽시간에 가슴이 묵직해졌다.

"그, 그런 거면 미안해. 나는, 나는 정말……."

지수는 벌벌 떨리는 입술로 사과를 건네 왔다. 무엇이 미안한 걸까. 지수는 잘못한 게 없었다. 지수를 통해 음식을 전한 이진우의 행동은 백번을 생각해도 순수한 의도일 리가 없었다. 자신을 자극하기 위한 계획임이 확실할 것이리라.

모스크바로 향하는 열차 안에서의 그를 떠올리면, 지수가 그를 피할 방법은 없었을 것이다. 그가 이런 식으로 자신을 자극하겠다고 작정한 이상 아무것도 모르는 지수가 그의 농간에 현명하게 대처할 수 있었을 리가 없다. 그런데 뭘 그렇게 잘못해서 이렇듯 벌벌 떨 정도로 불안해하며 미안하다고 사과를 하는 걸까.

"아니야, 네 잘못."

차게 가라앉은 가은의 목소리가 허공을 가로질렀다. 그렇다고 지수를 원망하거나 질타하는 기색 역시 묻어 있지 않았다. 다만, 직접적이든 간접적이든 이진우의 농간에 계속 놀아나는 기분이 들어 짜증이 치밀 뿐.

"……어?"

"네 잘못 아니라고. 너 잘못한 거 없어."

잘못이 아니라는 가은의 말에 지수는 그제야 안도하는 얼굴로 참았던 숨을 내쉬었다. 그 모습을 바라보던 가은의 미간이 좁아졌다. 가슴이 자꾸만 답답해진다. 진우 때문에 없던 두통이 생겨난다면 지수의 행동에 두통의 무게가 더 무거워지는 기분이다. 그래서일까.

"내 눈치 보느라 마음에도 없는 사과할 필요 없어."

의도하지 않은 냉소가 정확히 지수를 향해 겨누어졌다. 이런 말이 하고 싶은 게 아닌데, 의지와 상관없이 입술이 움직인다. 자신을 바라보는 지수의 눈동자가 다시금 세차게 요동치기 시작한 걸 보고도, 가은은 멈출 수가 없었다.

"언제부터 나한테 미안하단 말을 할 줄 알았어?"

"……."

"지금까지 이것보다 더한 짓도 잘만 했잖아. 그러면서도 미안해했던 적, 한 번도 없잖아."

"……."

"그런데 왜 새삼스레 나한테 미안해해?"

어투를 한껏 치올린 마지막 말은 명백히 상대를 비꼬는 것이었다. 말을 뱉기 무섭게 가은은 눈살을 찌푸렸다.

"……."

"……."

지수는 아무 말도 하지 못했다. 그리고 가은 역시 가능한 한 있는 힘을 다해 아랫입술을 짓씹었다. 그렇게라도 하지 않으면 또 무슨 말을 지껄일지 몰랐다. 자신이 한 말이지만, 그건 말을 한 게 아니라 아무 말이나 되는대로 지껄인 게 맞았다. 그간 이어진 지수의 행동을 불합리하다고 생각한 게 어제오늘 일이던가. 그럼에도 그동안 단 한 번도 지수에게 맞선 적이 없었다. 자신이 목소리를 낸다고 해서 달라질 게 없다는 걸 본능적으로 알았던 탓일 터다.

연옥이 지수의 뒤를 지키고 서 있는 한, 자신이 할 수 있는 건 아무것도 없었다. 원망했지만, 당연하게 받아들였고, 매 순간 체념한 채로 무책임하게 하루하루를 보냈었다. 그런데 이제 와 지수를 비난하다니. 제게 그럴 자격이 있을까. 가장 앞장서서 제 인생을 방관했던 건 자신이었다. 그런 제게 지수를 비난할 수 있는 자격이 있을 리가.

별안간 속이 쓰렸다. 그럼에도 한번 치솟은 짜증은 쉽게 가라앉지 않았다. 가은은 입안 가득 들어찬 한숨을 꾹꾹 삼켜냈다. 그러곤 지수와 마주하고 있던 시선을 가차 없이 피했다. 비겁함으로 범벅된 입술이 염치도 없이 움직였다.

"……쉬어."

사람 속 긁는 말은 다 해 놓고 쉬라니. 나쁜 년.

스스로를 향한 힐난이 서슴없이 목구멍을 타고 올라왔다. 가은은 단호히 등을 돌렸다. 아마 지수는 고작 이 행동에도 속으로 놀라며, 초조해하고 있을지도 몰랐다. 그런 생각을 하면서도 가은은 이 이상 지수를 배려할 수가 없었다.

벌컥.

거칠게 열고 들어온 방문을 닫기 무섭게 가은은 스르르 자리에 주저앉았다.

"하아……."

묵직한 한숨이 목구멍을 아프게 긁고 올라왔다. 자꾸만 짜증이 난다. 잘못하지도 않은 일에 사과를 하는 지수도, 이런 상황을 만든 이진우도, 당최 이성적이질 못한 자신까지. 전부 짜증이 났다. 이 감정을 어떻게 억눌러야 할지 도통 알 길이 없다. 아무리 생각하고 또 생각을 해도 방법이 떠오르질 않았다. 그래서 가은은 또 짜증이 났고, 가슴이 답답했다.

지칠 대로 지친 눈동자 두 개가 정처 없이 허공을 헤맸다. 불현듯 흐린 눈동자 위로 창문 너머의 깨끗한 밤하늘이 걸려들었다. 갈 곳을 찾지 못한 가은의 눈동자가 밤하늘 위를 방황했다. 그러다 그녀의 시선을 사로잡은 빛줄기 하나.

가은은 집착하듯 그 빛을 빤히 보았다. 밤하늘 가운데에 둥둥 떠 있는 보름달이 유난히도 환했다. 그러나 가은의 눈엔 그마저도 온통 회색빛으로 칙칙하게만 느껴졌다. 가슴이 더욱 답답해지기 시작한다. 부디 이 답답함에서 벗어날 수 있다면 좋을 텐데……. 그 방법을 알지를 못해 가은은 그저 눈을 질끈 감아 버렸다. 차라리 이렇게 보지도 듣지도 않는 게 나을 것이리라. 그게 지금의 그녀가 할 수 있는 최선이자, 유일한 방법일 테니.

망연히 벌어진 잇새로 다시금 한숨이 터져 나왔다. 숨에 실린 무게가 어찌나 무거운지, 깨끗한 밤하늘과는 무척이나 어울리지 않았다.

* * *

투둑, 툭툭.

진우는 거실 소파에 앉아 소파 팔걸이에 올려진 검지를 까닥였다. 그의 시선이 집착스럽게 한 곳만 응시했다. 시계 위였다. 새까만 눈동자가 초침을 따라 의미 없이 움직였다. 벌써 한 시간이 흘렀다. 가은이 화난 얼굴로 자신을 찾을 거라 예상한 시간으로부터 한 시간이나 지난 것이다. 진우의 미간이 좁아졌다. 오지 않으려나. 그 생각이 들자 김이 팍 샌다.

"하. 어렵네, 한가은."

그의 잇새로 불만 가득한 목소리가 흘러나왔다. 가은을 자극하겠답시고 먹지도 않을 음식까지 잔뜩 시켜 접시에 옮겨 담는 정성까지 발휘했는데, 원하는 결과가 나오지 않자 기분이 썩 좋지 않았다. 얼굴이 한쪽으로 기울었다. 습관이나 다름없이 손가락으로 관자놀이를 짚었다. 불만스러울 때나 머리가 지끈거릴 때 나오는 행동이었다.

진우는 왼손에 머리를 괴곤 눈을 지그시 감았다. 한 시간이 지나도록 오지 않으니 더 기다려 봐야 가은은 오지 않을 것이다. 그럼 어떻게 해야 하지. 어떻게든 한가은을 보긴 봐야겠는데. 시간이 지날수록 미간에 팬 주름이 깊어졌다. 잠깐이나마 한가은을 보겠다고 하루 종일 들인 공이 적지 않았다. 가은에게 짧게나마 죽은 여자와 죽은 여자의 딸에 대해 듣긴 했지만, 확신이 없어 출근하는 해운을 붙잡고 물어보기까지 했다.

'옆집에 한가은 혼자 살아?'
'아니? 몇 달 전에 아주머니가 돌아가셨다는 말을 듣긴 했는데, 그럼 가은이랑 그 아주머니 딸이랑 같이 살고 있을 거야.'
'그래?'
'어. 근데 그건 왜?'

질문을 하기 무섭게 해운의 얼굴이 호기심으로 물들었다. 무척이나 성가셔질 거란 징조였다. 그렇게 될 걸 알면서도 해운에게 물었던 거다.

정말 잠깐이라도 좋으니 한가은을 보겠다고. 아주 잠깐이라도 가은의 눈에 띄겠다고.

집주인을 집에서 내쫓다시피 보내고 먹지도 않을 음식을 잔뜩 시켰다. 서툰 손길로 아무렇게나 접시에 옮겨 담았다가 모양새가 영 보기 좋지 않아 예쁘게 보이도록 이리저리 뒤적거리기까지 했다. 그러곤 종일 한가은과 같이 산다던 죽은 여자의 딸을 목이 빠지게 기다렸다. 그것까지도 전부 아주 잠깐이라도 좋으니 가은을 보기 위해 한 행동이었다. 물론 그렇게라도 가은이 보고 싶다는 애틋한 감정은 절대 아니었다.

다시는 가은이 제게 매몰찰 수 없게 만들고 싶었다. 언제가 됐든 자신의 노력 없이도 가은이 직접 자신을 찾는 날이 오길 바라서. 왜 그런 걸 바라는 건지는 스스로도 알지 못했다. 그저 그랬으면 좋겠다는 생각이 들었다. 아주 맹목적으로.

맹목적인 욕구나 본능을 참아내는 건 여간 어려운 일이 아니었다. 그래서 진우는 지금 못내 짜증이 났다. 뭐가 그렇게 어려운 건지, 한가은은 뭐 하나 쉬운 게 없었다. 늘 자신이 먼저 다가가야 하고 애원해야만 마지못해 원하는 바를 찔끔 안겨 주었다. 살면서 처음 느껴 보는 기분이었다. 누군가에게 안달복달하는 것도. 마지못해 던져 준 관심에 기분이 좋았던 적도.

늘 그의 의지와 상관없이 쏟아지는 관심만 받았던 인생에 그런 경험은 새로울 수밖에 없었다. 그런데 이젠 새로움을 넘어 자존심에 스크래치가 잔뜩 생길 정도로 굴욕적이다.

진우는 관자놀이를 짚고 있던 손을 안으로 꽉 말아 쥐었다. 그러곤 지그시 내리감고 있던 눈꺼풀을 번쩍 들어 올렸다. 동공 위로 곧장 시계가 비친다. 밤 9시가 조금 넘은 시각. 늦긴 했지만 그래도 아직은 초인종을 눌러 봐도 되는 시간 아닐까. 그 생각이 들기무섭게 진우는 자리에서 벌떡 일어나 현관으로 향했다.

바로 보이는 슬리퍼에 발을 끼워 맞추곤 망설임 없이 현관문 밖으로 나섰다. 몇 걸음 되지 않는 옆집 앞에 서기까지 조금도 주저함이 없었다. 그런데 앞선 행동들이 무색하도록 초인종 버튼 위로 올린 손가락에 힘이 들어가지 않는다. 진우는 초인종을 매섭게 노려보며 아랫입술을 꽉 물었다. 이렇게 또 자신이 먼저 다가가는 건 싫은데. 정말 싫은데. 둘로 나뉜 내면의 자아가 쉴 새 없이 부딪쳤다.

그런데 바로 그때.

"……."

별안간 옆집 현관문이 벌컥 열렸다.

진우는 저도 모르게 두어 걸음 뒤로 물러났다. 현관문이 반쯤 열리고 모습을 드러낸 건 그토록 기다리던 가은이었다. 가은은 문 너머로 내밀었던 다리를 멈추곤 물끄러미 진우를 올려 봤다. 새까만 눈동자는 생기라곤 찾아볼 수 없이 건조했다.

"……아, 그러니까."

진우는 저도 모르게 변명하듯 말을 뱉었다. 전혀 예상치도 못한 상황이 퍽 당황스러웠다. 그러나 이내 급히 입술을 꽉 말아 물었다. 이런 식으로 제 감정을 들켜서 좋을 게 없었다.

순식간에 정적이 감돌았다. 언제나 이런 식이었다. 그가 먼저 대화를 유도하지 않으면, 가은은 먼저 말을 하는 법이 없었다. 낯설 이유도 없는 상황이건만, 오늘따라 유독 더 짙은 공백에 진우는 밀려 올라오는 숨을 속으로 삼켜야 했다.

진우는 습관처럼 가은을 찬찬히 살폈다. 어딜 가려는 건지 패딩을 걸친 차림이다. 외출이 목적이기보단 산책이나 근처에 볼일을 보러 가는 듯했다. 딱 거기까지 파악을 마친 찰나, 단조로운 목소리가 진우의 고막을 할퀴고 들어왔다.

"비켜."

진우의 눈썹이 날카롭게 사선을 그렸다. 뭐가 그렇게도 불만인 건지, 가은의 미간이 한껏 좁아진 채 심상치 않은 기운을 뿜고 있었다. 그 모습에 잠시 잊고 있던 괘씸함이 스멀스멀 밀려오기 시작한다. 진우는 차갑게 식기 시작한 눈동자로 가은을 뚫어지게 보았다. 정말이지 꼿꼿하기 짝이 없었다. 감정 하나 찾아볼 수 없는 표정도, 바짝 세운 허리도. 러시아에서의 일은 하나도 기억하지 못하는 사람 같았다.

"비키라는 말."

"……."

"안 들려?"

한참 만에 들려온 목소리 역시 마찬가지였다. 그녀를 닮은 가녀리고 유약한 목소리는 언제나 어울리지도 않는 파급력을 안고 있었다. 그리고 그 목소리가 오늘도 진우의 자존심에 사정없이 스크래치를 그었다. 진우의 턱이 한껏 불거졌다. 일관적으로 자신을 무시하는 태도에 화가 끓어올랐다. 그러나 끝끝내 양손을 꾹 말아 쥔 채 뒤로 물러났다.

"……."

"……."

무감한 시선을 거둔 가은이 벌어진 틈새로 빠져나왔다. 그러곤 엘리베이터 앞으로 걸어가 버튼을 꾹 누른다. 그녀의 모든 행동은 완벽하게 진우를 무시하고 있었다. 그게 그렇지 않아도 끓어오르는 화를 더욱 부추겼다. 진우의 속도 모르고 엘리베이터는 빠르게 도착했다. 사르르 문이 열리자 가은이 엘리베이터에 올라탄다.

"하."

가은의 모습을 바라보던 진우의 잇새로 허탈한 숨이 터져 나왔다. 도통 표정 관리가 되지 않는다. 가은의 시선이 제게 닿아 있다는 걸 알면서도 일그러지기 시작한 얼굴 근육을 말릴 수가 없었다.

'음식은 잘 먹었어?'

초인종을 누르고 가은이 모습을 드러내면, 그렇게 물어볼 작정이었다. 불만 가득한 얼굴로 왜 이러는 거냐고 따져 묻든, 습관처럼 입을 꾹 다물고 있든. 가은의 모습이 어떻든 능글맞게 웃으며 그녀에게 제 얼굴이 익을 수밖에 없도록 얼쩡거릴 계획이었다.

한 번으로 안 된다면 내일도, 그걸로도 안 되면 또 그다음 날까지. 몇 번이라도 반복해서 한가은이 절대 무시할 수 없는 사람이 되고 싶었다. 이유는 알 수 없었다. 이 맹목적인 행동의 이유를 헤아릴 만큼 여유롭지도 못했다. 그런데 이건 뭐 상상도 못 한 전개다. 입도 벙긋 못 하도록 사람을 개무시를 하다니. 굴욕을 넘은 수치가 온몸의 감각을 사로잡았다.

난생처음이었다. 여자를 상대로 굴욕감을 넘어 수치심까지 느껴 본 것. 제 인생을 통째로 뒤집어 보아도 찾을 수 없는 일이었다. 무섭게 가라앉은 눈동자 위로 별안간 엘리베이터 문이 닫히는 게 비치기 시작했다. 동시에 내도록 움직이지 않던 단단한 허벅지가 다급히 교차했다. 재빠른 진우의 손길과 함께 완전히 닫히는 듯하던 엘리베이터 문이 아슬아슬하게 입을 벌렸다.

그리고.

"……."

"……."

남자와 여자의 시선이 복잡하게 뒤얽혔다.

* * *

가은은 느긋한 걸음으로 산책로를 걸었다. 자꾸만 짙어지는 두통에 바람이라도 쐬면 한결 나아질까 싶어 나온 길이었다. 그런데 두통이 나아지기는커녕, 있지도 않은 꼬리까지 아픈 기분이다.

"하아……."

집에서 나오기 무섭게 마주한 이진우가 내내 뒤를 쫓아 걸어오고 있었다. 처음엔 잠시 동선이 겹치는 건가 생각했는데, 아니었다. 그는 30분이 넘도록 잠깐도 이탈하는 법 없이 충실하게 제 뒤만 쫓고 있었으니까.

"……."

가은은 걸음을 멈추곤 우뚝 자리에 섰다. 그러자 돌림노래처럼 따라붙던 남자의 걸음 소리도 들려오지 않았다. 가은은 멀거니 허공을 바라보다 천천히 뒤를 돌았다. 그러곤 진우를 똑바로 직시하며 무심한 목소리로 물었다.

"바라는 게 뭐야?"

말을 듣고도 남자는 표정이 없었다. 오로지 시선만 집요하게 보내왔다. 그러던 그가, 불현듯 입매를 비틀더니 지금껏 들어 본 적 없는 목소리를 냈다.

"바라는 걸 얘기하면 뭐든 들어줄 각오는 돼 있고?"

그가 낮게 가라앉은 음성으로 한껏 빈정거렸다. 가은은 대답 대신 일정한 박자로 눈만 끔뻑거리는 쪽을 택했다. 차가운 겨울바람이 순식간에 두 사람을 에워쌌다. 팽팽한 신경전을 벌이듯 어느 쪽도 선뜻 말문을 떼지 않았다. 그러나 정적은 오래가지 못했다.

"하하."

코웃음 섞인 비소는 진우의 것이었다. 진우는 조금 전보다 더욱 선명하게 입술을 비틀어 올렸다.

"내가 바라는 거?"

그의 목소리가 어딘지 모르게 비장했다. 가은은 말없이 그를 바라보며 이어질 말을 기다렸다. 명료한 대답이 돌아오길 바랐다. 바라는 게 뭐든, 그녀가 들어줄 수 있는 일이길. 그렇게만 된다면 더 이상 이런 귀찮은 일을 반복할 필요가 없을 테니.

"네 시선 한번. 네 관심 한번."

"……."

"그러니까 쉽게 정리하자면……."

하지만 이번에도 진우는 가은의 바람을 매몰차게 외면했다.

"한가은, 너."

가은을 턱짓하는 진우의 눈동자가 답지 않게 진중했다. 장난기라곤 조금도 찾아볼 수 없었다.

"내가 바라는 게 너인 거 같은데."

"……."

"너, 줄래?"

가은의 눈동자가 세차게 흔들렸다. 가까스로 잠재웠던 사고 회로가 다시금 혼란하게 돌아가는 기분이다. 그러자 불현듯 진우를 처음 보았던 순간이 떠올랐다.

'나 몰라?'

처음부터 위험한 남자였다.

'이번엔 똑똑히 기억해야 할 거야. 다음번에도 그런 얼굴로 날 보면, 그땐 좀 기분이 나쁠 거 같거든.'

무감한 시선에도 주눅 들지 않고 되레 당당하기만 하던 그는, 가은에겐 한 번도 겪어 본 적 없는 미지의 무엇이었다. 그래서 되도록 마주하고 싶지 않았다.

모스크바에서 한국으로 돌아가는 비행기에 올라타는 순간에도, 한국으로 돌아와 다시 그를 마주하기 직전까지도. 시시때때로 머릿속 가득 떠오르던 남자라서, 우연히라도 마주치는 일은 없길 바랐다. 그래서 지수를 통해 음식을 전한 게 자신을 도발하기 위함이란 걸 알면서도 무시한 것이었다. 부디 그렇게 흘러가길 바랐으니까. 그렇지 않아도 사연 많은 제 인생에 이렇게나 위험한 남자가 얽히는 건 정말이지 반갑지 않았다. 그러니 언제 왔었는지도 모르게 조용히 사라지기를 진심으로 바랐다. 그러나 그는 그럴 생각이 없는 듯했다.

"말장난하지 마."

가은은 부러 더욱 매몰차게 말했다. 그간 겪어 본 진우라면, 허투루 자신을 원한다고 말한 게 아닐 것이리라. 분명 무언가 굳게 다짐하고, 의미심장한 의미를 담아 한 말일 터였다. 그러니 가능한 최선을 다해 냉정해져야만 했다. 위험한 남자에게 곁을 내줄 생각은 조금도 없으니까.

"장난은 네가 하고 있지."

하지만 돌아온 진우의 대답은 가은이 생각한 것보다 훨씬 더 단단했고, 올곧았다. 흔들리지 않는 그의 태도에 되레 흔들리기 시작한 건 가은이었다.

"······장난 같은 거 한 적 없어, 난."

가은은 가까스로 받아쳤다. 별거 아닌 진우의 한마디에도 쉽게 당황할 만큼 혼란했다. 마음속의 새빨간 비상등이 요란하게 울리기 시작한 기분이다. 꼭 시베리아 횡단 열차에서 내리기 직전 같았다. 위험하다고. 도망치라고. 내면의 또 다른 자아가 그렇게 경고하는 것 같았다. 하지만 눈치 빠른 진우가 그녀의 변화를 알아채지 못했을 리가 없었다. 그러기엔 너무 많은 것들이 가은의 얼굴 위로 드러난 후였다.

진우가 피식거렸다.

"아니. 넌 하고 있어. 그게 아니라면 진짜 못된 년이지."

여유를 되찾은 진우의 음색이 거칠었다.

못된 년.

그 세 글자가 가은의 심장에 아프게도 박혔다. 그라면 충분히 그렇게 생각해도 문제가 없었다. 그런데 심장이 나락으로 떨어지는 것만 같다.

"네가 뭔데 사람을 이렇게 개무시해."

내내 지켜 왔던 가은의 페이스가 순식간에 무너지기 시작했다.

그의 말처럼 자신은 못된 년이 맞았다. 적어도 진우에겐 그렇게 느껴질 만한 행동들만 한 게 맞다. 그런데 왜 이렇게 속이 쓰린 걸까.

"내가 원하는 게 뭘 줄 알고 그렇게 당당하게 물어."

왜 이렇게 명치가 아프고 목이 탁 막히는 기분인 걸까.

"뭐가 그렇게 잘나서 넌."

"……."

"러시아에서부터 계속 말만 하면 다 줄 수 있는 것처럼 구는데."

분노로 가득한 그의 말에 가은은 아무런 대꾸도 하지 못했다. 대꾸할 말조차 떠오르지 않았다. 말 그대로 머릿속이 백지장 같다. 이쯤 되면 인정하고 싶지 않아도 해야 했다.

말렸다. 완벽하게.

그의 페이스에 휘말리고 만 것이다.

가은은 아랫입술을 잘근 깨물었다. 어디서부터, 도대체 무엇부터 잘못된 것일까. 가은은 직면한 상황을 어떻게 풀어나가야 할지 도통 감도 잡히지 않았다.

"어지간히 성가시다는 얼굴이네."

진우가 자조 섞인 목소리로 뇌까렸다. 내뱉는 말 한마디에 가은의 감정이 요동치는 게 느껴졌지만, 진우는 신경 쓰지 않았다. 이이상의 배려는 사치였다.

"내가 이러는 게 싫으면 거슬리지 마. 그럼 돼."

"말은 똑바로 해. 기차 안에서, 호텔에서, 그리고 여기에서도, 멋대로 구는 건 너야. 찾아오는 것도, 나타나는 것도 너라고."

"그러니까 내가 널 찾아가는 게 싫으면 거슬리지 말라고."

"야."

가은의 목소리가 한껏 날을 세운 채 돌아왔지만, 진우는 한마디도 지지 않았다. 그런 것쯤 아무래도 상관없었다. 페이스가 흔들린 이후로 계속해서 당황으로 물드는 가은의 낯빛이 꽤 볼만했다. 스크래치로 가득했던 가슴이 조금쯤 시원한 것도 같았다.

진작 이렇게 할걸.

뒤늦게 깨달음이 밀려오는 기분이다. 가은을 배려한답시고 하고 싶은 말을 참는 건, 이 관계에 썩 도움이 되지 않는다. 거기까지 파악이 되었는데 더 망설일 이유는 없었다.

"보통은 이런 경우에 따라오지 말란 말을 하지, 너처럼 바라는 게 뭐냐고 묻지 않아."

"……."

"말도 없이 바람을 맞혔으면 미안하단 말이 먼저라고 보통은."

진우는 거침없었다. 지금껏 이 많은 말이 하고 싶어서 어떻게 참았나 스스로 용할 정도였다.

"바람맞혀서 미안해. 그러니까 그만하자. 그냥 러시아에서 충동적으로 하룻밤 보낸 거로……."

진우의 비난에 가은은 즉각적인 반응을 보였다. 새삼 가은이 이렇게 반응할 줄도 아는구나 싶다. 그러면서 지금껏 이걸 몰라 헤맸던 스로가 바보같이 느껴지기도 했다. 어쨌든 이 정도면 단기간에 이룬 쾌거로 볼 만했다. 하지만 스크래치가 잔뜩 난 그의 자존심을 회복하기엔 아직 한참이나 부족했다.

"글쎄. 난 별로 그러고 싶지 않아졌어. 이제 와 사과를 받아주고 멈추기엔 내 속이 뒤틀릴 대로 뒤틀려서 말이야."

"그럼 뭘 어쩌자는 거야."

"글쎄. 뭘 어떻게 할지는 아직 생각 중이야."

가은의 미간이 사정없이 구겨졌다. 제 속은 이렇게 타는데, 받아치는 진우의 대답은 가볍기 그지없었다. 하지만 연이어 이어진 그의 말은 단숨에 분위기를 싸늘하게 만들었다.

"이러는 게 싫었으면 사과도 따라오지 말라는 말도 진작에 했어야지. 그랬으면……."

잠시 부드럽게 휘어진 것 같던 진우의 눈매가 단번에 날카로이 빛났다.

"그랬으면, 시시해져서라도 널 귀찮게 굴 일은 없었잖아."

그 말끝에 가은은 눈을 질끈 감았다. 그래. 차라리 그럴 것을 그랬다.

시베리아 횡단 열차에서 처음 마주한 순간부터 그가 바라는 대로 전부 해 줬더라면. 저 잘난 맛에 사는 그에게 들러붙었을 여자처럼만 행동했더라면……. 그랬다면, 이렇게 엮일 일이 없었을지도 모르는데. 하지만 애석하게도 가은은 그간의 여자들과 달라도 한참 다른 길을 걷고 있었다. 되돌리기엔 그를 자극한 행동이 너무 많았고, 그 자극을 모조리 받아낸 그는 이대로 물러서고 싶지 않은 듯했다.

"너 사람 잘 봤어. 네가 본 대로야. 안하무인에 제멋대로인 거 맞아, 나. 그래서 말인데."

진우의 입매가 더 큰 곡선을 그리며 휘어졌다.

"앞으로 네가 본 내 모습에 한번 충실해져 보려고."

그리고 가은은 망연히 눈을 감았다.

"또 보자."

안녕을 고한 말소리가 무척이나 시원했다. 아주 기분 좋은 듯한 웃음기가 가득 실려 있었다.

* * *

"하, 진짜 자꾸 이러시면 곤란해요."

지수는 학교로 향하는 길 습관처럼 들르는 카페에 들어서자마자 미간을 좁혔다. 다짜고짜 제 앞으로 내밀어진 테이크아웃 음료 잔 때문이었다.

"학교 갈 때마다 이거 마셔야 되는 거 아니야? 눈치 보여서 밥도 못 먹고 나오고. 배고프잖아, 너."

지수의 앞으로 음료 잔을 내민 건 진우였다. 지수는 진우의 말을 듣기 무섭게 한숨을 푹 내쉬었다.

벌써 며칠째였다. 일주일 전쯤 우연히 만나 짧게 인사를 한 게 다인데, 그 이후 남자는 이곳에 살기라도 하는 건지 자신이 이곳에 올 때를 귀신같이 알아채곤 이렇듯 먼저 음료를 주문해 건네 왔다. 처음엔 제게 관심이 있어 이러는 건가 싶기도 했다. 하지만 그 생각이 착각이란 걸 깨닫기까진 오래 걸리지 않았다.

남자는 음료를 건넬 때마다 가은에 대해 질문했다. 이 정도면 3 살짜리 어린아이도 남자가 가은에게 관심이 있다는 걸 알아챌 수 있을 정도였다. 하지만 지수로선 그래서 더 곤란했다. 음료의 대가로 물어오는 게 전부 가은과 관련된 것이다 보니, 곤란하지 않을 수가.

"하, 이거 받는 거 진짜 오늘까지만이에요. 미리 사 놓지 좀 말아요, 제발. 내가 여기 오는 줄은 왜 이렇게 잘 아는 거야, 진짜."

지수는 미간을 한껏 구긴 채로 진우가 내민 음료 잔을 받아 들었다. 그러거나 말거나 진우는 왼손에 들고 있는 책만 뚫어지게 바라보았지만.

"하."

지수는 짧게 한숨을 내쉬었다. 처음엔 잘생긴 이웃이 이사를 왔구나, 이게 웬 떡인가 싶었는데, 몇 번 겪고 보니 또라이도 이런 또라이가 없었다. 한가은은 어쩌다 이런 또라이한테 걸린 건지. 친모가 명을 달리한 이후 지수에게 가은은 내리 눈치를 살펴야 하는 포식자와 다름없었지만, 이 순간만큼은 진심으로 가은이 안쓰러웠다.

한참을 주제 파악도 못 하고 가은을 동정하고 있는데, 별안간 남자의 목소리가 지수의 신경을 긁었다.

"너 한가은한테 용돈 받아 쓰잖아. 한가은이 얼마나 주는지는 모르겠는데, 용돈 받아 쓰는 처지에 이 돈도 아끼면 너한테 좋은 거 아니야?"

"뭐, 뭐라고요?"

지수의 낯빛이 순식간에 시뻘겋게 물들었다. 본능이나 다름없이 남자에게로 시선이 향했다. 하지만 남자는 책을 바라보던 자세 그대로 평온해 보이기만 했다. 지수는 생각지도 못하게 밀려온 수치심에 절로 손이 벌벌 떨렸다. 태어나 이런 수치심은 처음이었다. 그간 자신에게 들어가는 돈의 출처가 가은인 건 맞지만, 그 돈을 당연하게 쓰면서도 이런 식의 지적을 받아 본 적은 한 번도 없었다.

자신은 가은의 돈을 쓰는 게 당연했고, 가은은 제게 돈을 주는 게 당연했다. 최근 그 당연했던 사이클이 망가진 건 맞지만, 그래도 가은은 전과 같이 제게 용돈을 주었고 문제없이 생활할 수 있도록 해주었다. 그리고 그 사실을 아는 건 과거에도 지금도 가은과 저, 둘뿐이었다. 그런데 그 사실을 이 남자가 어떻게 안 것일까. 가은이 말을 했을 리는 없는데.

"한가은이 그래요? 내가 한가은한테 용돈 받아 쓴다고?"

그럴 리 없다는 걸 알면서도 당황한 마음에 물었다. 하지만 진우는 그러거나 말거나 지수에겐 시선 한 번 주지 않았다. 여전히 책만 바라보며 입술을 움직일 뿐이었다.

"아니. 엄밀히 따지면 네가 나한테 직접 얘기한 거지."

"뭐라는 거야! 난 그쪽한테 그런 말 한 적 없어요!"

"있어. 너는 한가은한테 말한 거긴 할 텐데, 네가 한가은한테 등록금 내야 한다고 문자 보냈을 때 한가은 핸드폰 들고 있던 거, 나거든."

"그게 무슨……!"

덤덤하게 이어진 진우의 말에 지수가 입술을 딱 붙였다. 그제야 진우가 책 위에 박고 있던 시선을 위로 들었다.

"기억났어?"

그가 내뱉은 말은 고작 네 글자에 불과한데, 지수는 얼굴을 붉혔다. 셀 수도 없이 많은 사람에게 손가락질이라도 받은 기분이었다. 당연하게 대답은 할 수 없었다. 그것만으로 진우에겐 충분한 대답이 되었지만.

"창피한 줄은 아는 거 같아서 다행이다."

"이, 이봐요!"

"이봐요 말고 오빠. 한가은도 그냥 한가은이 아니라 언니지. 대학씩이나 다니는 게 그런 기본적인 예의범절도 몰라서 되겠어?"

진우는 지수의 행동을 정확하게 지적하며 자리에서 일어났다. 지수에게 볼일은 많지 않았다. 뇌물이나 다름없는 음료를 건네고 전하고 싶은 말은 한마디뿐이었다. 진우는 뻐근한 목 근육을 왼쪽으로 한 번, 오른쪽으로 한 번 쭉 늘이고는 지수를 정확히 응시했다.

"오늘내일 중으로 저녁 먹자."

"……그쪽이랑 나랑 둘이요?"

이어진 그의 말에 지수가 좀 전보다 더 붉어진 얼굴로 물었다. 하지만 곧바로 돌아온 진우의 대답에 지수는 얼굴뿐 아니라 온몸이 타오르는 기분을 느껴야 했다.

"꿈도 크다."

"저, 저녁 먹자면서요!"

"누가 너랑 둘이 먹겠대?"

"그럼요?"

지수의 질문에 진우는 눈살을 찌푸리며 고개를 절레절레 저었다. 꼭 이렇게 눈치가 없어서야, 하고 비난하는 것만 같았다. 지수는 아랫입술을 질끈 물었다. 그러자 진우가 곧 명확한 답을 내주었다.

"한가은 데리고 우리 집으로 건너와. 아니면 그 집으로 나랑 이해운을 초대하든지."

"아······. 근데 어느 쪽도 한가은이······. 아, 아니. 가은 언니가 안 좋아할 거 같은데요?"

뒤늦게 진우의 의도를 눈치챈 지수가 맥 빠진 얼굴로 중얼거렸다. 그러다가도 진우의 눈치를 살피며 가은을 향한 호칭을 정정했지만.

지수의 모습에 진우가 짧게 피식거렸다. 퍽 마음에 든다는 듯했다. 그는 좀 더 선명히 미소 지으며 고갯짓했다. 그가 가리킨 건 지수가 손에 들고 있는 음료 잔이었다.

"그래서 그거 사 먹이는 거잖아. 안 되는 거 되게 하라고."

진우는 그 말만 남긴 채 다리를 움직였다. 지수에게 볼일은 여기까지였다. 그러면서도 마지막까지 당부하는 걸 잊지 않았다.

"분명히 말했다. 오늘내일 중이라고."

"아니, 이봐요!"

"학교 잘 갔다 와라. 공부 열심히 하고."

진우는 등 뒤로 들려오는 날카로운 소음에 그저 오른손을 머리 위로 들어 두어 번 흔들 뿐이었다. 그걸 마지막으로 진우는 완전히 카페를 빠져나갔다. 지수는 한동안 멍한 얼굴로 진우가 떠나간 자리를 바라만 보아야 했다. 가까스로 정신을 차렸을 땐 갑작스레 생긴 숙제에 짜증부터 밀려왔다.

"저거 진짜 완전 개또라이 아니야!"

성질대로 쏟아 뱉긴 했지만, 벌써부터 머리가 아파 왔다. 며칠간 보면서 느낀 남자라면 이건 제게 선택권을 준 게 아니었다. 지수의 얼굴이 무자비하게 구겨졌다. 신경질이 나서 정말이지 미칠 것만 같았다.

* * *

 가은은 거실 소파에 앉아 어제 보던 책을 펼쳐 들었다. 책갈피가 끼워진 페이지에서 마지막으로 읽었던 글귀를 찾는데, 도통 집중을 할 수가 없다. 아까부터 근처를 서성거리는 지수 때문이다. 할 말이 있기라도 한 건지 제 눈치만 살살 살피며 안절부절못하고 있는 게 꼭 똥 마려운 강아지 같았다. 가은은 짧게 한숨을 내쉬곤 고개를 들었다.

 "할 말 뭔데."

 가은은 명료하게 물었다. 그러자 지수가 찬물을 뒤집어쓴 사람처럼 딱딱하게 굳었다.

 "……어, 어?"

 "할 말이 뭐냐고. 하고 싶은 말 있어서 계속 그러고 있는 거잖아. 말해, 그냥."

 "아, 그러니까 그게……. 어……."

 기어이 가은의 손에 들려 있던 책이 완벽하게 덮였다. 그러자 지수가 더 당황한 얼굴을 한다.

 "아, 아니야!"

 한참을 허둥거리더니 한다는 말이 결국 아니라는 거다. 아닌 게 아닌 얼굴을 하고선 도대체 뭐가 아니라는 건지.

 가은은 그저 지수가 성가셨다. 그렇지 않아도 며칠째 잊히지 않는 진우의 생각 때문에 속이 시끄럽던 참이었다. 시도 때도 없이 제 앞에 나타나 속을 뒤집을 것처럼 굴더니 예상과 달리 그는 잠잠했다. 그래서 이제야 좀 마음 놓고 제 시간을 보낼 여유가 생겼는데, 그러기 무섭게 지수까지 저러니 잊고 있던 두통이 다 밀려오는 기분이다.

"그냥 해. 괜찮으니까."

"……."

"돈 필요해?"

가은은 가볍게 물었다. 지수가 이토록 쉽게 말하지 못할 일이 무엇일까 생각해 보면 답은 뻔했다. 확신을 하고 뱉은 말인데, 어쩐지 답이 아닌 모양이다. 지수가 시무룩한 표정을 지었다.

"그런 거 아니야, 정말."

돌아온 대답 역시 돈 때문은 아니라는 거였다. 그렇다면 더 신경 쓰고 싶지 않았다. 며칠 만에 얻은 온전한 휴식이 무척이나 달갑던 참이었으니까.

"그럼 거기서 그러고 있지 말고 네 볼일 봐. 나 책 좀 보고 싶어."

가은은 좀 전과 달리 한층 시니컬한 투로 말했다. 방해하지 말라는 압박이었다. 의미를 바로 알아챘는지 지수의 한숨 소리가 작게 들려왔다.

"……미안."

덧붙여진 사과의 말은 이제 거슬리다 못해 익숙할 지경이었다. 가은은 고집스러울 정도로 책 위에 두고 있던 시선을 슬쩍 위로 들었다. 그러자 풀 죽은 얼굴로 아래만 바라보고 있는 지수가 보인다.

도대체 뭐기에 말도 못 하고 저렇게 끙끙거리는 거야. 가은은 저도 모르는 사이에 미간을 좁히고 있다는 것도 모르고 지수만 응시했다. 지수는 그런 가은의 시선을 조금도 눈치채지 못했다. 한

참을 바닥만 바라보던 지수가 입술을 삐죽거리며 핸드폰을 만지 작거렸다. 그러더니 이내 제 방으로 들어가 버린다. 그녀가 방 안 으로 완전히 몸을 감출 때까지 가은은 시선을 떼지 않았다. 그러 곤 지수의 방문이 닫히자마자 참았던 숨을 짧게 내쉬었다.

"하아……."

오늘만큼은 정말이지 평화롭게 보내고 싶었는데, 그러긴 틀린 모양이다. 간만에 마음의 안정을 되찾았다는 건 어떻게 알았는 지, 평온해지기 무섭게 신경 쓰이게 만드는 지수가 야속하다.

가은은 책을 옆으로 치워 버리곤 소파에 몸을 푹 기대었다. 정 말이지 너무도 피로했다. 사람이란 참 간사한 동물이란 것을 이 럴 때 실감한다. 연옥이 죽기 전에는 매일이 조용해서 문제였는 데, 연옥이 죽고 난 후에는 하루도 조용할 날이 없어서 문제였다.

과거엔 큰일이 아니어도 좋으니 작은 이슈라도 있었으면 했다. 제 삶이 너무 고요해서 지금 자신이 살아 있는 건지, 죽은 건지도 가늠이 되지 않아 조금쯤 소란스러웠으면 좋겠다고 생각했다. 하 지만 매일을 소란하게 보내고 있는 지금은 고요하기만 하던 이전 이 그리워질 지경이었다. 더욱이 지수 역시 연옥이 죽은 이후 가 은에게 안겨진 숙제나 다름없었다.

제가 가진 것으로 지수를 부양하는 건 과거나 지금이나 다를 게 없는데, 금전적인 문제가 생길 때마다 제 눈치를 보는 지수를 보 고 있노라면 속이 답답해졌다. 얄미울 정도로 당당하게 돈을 요 구하던 과거의 지수가 차라리 낫다는 생각이 들 정도였다.

지수가 답지도 않게 제 눈치를 살필 때면 그간 억눌러 왔던 화가 치솟다가도 금세 연민이 밀려왔다. 주눅 든 얼굴을 할 때면 지수의 모습 위로 과거의 한가은이 보여 속이 뒤틀리는 기분이 들기도 했다. 하지만 그 모든 감정의 끝에 가은을 잡아먹는 것은 결국 지수를 향한 가여움이었다.

과거 자신이 가여웠듯, 지금의 지수가 너무도 가여웠다. 그래서 가은은 되도록 지수에게 화를 내지 않기 위해 노력했다. 불쑥불쑥 올라오는 분노를 억누르지 못하고 지수에게 상처를 줄 때도 가끔 있지만, 나름대로는 최선을 다하는 중이었다. 이제 와 지수를 내칠 수 없다면 결국 끌어안아야 했고, 또 생각해 보면 가여운 사람끼리 사이좋게 잘 지내는 것도 썩 나쁘진 않을 것 같았다. 결국 지수에게도 제게도 남은 건 서로뿐이었으니까.

가은은 지그시 눈을 감았다. 길게 이어진 생각에 그렇지 않아도 피로하던 몸이 더 무겁게 느껴졌다. 마침 새시를 통해 들어오는 노을빛이 무척 따사롭던 참이었다. 이대로 소파에 기대앉아 짧게나마 잠을 청하는 것도 나쁘지 않겠단 생각이 들었다. 그렇게 까무룩 잠에 빠져들 것 같던 찰나였다. 그때, 별안간 조용하던 집 안으로 초인종 벨이 우렁차게 울려 퍼졌다. 감겨 있던 가은의 눈두덩이가 들썩거렸다. 그리고 굳게 닫혀 있던 지수의 방문이 기다렸다는 듯이 벌컥 열렸다.

가은은 지수를 먼저 흘끔 바라보곤 이내 환하게 켜진 인터폰 앞으로 향했다. 인터폰 화면에 비친 건 낯설지 않은 얼굴 두 개였다. 가은은 초인종을 누른 당사자를 확인하자마자 지수를 매섭게 보았다.

"어, 어! 소, 손님이 왔네, 손님이!"

가은의 시선이 닿기 무섭게 어깨를 움찔 떨던 지수가 어색하게 웃으며 현관으로 빠르게 걸어갔다. 문을 열지 말라고 말릴 새도 없었다. 지수는 현관문을 벌컥 열었고, 그 사이로 반갑지 않은 얼굴이 드러났다.

"안녕. 이렇게까지 안 해도 되는데, 뭘 저녁까지 같이 먹자고."

"아, 아니에요. 들어오세요. 그리고……. "

옆집 남자 둘을 맞이한 지수가 한참을 꿈지럭거리다 뒤를 돌았다. 그러곤 가은과 시선이 뒤섞이기 무섭게 몸을 움찔 떤다.

"내, 내가 초대했어. 말도 없이 초대해서 미안. 옆집에 새로 세입자분도 오셨는데, 잘 지내자는 의미로 밥 한 끼 먹으면 어떨까 해서……."

"어쨌든 이왕 초대받은 거 응하는 게 도리겠지? 고마워, 초대해 줘서."

가은은 한숨을 푹 내쉬었다. 어색하게 변명하는 지수의 얼굴만 봐도 무슨 상황인지 단번에 파악이 되었다. 더불어 시종일관 자신을 보며 의미심장하게 입술을 당겨 올리는 진우의 표정만 보아도, 상황을 이해하는 데는 무리가 없었다. 아무래도 오랜만에 평온을 되찾았다는 생각은 착각인 모양이었다. 평온한 하루가 아니라, 그 어느 때보다 소란한 날이 될 것이 분명했다.

* * *

"여자 둘이 사는 집은 이렇구나. 아아."

"……."

"저 집이랑 구조는 비슷하네. 근데 여기 둘이 살기엔 좀 많이 넓지 않냐?"

진우는 거실 한가운데를 빙빙 돌며 가은을 향해 말을 툭 던졌다. 가은은 치워 두었던 책을 억지로 손에 쥐었다. 단 한 글자도 눈에 들어오지 않았지만, 이렇게라도 하는 것이 현재로선 진우와 말을 섞지 않을 수 있는 유일한 방법이었다.

'너 사람 잘 봤어. 네가 본 대로야. 안하무인에 제멋대로인 거 맞아, 나. 그래서 말인데.'

'……'

'앞으로 네가 본 내 모습에 한번 충실해져 보려고.'

선전포고나 다름없는 말을 들은 그날로부터 일주일이 넘는 시간이 지났다. 하지만 가은은 여전히 진우를 어떻게 대하면 좋을지, 그 방법을 찾지 못한 상태였다. 그래서 가능한 한 무시로 일관하며 진우의 말을 들은 척도 하지 않을 작정이었다. 그런데 그때, 별안간 옆자리가 푹 꺼지는 느낌이 들더니 익숙한 체취가 코끝에 훅 끼쳐 왔다.

"뭘 그렇게 봐?"

느닷없이 들려온 목소리는 가은을 당황케 하기 충분했다. 가은은 화들짝 놀라며 옆자리를 바라보았다. 그러자 바로 앞까지 다가온 진우의 얼굴이 보였다. 본능이나 다름없이 가은의 상체가 뒤로 기울어졌다. 금방이라도 소파 뒤로 넘어갈 것만 같았다. 하지만 불행이라고 해야 할지 다행이라고 해야 할지, 가은은 소파 뒤로 넘어가지 않았다. 재빨리 그녀의 손목을 잡아챈 진우의 순

발력 덕분이었다. 그러나 문제는 그다음부터였다.

"앗……!"

가은의 잇새로 단말마 같은 신음이 짧게 터져 나왔다. 진우는 가은이 뒤로 넘어가지 않도록 손목을 붙잡을 뿐 아니라 과감히 잡아당겼다. 순간적인 힘에 놀란 가은은 눈을 질끈 감았다. 깜짝 놀라 눈을 떴을 땐 진우의 가슴팍 위로 넘어진 후였다.

눈꺼풀을 번쩍 들기 무섭게 진우와 눈이 마주쳤다. 그 역시 놀라긴 마찬가지였는지 까만 눈동자가 은근하게 흔들리고 있었다. 하지만 그는 금세 본래의 페이스를 되찾았다. 뿐만 아니라 어느새 한껏 여유로워진 얼굴로 한쪽 팔을 들어 머리를 받치더니 입매를 휘었다.

"알고 보면 너 은근히 음흉한 거 알아?"

"지금 무, 무슨 말을……!"

"일부러 그랬지? 내가 너 잡아당기게 하려고."

"그런 거 아니야! 어어……!"

가은은 그에게 붙잡혔을 때보다 더 당황한 얼굴로 몸을 벌떡 일으켰다. 하지만 소용없었다. 다시금 진우에게 붙잡혔고, 속수무책으로 그의 가슴 위에 안착해야 했다. 묘한 분위기와 함께 둘의 시선이 뒤얽혔다. 맞닿은 피부로 서로의 심장박동이 전해진다.

가은은 이 설명 못 할 기분을 견딜 자신이 없었다. 그래서 다급히 몸을 일으키려는데, 순간 가은은 옴짝달싹도 할 수 없는 기분에 사로잡혔다. 그녀의 눈동자 가득 진우가 들어찬 탓이다. 동공을 꽉 채운 진우가, 너무나도 환하게 웃고 있어서.

"그냥 좀 있자. 왜 자꾸 도망 못 가 안달 난 사람처럼 그래? 난 지금 자세 아주 마음에 드는데.”

“……”

“좋아, 너랑 이러고 있는 거. 지금도, 그리고 러시아에서도 내내 좋았어.”

뜬금없는 고백이었다. 그 탓에 가은은 꿀 먹은 벙어리처럼 아무 말도 할 수가 없었다. 별안간 심장이 거칠게 뛰기 시작했다. 꽤 오래 말도 없이 서로를 바라보고만 있었다. 그게 퍽 가슴을 간질거리게 만들어 불편하면서도 선뜻 말문을 뗄 수 없었는데, 고맙게도 진우가 묘한 분위기를 먼저 깨 주었다.

“무슨 표정이냐, 그건?”

“……내가 뭘.”

“되게 야시꾸리한 표정인데. 눈 이렇게 치켜뜨고 노려볼 줄 알았는데, 별일이네.”

진우가 눈매를 날카롭게 세우며 고개를 갸웃거렸다. 가은은 아무 대답도 하지 못하고 숨만 꾹 참았다.

그가 장난치는 거란 걸 알면서도 이미 뻣뻣하게 긴장한 몸은 생각처럼 유연하게 움직이지 않았다. 할 수 있는 거라곤 애꿎은 아랫입술만 잘근잘근 물며 시선을 이리저리로 굴리는 것뿐이다. 그때마다 정면으로 느껴지는 그의 숨결이 그녀를 더욱 곤란하게 만들었다. 그러던 찰나, 잠잠하던 거실로 낯선 소리가 끼어들어 왔다.

“집 구조는 우리 집이랑 썩 다르지 않네.”

“같은 아파튼데 집 구조가 거기서 거기죠, 뭐.”

“근데 무슨 집 구경을 시켜 주겠다고 그렇게나 성화였어?”

"그거야, 댁네 군식구가! 아, 아니. 어……, 구조는 같아도 여자 사는 집이랑 남자 사는 집이 같을 순 없으니까. 뭐 그래서 그런 거죠."

집 구경을 하겠다며 2층으로 올라가던 지수와 해운의 목소리였다. 오며 가며 얼굴은 봤던 탓인지 존댓말은 써도 서로를 대하는 데엔 스스럼이 없었다.

정작 두 사람의 말소리는 자연스럽기 이를 데 없는데, 가은은 두 사람의 대화 소리가 들리기 무섭게 죄지은 사람처럼 몸이 경직됐다. 그러곤 진우와 몸을 겹치고 있던 걸 들키기라도 할까 서둘러 진우의 가슴을 짚고 일어났다.

"두 사람은 뭐 해? 야, 넌 집 구경 안 해? 집 구경하러 가자고 어제부터 사람을 귀찮게 들들 볶더니 여기서 뭐 하고 있어?"

가은이 소파 끄트머리에 엉덩이를 붙이고 앉기 무섭게 해운이 진우를 향해 물었다. 절묘한 타이밍이었다. 가은은 등줄기를 타고 식은땀이 다 흐르는 기분이었다. 잠시지만, 자신을 바라보는 진우의 짙은 시선이 느껴진 탓에 더욱 그랬다. 가은은 애써 진우의 시선을 무시했다. 그러곤 부디 그거 허튼소리 따위 하지 않길 간절히 바랐다.

"어……. 그냥 있는데."

다행히 이번만큼은 그녀의 바람이 외면당하지 않았다. 그 역시 조금쯤은 당황한 듯 답지 않게 말을 망설이며 얼버무린다. 이어진 고요함이 불편했지만, 가은은 괜스레 창 너머로 시선을 두었다. 유리창 위로 해운과 지수의 얼굴이 비쳤다. 두 사람 모두 어색한 기류를 이해할 수 없단 표정을 짓고 있었다. 그게 가은을 더욱 긴장하게 만들었다. 생각해 보면 죄지은 게 있는 것도 아닌데 뭐가 이토록 당황스러운 건지 모르겠다.

"근데 집들이하겠다고 사람 초대한 집에 어쩜 이렇게 음식 냄새가 하나도 안 날 수가 있어?"

그럼에도 가은은 해운의 정확한 지적에 너무도 당황하고 말았다. 아무렇지 않은 척하고 있긴 했지만, 무릎 위에 올려 둔 양손을 가만둘 수가 없다.

가은은 본능이나 다름없이 지수를 바라보았다. 지수는 전혀 예상하지 못한 허점을 찔린 사람처럼 동공을 어지러이 굴리고 있었다. 이 상황을 어떻게 해결해 나가는지 우선은 지켜볼 요량이었다.

"어······, 그쵸. 으, 음식이, 어······."

지수는 계획에 있던 일이 아님을 온몸으로 드러내고 있었다. 절로 한숨이 미어진다. 당연한 준비도 하지 않고 일만 벌이다니. 너무나도 서지수다워서 가은은 두통이 일었다. 지수를 대신해 뭐라고 둘러대면 좋을까 멈춰 버린 사고 회로를 돌리는데 옆자리에서 성의 없는 목소리가 툭 튀어나왔다.

"배달 음식 같은 거 시켜 먹으면 되지, 뭐."

대책 없기로 지수 못지않은 말소리였다. 가은은 저도 모르게 한심한 눈으로 진우와 지수를 번갈아 보았다. 정말 어쩌자고 대책도 없이 일부터 벌인 건지. 너무 맥이 빠지고 어이가 없어 저까지도 아무런 생각을 하고 싶지 않아진다. 해운 또한 마찬가지인지 깊게 한숨을 내쉬는 게 들려왔다.

이렇다 할 답도 없이 시간만 보내길 수 분. 결국 해답을 내놓은 건 해운이었다. 그마저도 명쾌한 답은 아니었지만.

"냉장고 좀 봐도 돼?"

해운은 동의를 구하는 눈으로 가은과 지수를 바라보았다. 지수는 생각지 못하게 내놓아진 답에 눈을 둥그렇게 뜨고 고개를 끄덕였다. 그것마저도 한심스럽다. 가은은 제집 냉장고 안을 떠올리며 한숨 섞인 목소리로 말했다.

"냉장고에 아무것도 없어요."

"아무것도?"

"마실 것 정도는 있겠네요."

"아……. 하아."

해운은 지금의 상황이 못내 짜증이라도 나는지 미간부터 구겼다. 그러곤 한참 만에 다시금 말문을 떼었다.

"여자 둘이 사는 집이 남자 혼자 사는 집만도 못하네."

비난이나 다름없는 말이었다. 가은은 해운의 말이 거슬렸지만, 딱히 반박할 말이 없어 고개를 끄덕였다.

"애석하게도 그렇네요."

"일단 우리 집으로 가자. 며칠 전에 장 봐서 먹을 게 좀 있을 거야."

이어진 그의 말은 가장 현명한 솔루션이었다. 가은으로선 내키지 않는다는 게 문제였지만.

"귀찮게 뭘 집에 가서 해 먹어. 그냥 여기서 시켜 먹자."

별안간 진우가 딴지를 걸었다. 다른 의미긴 하지만, 옆집으로 건너가는 게 그 역시 내키지 않는 모양이었다. 하지만 이번만큼은 져 줄 생각이 없는 모양인지, 이해운은 좀 전보다 더 짙게 주름을 패곤 타박의 소리를 냈다.

"시켜 먹고 사 먹는 거 지긋지긋해, 인마. 내가 집에 있으면 얼마나 있는다고 있을 때만이라도 집밥 좀 먹자."

"거, 새끼. 더럽게 까탈 부리네. 그러게 네가 집에 있으면 얼마나 있는다고 집에 있으면서까지 못 움직여서 안달이냐?"

"너보고 해 달라고 안 해. 내가 하겠다는 것도 불만이야?"

"불만까진 아니고, 귀찮으니까."

"시켜 먹으나 내가 한 걸 먹으나 네가 할 일이라곤 기다리는 거밖에 없는데, 귀찮아?"

"아, 알았다, 알았어! 더럽게 잔소리하네."

진우는 한쪽 귀를 후비적거리다 자리에서 벌떡 일어났다. 그러곤 곧장 가은을 바라보며 손을 내밀었다.

"들었지? 꼭 해서 드셔야겠대. 손님 초대하고 음식 안 한 건 이쪽 착오니까, 군말하지 말고 건너가는 거로 하자."

그 말을 듣고 나서야 가은은 진우가 해운의 말에 딴지 건 이유를 정확히 파악했다.

"일어나, 얼른."

자신이 따라나서지 않을 게 걱정이었던 거다. 한가은을 제법 많이 겪어 본 이진우로선 순순히 따라나서지 않을 한가은의 특성을 너무도 잘 파악하고 있었기에.

"하아."

가은은 내내 꾹 참았던 한숨을 기어이 내쉬어야 했다. 손님을 초대하고 음식을 하지 않은 한가은과 서지수. 해운의 눈에는 딱 그렇게 보일 상황이었다. 그러니 지금의 상황에서 따라나서지 않으면 해운에게 자신은 정말 답도 없는 안하무인으로 찍히고 말 것이다. 사실 해운에게 그렇게 낙인찍히는 것 정도는 아무래도 상관없었다. 다만 걱정이 되는 건, 진우가 자신을 파악했듯, 저 역시 진우를 지나치게 많은 부분 파악하고 있다는 사실이었다.

"안 가? 안 가면 말고. 야, 너는 가서 해 먹어. 나는 이 집에서 시켜 먹을 거야."

그래 이럴 줄 알았어. 이렇게 막무가내로 나올 줄 알았다고.

"하, 진짜……."

가은은 연거푸 나오는 한숨을 말릴 재간이 없었다. 답답한 마음에 이마를 짚으며 눈을 질끈 감았다. 내리 닫은 눈꺼풀로 보이는 거라곤 깜깜한 어둠뿐인데, 제게 꽂힌 세 사람의 시선이 선명하게 느껴진다.

어디 한번 하고 싶은 대로 해 보라는 듯한 이진우의 눈빛. 웬만하면 협조하라는 이해운의 눈빛. 그리고 정말 미안하지만 이번 한 번만 이진우의 장단에 맞춰 달라는 지수의 간절한 눈빛. 서로 다른 눈빛을 쏘아 보내는 세 사람 앞에 가은이 선택할 수 있는 답은 애초에 하나뿐이었다.

"……가요."

가은은 체념한 얼굴로 자리에서 일어났다. 그녀의 대답에 가장 신이 난 건 진우였다.

"그래, 잘 생각했어. 가자."

철없는 애처럼 환하게 웃는 얼굴로 손까지 내민다. 가은은 그 손을 차갑게 한 번 바라보곤 고개를 절레절레 저었다. 본 척도 하지 않고 그의 곁을 지나쳤건만 함께 옆집으로 건너간다는 게 그렇게도 신이 나는지 진우는 군말 없이 가은의 뒤를 쫓았다.

"같이 가, 한가은!"

뒤따라오는 목소리가 해맑기 그지없다. 그게 정말 너무도 어이가 없어서 가은은 뒤를 흘끔 바라보았다. 어이가 없긴 해운이나 지수도 마찬가지인지, 두 사람 모두 얼빠진 표정이었다. 이진우의 욕심에 이 자리에 있는 세 사람이 각자의 휴식을 포기하고 곤욕을 치르는 중인데, 정작 당사자만 모르는 듯했다.

"쟤가 저래 보여도 음식 솜씨가 꽤 괜찮아. 시켜 먹는 것보단 나을 거야."

정말 모르는 게 확실했다. 그렇지 않고서야 앞장서서 현관을 빠져나가는 발걸음이 저렇게 가벼워 보일 순 없을 테니.

가은은 한숨이 차올랐지만, 결국 탓할 수 있는 사람은 자신뿐이었다. 그의 말마따나 당연한 제 행동이 그의 흥미를 자극한 것이 잘못이라면 잘못일 것이리라. 그렇게 스스로를 위안해야 하는 현실이 못마땅했지만, 그렇게라도 해야 했다. 진우를 상대로 정신 승리할 수 있는 방법은 그것뿐이었으니까. 가은은 터벅터벅, 진우의 뒤를 따랐다.

* * *

"파스타 괜찮아?"

제집 주방을 익숙하게 누비던 해운이 가은을 곁눈질하며 물었다. 가은은 친근하게 물어오는 해운이 썩 편하지 않았지만 고개를 끄덕였다. 해운의 입장에선 자신과 지수가 불청객이나 다름없을 텐데, 음식 취향을 물어주는 것만으로 고마울 따름이었다.

　해운은 가은에게 물어본 것으로 그치지 않고 거실 소파에 앉아 있는 진우와 지수를 향해서도 물었다. 진우는 성가시다는 듯 짧게 응, 이라고 대답했고, 지수는 와중에도 베이스 소스를 물었다. 지수가 꽤 뻔뻔한 편이란 건 진작부터 알고 있었지만, 그게 한가은 한정이었던 것도 아닌 모양이다. 가은은 티 나지 않게 고개를 절레절레 저었다.

　"근데 왜 거기 앉아서 그러고 있어? 거실에서 저기 둘이랑 도란도란 얘기라도 나누지."

　할 일 없이 멍한 얼굴로 자리를 지키는데, 별안간 해운이 재료 손질을 하며 질문을 건네 왔다. 가은은 그의 손끝에서 다듬어지는 재료들을 한 번 바라보곤 그의 얼굴로 시선을 돌렸다.

　그는 제 쪽으로 눈길도 두지 않고 있었다. 능숙하게 칼질을 하며 요리에 집중할 뿐. 그런 와중에도 대답을 기다리고 있던 건지, 침묵으로 일관하자 흘끔거리는 게 느껴진다. 가은은 한숨을 푹 내쉬며 마지못해 대답했다.

　"두 얼간이 사이에서 얼마나 영양가 있는 대화를 하겠다고 저 사이에 끼어 있겠어요."

　한 치의 거짓 없는 진심이었다. 그러나 가은의 하소연이 퍽 우스웠는지, 해운이 웃음을 참지 못한다.

　"하하. 그런 말도 할 줄 아는구나. 의외네?"

　"무슨 뜻이에요?"

　"집에서 잘 나오지도 않고, 가끔 볼 때면 매번 다 죽을상을 하고 있길래 이런 장난 칠 줄 알 거라곤 상상도 못 해서."

집에서 잘 나오지도 않고, 죽을상을 하고. 길게 이어진 해운의 대답 중 가은의 뇌리에 남은 건 그 두 가지뿐이었다. 틀린 게 하나 없는 말인데, 여전히 그런 말을 들을 때면 속이 쓰렸다. 내색하지 않기 위해 입술을 꾹 말아 물었는데, 다행히 해운에게 들키지 않은 모양이었다. 해운은 금세 다른 이야기로 가은의 주의를 끌었다.

"근데 저 둘은 언제 저렇게 친해진 거래?"

"네?"

"저기 두 얼간이 말이야."

해운은 턱 끝으로 거실을 가리키며 말했다. 가은은 '두 얼간이'라는 말만으로도 해운이 가리키는 게 누군지 알 수 있었다. 가은은 고개를 돌려 거실을 훑어보았다. 해운의 말처럼 언제 그렇게 친해진 건지 진우와 지수는 소파에 붙어 앉아 저들끼리 수군거리고 있었다. 그 꼴을 가만 바라보고 있자니 한숨밖에 나오지 않을 것 같아 가은은 다시 정면을 바라보았다. 곧장 보인 해운은 뭐가 그렇게도 우스운지 아까부터 입가에 건 미소를 지우지 못하고 있었다.

앉은 자리가 가시방석이 따로 없었다. 이럴 때 책이라도 있었다면, 집중해서 보기라도 할 텐데 상황이 여의치 않아 가은은 다른 쪽에 집중해 보기로 했다.

"요리 배운 적 있어요?"

고민 끝에 찾은 건 해운이 열을 올리고 있는 요리였다.

"요리? 음, 아니. 따로 배운 적은 없어."

따로 배운 적이 없는 것치곤 재료를 손질하는 손길이나 칼질하는 솜씨가 제법이었다. 가은은 조금 더 또렷해진 눈으로 해준의 손끝을 유심히 바라보았다.

"배운 적도 없는데 제법 하시네요."

"넌 요리 전혀 할 줄 모르지?"

그냥 툭 던진 말 같은데 제법 예리했다. 가은은 제 치부를 단번에 들킨 것 같아 썩 유쾌하지 않았다. 그도 그럴 것이 손재주가 제법 있는 편이라 뭐든 한두 번 배우면 금세 흉내는 냈고, 머리도 제법 명석한 편이라 들이는 시간 대비 성적도 곧잘 나오곤 했다. 그런데 유일하게 그녀가 시도조차 제대로 해 보지 않은 게 있으니, 그게 요리였다. 살면서 못한다고 생각했던 건 요리뿐이었던 터라 해운의 날카로운 지적은 은근히 가은의 자존심을 건드렸다.

"……그거 좀 할 줄 안다고 유세 부리는 거예요?"

"그럴 리가. 너한테 유세 부려서 내가 얻는 게 뭐가 있다고."

하지만 그런 가은의 속을 알 리 없는 해운은 그저 너털웃음을 치기만 했다. 자존심이 상해 더는 해운이 요리하는 걸 보지 않을 작정이었는데, 그것마저 하지 않으려니 정말 할 게 없었다. 결국 따분함을 이기지 못한 가은은 다시 해운을 관찰하기 시작했다.

재료 손질을 마친 그는 어느새 솜씨 좋게 파스타 면을 삶곤 본격적으로 파스타 조리를 시작하고 있었다. 가은은 해운에게서 눈을 떼지 못했다. 손질한 재료들을 익는 속도에 맞춰 차례로 담는 손길이나 그 위에 파스타 면을 덜고 소스를 붓는 손길이 아무것도 모르는 가은의 눈에도 수준급으로 비쳤다. 더욱이 팬을 굴리는 손목 스냅은 또 어떠한지, 가은은 별안간 해운이 달리 보이는 기분이었다.

"배운 적도 없는데, 진짜 잘하시네요."

"그래도 혼자 자취한 짬밥이 있어서 그런지 이제 이 정도는 별로 어렵지 않네."

별로 어렵지 않다는 말이 거짓은 아닌 듯, 해운은 요리를 하며 대화를 이어가는 게 무척 자연스러워 보였다. 그것만으로 하루 이틀 요리해 본 게 아닌 것이 선명하게 느껴졌다.

"대강 알겠지만, 직업이 직업이다 보니 오프일 때만 겨우 집에 올 수 있거든. 근데 그나마도 콜 울리면 다시 병원으로 달려가야 하는 게 일상이고. 그래서 집밥에 좀 집착하는 경향이 있어, 내가."

"아아……."

"집에 있을 때만이라도 해 먹고 싶어서 혼자 레시피 보고 요리하다 보니까 그게 또 취미가 되더라고."

가은은 가만히 고개만 끄덕였다. 해운의 직업이 의사라는 건 연옥이 죽기 전 입에 침이 마르도록 했던 얘기라 진작부터 알고 있었다. 의사 사위를 두면 더 바랄 게 없다는 말과 함께 연옥 홀로 해운을 지수의 짝으로 점찍어 두었던 탓이었다.

언제 한번 지수와 우연인 척 가장하여 안면을 익히고, 자연스럽게 데이트할 수 있도록 몰아갈 작정인 듯했는데, 그러기엔 해운이 바빠도 너무 바빴다. 그의 말마따나 집에 들어오는 날이 손에 꼽을 정도였으니, 결국 연옥의 장대한 계획도 실패로 마무리할 수밖에 없었다.

그 사실은 해운도 지수도 알지 못했다. 오로지 연옥과 쉴 틈 없이 붙어 있던 가은만이 알고 있는 사실이었다. 그런데 가은은 그가 바쁜 사람이란 걸 머리로 깨닫고 몸소 실감한 지금 어울리지 않게 회의감을 느꼈다.

연옥의 구속 아래 살면서 자유로이 할 수 있는 게 아무것도 없던 가은은 버릇 같은 취미가 있었다. 막연히 무언가 하고 싶은 일이 떠오를 때면 버킷리스트에 적어 두는 것이었다. 실제로 이룰 수 있을지 없을지는 알 수 없지만, 그렇게 상상이라도 해야 살 것 같았다. 그리고 그중 하나가 맛있는 음식을 직접 만들어 먹는 것이었다.

연옥이 살아 있던 집에선 쥐죽은 듯 조용히 할 수 있는 일을 제외하곤 전부 연옥의 심기를 거스르는 일밖에 되지 않았다. 그래서 요리를 시도해 보고 맛있는 음식 하나를 거뜬히 만들기까지 연습하는 건 가은에겐 사치일 뿐이었다. 하지만 연옥이 죽고 난 이후엔 충분히 할 수 있는 일이었다. 그러나 가은은 아무것도 하지 않았다. 연옥이 죽고 난 후에도, 연옥이 살아 있을 때와 별반 다를 것 없는 삶을 살고 있었다. 종일 진우와 지수를 보며 한심하단 생각을 했는데, 정작 제일 한심한 건 자신이었다. 그걸, 불현듯 해운을 보며 깨달았다.

"요리에 관심 있어?"

"……아니요."

"관심은 없어도 한번 해 보고는 싶은 눈친데?"

해운은 가은이 생각했던 것보다 훨씬 더 눈치가 빠른 사람인 모양이었다. 가은은 제 속을 읽히는 게 익숙지 않아 그저 입을 꾹 다물고만 있었다. 그게 무엇을 의미하는지 알아챈 건지, 해운은 그저 잔잔히 미소만 머금을 뿐 더 말을 건네지 않았다. 그것도 그리 오래가진 못했지만.

"어휴, 저 하이에나 같은 새끼. 아까부터 계속 기웃거리더니 기어이 너랑 나랑 대화하는 게 눈꼴셨나 보다."

"네?"

"네 뒤에 말이야."

해운의 말은 거기까지였다. 그는 곧 진저리를 치며 조리가 끝난 듯 가스레인지 불을 껐다. 가은은 고개를 갸웃거리다 제 뒤라는 말에 천천히 고개를 돌려보았다. 그런데 고개를 반도 채 돌리지 않았는데, 어느새 다가온 건지 진우의 얼굴이 동공 가득 들어찼다. 지수와 뭐가 그렇게도 즐거운지 한참을 시시덕거려 놓고, 제 곁으로 다가온 지금은 무척이나 불만스러운 얼굴이었다.

"둘이 뭐가 그렇게 재미가 좋아? 나도 같이 재미 좀 보자."

내뱉는 말투에 심통이 가득했다. 가은은 한마디 쏘아붙이고 싶었지만, 그보다 더 빠른 건 해운이었다.

"재미 좋을 게 뭐가 있어. 하여튼 속은 더럽게 좁아 가지고. 헛소리 그만하고 앉아. 그릇에 담기만 하면 되니까. 지수, 너도 와서 앉아."

해운의 타박에 진우는 입술을 비죽거리면서도 자리에 앉았다. 배가 고프긴 했던 모양이다. 그 모습이 해운과 비교가 되며 정말 어린애같이 보였다. 러시아에서나 일주일 전 산책로에서의 모습만 떠올려도 이렇게까지 애 같진 않았는데.

가은은 별안간 지금껏 봐 온 남자가 눈앞의 남자와 동일인물이 맞는지 혼란이 왔다. 그러는 와중에 바로 앞에 놓인 그릇에서 고소한 크림 냄새가 올라왔다. 단번에 눈이 휘둥그렇게 뜨였다. 기대한 것보다 훨씬 더 먹음직스러운 냄새였다. 가은은 제 앞에 놓인 파스타를 멀거니 바라보았다. 어쩐지 많은 생각이 머릿속에 수놓아지는 기분이다.

* * *

식사를 마친 가은은 해운의 집을 정처 없이 헤매고 다녔다. 해운 덕분에 저녁도 해결했으니 뒷정리라도 도우려고 했는데 해운이 극구 만류했다. 도와줘도 결국 제 손이 한 번 더 가야 한다는 게 그의 입장이었다.

썩 이해 못 할 말은 아니었기에 가은은 조용히 물러났다. 하지만 지수는 끝끝내 설거지라도 하겠다며 성화를 부렸다. 결국 지수에게 두 손 두 발 다 든 해운은 지수에게 주방을 내주어야 했다. 그러고도 영 내키지 않는지 지수의 뒤에 바짝 붙어 서서 입술을 잘근잘근 씹어대긴 했지만.

가은은 둘의 모습을 말없이 지켜보다 주방에서 빠져나왔다. 마음 같아선 집으로 먼저 돌아가고 싶었지만 그렇게 하기엔 남자가 둘이나 있는 집에 지수 혼자 남겨 두는 게 내키지 않았다. 그렇다고 지수가 설거지를 끝낼 때까지 기다리자니 진우와 함께 거실에 있는 게 불편했다. 결국 가은이 택한 건 해운의 집을 구경하는 것이었다. 분명 처음엔 관심 없는 눈길로 대충 훑기만 했다. 그런데 생각지 못하게 눈길을 사로잡는 장소를 발견하고 말았다.

복층 한쪽에 자리한 서재였다. 문을 열자마자 전면 가득 책이 빼곡하게 꽂혀 있는 게 보였다. 가은은 홀린 듯 서재 안으로 걸어

들어갔다. 그러곤 책장에 꽂힌 책등을 하나하나 읽어 보았다. 대부분 의학 서적인 듯했으나, 곳곳에 심리학을 다룬 서적이나 일반 서적도 있었다. 그걸 가만 보고 있노라니 가은은 어쩐지 해운이 달리 보이는 기분이었다.

의사 집 서재가 의학 전문 서적으로 가득한 게 뭐 그리 대단한 일이라고. 하지만 전문 서적 외에도 다른 장르의 책들이 꽤 있다는 게 관심 포인트였다. 그가 평소 책을 얼마나 좋아하는지 절로 느껴졌다. 더구나 이 많은 책들은 단순히 인테리어용으로 꽂혀 있는 게 아니었다. 책마다 손때가 묻어 있는 것만 봐도 확신할 수 있었다. 수준급 요리 실력을 갖춘 데다 직업의식이 투철하고 독서까지 즐기는 의사 선생님이라. 그 조합만으로도 비호감이기만 하던 해운이 꽤 매력적으로 느껴지기 시작했다.

가은은 정말 홀린 듯 책들을 보았다. 그 탓에 누군가 서재 안으로 들어와 그녀의 바로 뒤까지 다가왔다는 사실은 꿈에도 알지 못했다.

"뭘 그렇게 정신없이 봐?"

별안간 들려온 목소리였다. 가은은 화들짝 놀라 어깨를 움츠리곤 곧장 뒤를 돌았다. 그러기 무섭게 손에 들고 있던 책으로 얼굴을 반쯤 가리곤 숨을 멈추었다. 너무 가까운 거리에 진우가 서 있었다. 그와의 사이에 책이 없었더라면 그의 숨결이 고스란히 느껴졌을 것같이. 그 사실만으로도 가은은 숨이 탁 막히는데, 진우에게선 그런 기색을 전혀 찾아볼 수 없었다.

"행복하지 않다고 말하는 어른들에게?"

여유 가득한 목소리가 가은의 얼굴을 가리고 있는 책의 제목

을 나른히 읊었다. 그러곤 이내 도로록 눈동자를 위로 들어 가은
을 직시한다.

"안 행복해? 그렇다고 하기엔 내내 지나치게 행복해 보이던데."

좀 전과 달리 한껏 날을 세운 말투였다. 꾹 다문 입술엔 불만이
덕지덕지 붙어 있었다. 마치 제게 심통 났다는 걸 알리려는 듯이
말이다.

가은은 진우를 가만 바라보다 가까스로 입술을 떼었다.

"……비켜."

"하. 너는 나한테 할 말이 그렇게 없어? 입만 열면 비키라고 그
러네."

진우의 미간이 한층 더 불만스럽게 구겨졌다. 하지만 어쩔 수 없
었다. 진우와의 거리는 지나치게 가까웠고, 갑자기 나타난 그 때
문에 놀란 탓인지 심장이 미친 듯이 뛰어댔다. 금방이라도 그에게
들킬 것만 같았다. 그게 가은은 못내 불안하고 초조했다.

"떨어져, 좀."

가은은 한 번 더 단호히 말했다. 진우에게 달갑지 않을 말이란
걸 알아도 하는 수 없었다. 이렇게라도 하지 않으면 그는 지금의
이 거리가 위험하다는 것도 모르고 고집을 부리며 유지할 게 뻔
했으니까.

예상대로 진우가 불만스럽게 눈살을 구겼다. 그러면서도 뒤로
한 걸음 물러났다.

그래, 이렇게 두어 걸음만 더…….

가은은 한결 마음을 내려놓으며 그와 저 사이에 일정한 거리가
생기길 기다렸다. 하지만 한 걸음, 그걸로 끝이었다. 그마저도 한

걸음이라고 하기엔 너무도 좁은 보폭이었다.

"됐지?"

진우는 아주 조금 거리를 둔 게 고작이면서, 칭찬을 바라는 아이처럼 당당히 물어왔다. 가은은 목 끝까지 한숨이 차올랐다. 아무래도 진우에게 너무 많은 걸 바란 모양이다. 그래도 얼굴을 가리고 있던 책을 내릴 수 있을 만큼의 거리는 만들어 줬으니 고맙다고 해야 할까.

가은은 고개를 절레절레 저으며 오른쪽 다리를 쭉 뻗었다. 진우가 비키지 않으면 자신이 피할 작정이었다. 그런데 바로 그때, 별안간 가은의 얼굴 양옆으로 단단한 가림막이 생기고 말았다.

"아, 야!"

가은의 움직임을 통제한 건 진우의 양팔이었다. 그는 기다렸다는 듯이 팔을 쭉 뻗어 가은을 옴짝달싹도 할 수 없게 만들었다. 가은의 얼굴이 삽시간에 굳어버렸다.

"지금 뭐 하는……!"

가은은 본능이나 다름없이 신경질이 다분히 묻어난 목소리를 내질렀다. 하지만 미처 끝을 맺을 순 없었다. 진우의 얼굴이 한 걸음 물러나기 전보다 더 가깝게 다가와 있었기 때문이다. 섣불리 움직였다간 입술이라도 닿을 것 같은 자리에서, 진우가 깊게 가라앉은 눈으로 응시해 왔다.

"네 입은 나한테만 딱딱거리라고 있냐?"

"……하, 뭐?"

"아까처럼 나한테도 해 봐."

"뭐라고 하는 거야, 도대체. 이것 좀 치우고……!"

"나한테도 해 보라고. 이해운한테 했던 것처럼, 나한테도."

기다렸다는 듯이 이어진 진우의 말은 완성형이 아니라는 듯 여운을 품고 있었다. 그는 일순 아랫입술을 꽉 짓씹더니, 턱에 한껏 힘을 주었다. '이해운'을 말하는 순간 미간에 생긴 주름은 쉬이 펴질 줄을 몰랐다.

"나한테도 좀 살갑게 굴어 보라고."

이어진 말에 가은은 진우를 따라 미간을 좁혀야만 했다. 당최 뭐라고 하는 건지 이해를 할 수 없었다. 이해운에게 하는 것처럼 살갑게 굴어 보라니. 도대체 자신이 언제 해운에게 살가웠단 말인가. 그러다 불현듯 한 시간쯤 전의 일이 머릿속을 스치고 지나갔다.

'둘이 뭐가 그렇게 재미가 좋아? 나도 같이 재미 좀 보자.'

해운과 한창 요리에 관한 이야기를 하고 있을 때, 갑자기 다가온 진우는 무척이나 불만스러운 얼굴로 심술궂게 말했었다.

하, 설마.

"아까 일 얘기하는 거야?"

"어. 난 네가 누굴 그렇게까지 친근하게 대하는 거 처음 봤어. 도대체 이해운을 봤으면 언제부터 얼마나 봤다고 그렇게 사근사근한 건데?"

설마설마했는데, 진우는 피할 새도 없이 당당하게 직구를 던졌다. 되레 진우가 그렇게 나오니 당황스러운 건 가은이었다. 쉬이 말을 이을 수 없었다. 그런데 생각해 보면 진우에게 이런 소리를 듣고 있는 것 자체가 퍽 억울하다.

자신이 해운과 대화를 나누고 있는 동안 그는 지수와 사이좋게 붙어서 이야기하고 있지 않았던가?

굳이 더 친근하고 사근사근했던 것을 고르라면 저와 해운보다는 진우와 지수 쪽이 더 가까웠다. 적어도 자신은 소파에 딱 붙어 앉아 이야기하던 둘과 달리 아일랜드 식탁에 앉아 가스레인지 앞에 서 있는 해운과 이야기를 나눈 거였으니까. 거기까지 생각이 닿기 무섭게 무작정 입술이 움직였다.

"나보단 너랑 지수가 더 친근하게 있었어."

"뭐?"

"굳이 친근하고 살가웠던 쪽을 고르라면 너랑 지수였다고. 소파에 딱 붙어 앉아서 도란도란 얘기 나누던 쪽은 너희 아니야?"

가은은 매서운 투로 지적했다. 단번에 진우의 반박이 돌아올 거라고 생각했다. 그런데 이상하다. 반박은커녕 진우의 입가에 어느새 환한 미소가 걸려 있다. 가은은 못 볼 걸 본 사람처럼 인상을 찌푸렸다.

"뭐가 좋아서 웃어?"

"그러니까 지금 네 말은 일부러 이해운을 친근하게 대했다는 거야?"

"뭐? 내가 언제 그렇다고 했어?"

"지금 네 말이 그렇잖아. 나랑 네 동생이랑 딱 붙어 앉아서 대화한 게 질투 나서 너도 그랬다는 것처럼."

그 말을 끝으로 진우는 전에 없던 해사한 얼굴을 했다. 입술 사이로 드러난 하얀 이 사이로 간간이 웃음소리가 새어 나오기도 했다. 가은은 퍽 어이가 없었다. 어떻게 생각하면 제 말을 그렇게 받아들일 수 있는지. 정말이지 이진우는 제정신이 아닌 것 같다. 처음 본 그 순간부터 내내 일반적이라고 할 수 있는 모든 루트를 벗어나고 있으니, 가은으로선 그렇게 생각할 수밖에 없었다. 가은은 더 이상 밀려 올라오는 한숨을 참을 수가 없었다.

"하아. 다 웃었으면 그만 비켜. 불편해."

"몇 번을 말해야 알아들어? 난 너랑 이렇게 있는 거 좋다니까."

"난 안 좋아."

"안 좋아도 하는 수 없어. 내가 좋으니까."

기어이 가은의 잇새로 연이은 한숨이 짙게 터져 나왔다. 그러거나 말거나 진우는 시종일관 미소를 지울 줄을 몰랐다. 이제 가은은 죄 없는 그 미소도 짜증이 났다. 그를 밀쳐서라도 자리를 피해야겠다고 생각한 참이었다. 그 순간, 진우가 다시금 불시에 가은을 자극했다.

"내가 생각해도 너무 미친놈 같아, 내가."

정말 뜬금없는 소리였다. 스스로가 미친놈 같다니. 이건 또 무슨 술수인지 알 수가 없다. 가은은 눈썹을 한데 모으며 물었다.

"이건 또 무슨 수작인데."

"너 그렇게 생각하고 있잖아. 뭐 이런 미친놈이 다 있나, 하고."

너무 정확한 추측이었다. 그래서 가은은 선뜻 긍정도 부정도 할 수 없었다. 그게 퍽 기분이 나쁠 법도 한데, 진우는 아무래도 상관없다는 얼굴이다. 되레 그는 입꼬리를 유려하게 올리곤 입술을 움직였다.

"근데 그 미친놈은 지금 속도 없이 기분이 너무 좋다."

"……."

"네가 다른 때보다 말 좀 더 섞어 줬다고, 이게 이렇게까지 기분 좋을 일인가 싶긴 한데."

가은은 입이 바짝 마르는 기분이었다. 허튼소리라면 누구보다 잘하는 게 이진우라고 생각했다. 그런데 허튼소리나 다름없을 그의 말을 듣고 있는 지금, 가은은 세상이 멈춘 것만 같은 기분이 들었다.

"너무 좋아. 진짜 속도 없이."

자신을 바라보는 진우의 눈동자가 지나치게 맑았다. 거짓말이라곤 조금도 모르는 어린아이처럼. 그래서 그 어느 때보다 그의 말이 진심으로 들렸고, 그 어느 때보다 선명하고 강하게 와 박혔다. 가은은 입술을 바르르 떨었다. 헛소리하지 말고 비키라고, 평소의 저답게 말해야 하는데 입술이 도통 말을 듣질 않았다. 그런 속도 모르고 진우가 기분 좋은 미소를 감아올린다. 그걸 눈에 담은 순간 가은은 위험을 감지했다.

"솔직히 말해 봐. 너도 내가 싫진 않잖아."

허튼소리야. 그냥 이건 말도 안 되는 수작질일 뿐이야.

가은은 진우의 말을 들으며 그렇게 되뇌었다. 그러나 이어진 그의 말에 가은은 더 거부할 수도 없는 몸의 변화를 오롯하게 느껴야만 했다.

"너도 나랑 이러고 있는 게 나쁘진 않은 거잖아."

금방이라도 튀어나올 듯 심장이 거칠게 뛰기 시작했다. 온몸이 뻣뻣하게 굳어버린다. 그걸 눈치채기라도 한 건지, 진우가 조금씩 거리를 좁혀 왔다. 애당초 그와의 거리는 부담스러울 정도로 가까웠다. 그런데 그것마저 좁혀오기 시작하자, 가은은 숨이 멎을 것만 같았다.

"······그만."

가은은 눈을 질끈 감으며 속삭였다. 숨을 쉬는 게 벅차고 현기증이 일었다. 좀 전부터 요란하게 울리기 시작한 마음속 비상등이 잠깐도 정신을 차리지 못하게 만들었다. 가은은 금방이라도 주저앉을 것 같았다. 그때, 닫힌 문틈을 비집고 익숙한 목소리가 들려왔다.

"한가은! 아, 아니. 언니! 나 설거지 다 했어!"

지수의 것이었다. 불시에 들려온 목소리에 가은은 감았던 눈을 번쩍 떴다. 그러자 무언가 마음에 들지 않는다는 듯 한껏 눈살을 찌푸린 진우가 보인다. 진우를 눈에 담기 무섭게 다시금 심장이 격렬하게 반응했다.

"언니! 나 설거지 다 했다니까!"

재차 지수의 목소리가 들려왔다. 그제야 혼란하던 머릿속이 조금쯤 차분하게 돌아오는 것 같았다. 가은은 진우를 바라보며 가까스로 말문을 떼었다.

"······들었지. 설거지 다 했대."

목소리 끝이 조금 떨린 것도 같았다. 하지만 그런 것쯤은 상관없었다. 가은은 그저 이 순간 지수의 목소리가 너무도 반가웠다. 살면서 처음이었다. 자신을 찾는 지수가 반갑게 느껴지기는.

"하, 쟤는 진짜 왜 저렇게 눈치가 없지. 그렇게 얘기했는데."

진우가 짜증스럽게 앞머리를 흩뜨리며 혼잣말을 내뱉었다. 그러면서도 가은을 옴짝달싹하지 못하게 만들던 팔을 내리곤 뒤로 물러났다. 그제야 가은의 가슴이 크게 들썩거렸다.

"하아……."

다급히 뒤를 돌아 손에 들고 있던 책을 꽂아 놓는데 단전 깊이 뭉쳐 있던 숨이 터져 나왔다. 조금은 긴장이 풀리는 기분이었다. 가은은 발끝에 힘을 주었다. 가능한 한 빨리 이 어색한 공간에서 벗어나고 싶었다. 그런데 한 걸음 막 떼기 무섭게 진우가 발목을 붙잡아 온다.

"너무 신나서 가지는 말고."

"……."

"네가 그러면 그럴수록 내가 자꾸 약이 오르잖아."

가은은 약속이라도 한 것처럼 자리에 우뚝 멈춰 섰다.

"말했지만, 나는 이대로 물러날 생각이 없어. 그리고 나는 갖겠다고 마음먹은 걸 갖지 못했던 적이 없고."

퍽 의미심장하고 자신만만한 말소리였다. 오만한 확신으로 가득한 그의 목소리에 가은은 홀린 듯 뒤를 돌아보았다. 그리고 진우와 시선을 마주했다.

"나는 결국 내가 이길 거라고 확신해."

"……."

"그러니까 잘 생각해 봐."

길지도 않은 그의 말이 가은의 뇌리에 깊숙이 박혔다.

"내가 볼 땐, 너도 나 싫지 않아. 내가 좋은 건 아니더라도."

"……."

"적어도 관심은 있을 거야, 분명."

글쎄. 네가 싫지 않은 걸까, 난.

순간 의지의 영역을 벗어난 머리가 진우의 말을 곱씹자, 내내 무표정하던 가은의 얼굴이 순식간에 흔들렸다. 잠깐이었다.

아니야. 그럴 리 없어.

다급하게 발동된 방어기제가 금세 그녀의 얼굴을 본래대로 되돌려 놓았다. 그때 아까보다도 더 가까운 거리에서 지수의 목소리가 들려왔다.

"도대체 어디 있는 거야. 언니, 어딨어! 나 먼저 가?"

가은은 매정히 뒤를 돌았다. 그러곤 급히 걸음을 떼었다. 등 뒤로 뜨거운 시선이 내리꽂히는 게 선명히 느껴졌지만, 망설이지 않았다. 망설여선 안 되었다. 그가 다가오지 못하도록 무표정한 가면을 뒤집어쓰고 모질게 구는 건 이제 소용없다는 걸 깨달았으니까.

그러니 도망쳐야 했다. 가능한 한 멀리, 그가 숨이 차서 더는 따라오지 못할 곳으로. 가능한 한 최선을 다해 서둘러야 했다.

버킷리스트(2)

"네, 큰어머니. 진우 저희 집에 있어요."

해운은 말을 하면서도 거칠게 얼굴을 쓸어내렸다. 이젠 머리를 거치지 않고도 입이 자연스럽게 움직였다. 제 일도 아니고 원수 같은 친척 놈을 위한 보호 장치 설계의 단계랄까.

"하아."

해운은 핸드폰 너머로 들리지 않게 한숨을 내쉬었다. 이제 1년 차 레지던트인 해운은 전임교수를 따라 막 병동 회진을 마친 참이었다. 근처에 카메라라도 달아 둔 건지, 회진이 끝나기 무섭게 걸려 온 전화에 해운은 부리나케 비상구로 달려와야만 했다. 자신의 모친보다도 더 자주 연락하는 큰어머니인 선영에게서 전화가 걸려 온 탓이었다.

— 아니, 걔는 왜 멀쩡한 집 놔두고 매번 해운이 네 집에 가 있는 거래? 내 배 아파 낳은 내 아들이지만, 정말 그 속을 모르겠어, 내가.

선영은 오늘도 짜증 섞인 하소연을 줄줄 늘어놓았다. 그걸 듣고 있자니 해운은 한숨이 목 끝까지 차오르는 기분이었다.

그러게 말이에요. 큰어머니도 모르는 아들내미 속을 제가 무슨 수로 알까요.

당장에라도 그렇게 말하고 싶었다. 하지만 그랬다간 예순을 바라보는 나이에도 소녀 같은 심성을 가진 그녀가 눈물 바람을 할지도 모를 일이기에 해운은 꾹꾹 눌러 참았다.

"어쨌든 외국 나갔다 들어온 거잖아요. 좀 쉬고 싶은 모양이더라고요."

— 도대체 언제까지 그럴 거래? 가까이에 해운이 너만 봐도 우리 진우는 뭐 느끼는 게 없을까?

"에이, 그런 얘기 진우한테는 하지 마세요. 저는 저고 진우는 진우죠. 저보다 진우가 잘하는 것들도 많잖아요."

반복 학습의 효력은 대단했다. 내키지 않은 말들이 생각을 거치지 않고도 잘만 튀어나왔다. 그러나 아무리 물리적인 힘을 들이지 않는 일이라고 해도, 좋지도 않은 상황을 자주 반복하는 건 썩 달가운 일이 아니었다. 달가운 일이 아닌 정도가 아니라, 해운은 슬슬 신물이 나기 시작했다. 당사자는 해결할 의지도 없는데 왜 자신이 나서서 이 고통을 겪고 있는 건지 알 수가 없는 일이다.

'가라고 했는데도 내가 고집 부렸다고 해. 네 말은 귓등으로도 안 듣는다고. 너도 방법이 없다고.'

별안간 얼마 전 진우가 했던 말이 떠올랐다. 마음 같아선 그의 말대로 하고 싶었다. 제 말은 귓등으로도 듣질 않으니, 정 답답하시면 직접 데려가시라고. 그렇게만 된다면 해운으로서도 감사했다. 자주 들어갈 수도 없는 집에서 비로소 평화로운 휴식을 취할 수 있을 테니 말이다. 하지만 아무리 속이 터져도 그 말을 할 수가 없었다. 아무리 얄밉고 재수 없는 친척 놈이라 하더라도, 제집에서나마 유일하게 숨통을 틔운다는 걸 진우보다 더 잘 알고 있기 때문이었다.

"며칠만 더 두고 보세요. 제가 잘 달래 볼게요."

– 해운이 네가 그래 준다면 정말 고맙지만……. 요즘 네 큰아버지가 진우한테 연락 좀 해 보라고 날 너무 괴롭혀. 나라고 전화를 안 하겠어? 하면 뭐 해. 받지를 않는데.

"오늘 늦게라도 집에 들어가면 제가 얘기할게요. 큰어머니께 전화 좀 드리라고."

– 그렇게 해줄래? 해운이 너한테는 매번 정말 미안하다. 내가 동서 보기가 참 민망해. 널 너무 괴롭히는 것 같아서…….

해운은 긍정도 부정도 하지 않았다. 딱히 그러고 싶지 않았다. 이러는 게 상대를 괴롭히는 거란 걸 안다면 부디 지금부터라도 자중하길 바랐다. 결국 진우를 미치게 만든 것도 이 과한 집착이었으니까.

"큰어머니, 저 이만 들어가 봐야겠어요. 진료 시작해야 할 것 같아서요. 진우한테는 알아듣게 잘 이야기할게요."

해운은 끝내 미안하다는 선영의 말에 어떠한 언급도 하지 않았다. 곧 미안하다는 말과 어서 일 보라는 말이 돌아왔다. 알겠다고 짧게 대답하면서도 해운은 선영의 사과를 진심으로 듣지 않았다. 형식적인 말일 게 뻔했다. 이러는 게 정말 미안한 일이란 자각 정도라도 있다면 이렇게 반복적으로 자신을 괴롭히지도 않았을 것이다. 그런 생각이 들 때면 사춘기 청소년처럼 방황하는 진우를 모질게 타박하다가도 미치도록 안쓰러웠다.

선영에겐 알아듣게 이야기하겠다고 했지만, 아마 오늘도 내일도, 앞으로도 쭉 해운은 진우에게 그런 말을 할 생각이 없었다. 제집에서나마 겨우 편히 숨을 쉬는 하나뿐인 친척 놈을 저까지 괴롭히고 싶은 마음은 추호도 없었으니까. 해운은 후련하게 종료 버튼을 누르곤 급히 비상구를 빠져나갔다. 어서 전화가 끊고 싶기도 했지만, 진료를 시작해야 하는 것도 사실이었다. 서둘러 걸음을 떼었다.

* * *

진우는 지루한 얼굴로 스트로를 쭉 빨았다. 바닥을 보이기 시작한 음료 잔에서 요란한 소리가 났다. 그게 퍽 신경을 거스른다. 진우는 미간을 구기며 신경질 가득한 손으로 핸드폰을 쥐었다.

[오후 1시 24분]

액정 위로 오차 없는 현재 시각이 적혀 있었다. 한 시간쯤 전 받은 제보 내용에 의하면 지금 앉아 있는 이 카페로 한가은이 진작 나타나고도 남았어야 했다. 그러나 한 시간이 다 되어 가도록 가은은커녕 닮은 사람조차 코빼기도 볼 수 없었다. 진우는 혹 자신이 메시지 내용을 착각한 건가 싶어 메시지를 재차 확인했다.

[곧 카페에 갈 것 같은 눈치예요. 카페는 매번 집 앞 상가 건물에 있는 데로 가니까, 타이밍 잘 맞추면 우연히 마주친 척할 수 있을 듯.]

제보자는 지수였다. 마주칠 때마다 있는 대로 인상을 구기며 갖은 싫은 내색을 다 하더니 몇 번 쥐여 준 용돈에 금세 든든한 아군이 되었다. 쥐여 준 용돈과 자신을 번갈아 보던 지수의 눈빛엔 고마운 감정을 지나 은인을 바라보는 듯한 감정까지 비쳤었다. 그러니 이 메시지가 헛된 정보를 담고 있는 건 아닐 터였다.

혹시 다른 카페에 있는 건가? 그게 아니면…….

"카페에 갈 것 같은 눈치였는데, 안 가기로 마음먹었나."

충분히 가능한 가설이었다. 만약 안 가기로 마음을 먹은 거라면 최악이었다. 괜히 한 시간이나 여기에 앉아 헛수고를 한 셈이니 말이다.

"아, 짜증 나."

진우는 테이블 위로 핸드폰을 툭 내려놓곤 머리칼을 거칠게 헤집었다. 정말 뜻대로 되는 게 하나도 없었다. 이번엔 절대 놓치지 않겠다는 일념 하나로 한국에 돌아오자마자 해운의 집으로 간 것이었다. 각자의 집이긴 했지만, 그들을 갈라놓는 것이라곤 현관문 2개와 넓지 않은 복도뿐이라고 생각했다. 만나겠다고 마음만 먹으면 언제든지 마주칠 수 있을 거라고, 정말 굳게 확신했다.

"아니, 도대체 집에서 뭘 하는 거야, 매일?"

하지만 그의 굳은 확신은 섣부른 판단이자 계산 착오였다. 가은이 집에서 잘 나오지 않는다는 경우의 수를 전혀 고려하지 않았던 것이다. 그녀가 활달한 성격이 아니란 건 진작부터 알고 있었지만, 이렇게까지 집순이일 거라고는 전혀 생각하지 못했다. 사람을 만나는 약속은 많이 없더라도, 이건 너무한 거 아니야?

"하다못해 필요한 게 생기면 편의점에라도 간다든가, 냉장고 사정도 형편없는 거 같던데 장이라도 보러 가야 하는 거 아니냐고."

진우는 답지 않게 혼잣말을 줄줄 늘어놓았다. 최근 생긴 이상한 습관이었다. 말이 많은 편도 아니지만, 없는 편도 아닌 그인데 종일 집에 혼자서 입을 다물고 있으려니 입이 간질거리는 경지에 이르렀다. 이따금 늦은 시간 퇴근하고 돌아온 해운과 몇 마디 나눌 때면 목소리에서 음 이탈이 나기도 했다.

정말 생경하면서도 불유쾌한 경험이었다. 음 이탈 난 목소리를 듣고 해운이 어찌나 웃어대던지, 그날만 생각하면 진우는 아직까지도 얼굴이 화끈거렸다. 진우에게 혼자 있는 일은 무척 생소했다. 되레 혼자 보낼 수 있는 시간이 없어 늘 답답했으니까. 가끔 해운의 집을 찾는 이유도 폭발 지경에 다다른 스트레스를 조용히 해소하고자 함이었다. 그런데 의지와 상관없이 일주일에 가까운 시간을 입을 꾹 다문 채 보내려니 여간 힘든 게 아니었다.

일주일째인 오늘에 이르자 돈 주고 시켜도 못 할 짓이란 생각까지 들었다. 그런데 가은은 오늘까지도 코빼기를 비추지 않는다.

"하, 진짜 얼굴 한번 보기 더럽게 힘드네."

결국 진우는 지친 얼굴로 의자 등받이에 널브러지듯 몸을 늘어트렸다. 가은이 언제 들이닥칠지 모른다는 생각에 한껏 폼 잡고 있던 등 근육이 뻑적지근했다. 진우는 아무도 들어오지 않는 야속한 카페 출입구를 한번 바라보며 깊게 한숨을 내쉬었다.

"독한 기집애."

머리칼 사이를 찌르고 들어온 손길엔 여전히 신경질이 가득했다. 진우는 미간을 한번 힘껏 구기곤 자리에서 일어났다. 인정하고 싶진 않지만, 허탕이었다.

* * *

가은은 간단히 아침을 해결하곤 곧장 단지 산책로로 나왔다. 일주일만의 외출이었다. 외출이라고 하기엔 일주일 전에 다녀온 곳이 바로 코앞 해운의 집이긴 했지만.

집들이 아닌 집들이를 한 그날 이후 가은은 집 밖으로 나가지 않기 위해 최선을 다했다. 현관문만 열고 나가도 인기척을 알아챈 진우가 득달같이 복도로 나올 것 같았다. 아닌 게 아니라 지수의 눈치가 심상치 않았다.

'오늘 뭐……, 어디 안 나가?'

'나가긴, 어딜?'

'아, 아니. 집에만 있기 너무 답답하지 않으냐고.'

다시 생각해도 너무 어폐가 있는 말이었다. 제 인생의 절반 이상을 지금 이 집에서만 처박히듯 살았을 것이다. 그렇게 주도한 건 연옥이었지만, 지수 역시 그걸 방관만 했었다. 그런데 이제 와서 집에만 있는 게 답답하지 않으냐니. 가은은 지수를 빤히 바라보았다. 그러자 무언가 찔리기라도 했는지 지수가 어깨를 바르작거리곤 서둘러 변명을 했다.

'그, 그냥! 답답할까 봐 해 본 말이야. 요즘 날씨도 좋은데 바깥 공기도 좀 쐬고 하라고! 너무 집에만 있는 건 좋지 않다고 하더라고! 가끔 과, 광합성도 해주고 해야지!'

고양이 쥐 생각 해주는 건가.
가은은 진심으로 그렇게 묻고 싶었다. 하지만 그렇게 하기엔 지수의 지금 행동이 약 올리기 위함이나 일부러 속을 뒤집기 위한 것이 아니란 걸 너무나도 잘 알았다. 악의 없는 행동에 그렇게 말해 봐야 지수는 또 상처받은 얼굴을 할 것이고, 자신은 가해자가 되어 유쾌하지 않은 심정을 느껴야만 할 것이다.
가은은 얕게 한숨을 내쉬며 입을 꾹 다물었다. 멋쩍어 하는 제스처가 느껴지긴 했지만, 모른 척했다. 그런 지수의 행동은 일주일간 최소 매일 한 번씩 반복되었다. 더불어 자신이 무시로 일관한 후면 여지없이 핸드폰을 꺼내어 손가락을 바쁘게 움직이는 것까지도. 굳이 직접 보지 않아도 지수가 누구에게 연락하고 있는 건지 알 수 있었다. 진우일 것이다. 도대체 언제 그렇게 친해진 건지, 집들이 같지 않은 집들이 이후 지수의 핸드폰은 부쩍 더 자주 울렸고, 지수 역시 전에 없이 핸드폰을 쥐고 살았다.

일주일에 한 번 학교에 나가지 않는 날에도 종일 제 옆을 서성거렸다. 눈치를 살살 보며 옆집 남자들에 대해 한두 마디씩 던지는 지수를 보며 가은은 확신했다. 진우와 지수 사이에 모종의 거래가 있었을 거란 사실을 말이다. 수상한 건 그것뿐이 아니었다. 학교에 다녀오겠다며 지수가 집을 나서고 나면, 얼마 지나지 않아 옆집 문이 열리는 소리가 들려왔다. 정황만으로는 진우와 지수가 저 몰래 만나 작당 모의를 하는 것임에 여지가 없었다.

"모지리들."

가은은 고개를 절레절레 저으며 툭 내뱉었다. 두 사람의 행동이 수상쩍어지면 수상쩍어질수록 가은은 더욱 집 밖으로 나가지 않기 위해 노력했다. 그런 줄도 모르고 두 사람의 노력은 일주일째 이어졌다.

아마 지금쯤이면 진우가 자신의 외출 소식을 전해 들었을지도 모르겠다. 집을 나서기 직전까지 핸드폰을 쥔 지수의 손이 분주하게 움직였으니, 아마도 확실할 것이다. 그런데 생각보다 잠잠했다. 산책로를 걷기 시작한 지 벌써 한 시간이 다 되어 가고 있는데 진우의 머리카락 한 올도 보이지 않았다. 가은은 괜스레 뒤를 돌아보고 주변을 살피며 연신 두리번거렸다. 꼭 진우가 나타나길 기다리기라도 하는 것처럼.

"……."

순간 번개라도 맞은 것처럼 온몸이 경직되었다.

"무슨 생각을 하는 거야, 너……."

가은은 정신이 반쯤 나간 얼굴로 멍하니 읊조렸다. 믿을 수 없었다. 진우를 기다리다니.

가은의 눈동자가 혼란하게 흔들렸다. 지난 일주일간 진우를 떠올린 적은 지수의 수상한 행동을 보았을 때 말곤 없었다. 그의 생각을 한 적도 없고 그를 그리워한 적도 없다.

그런데 왜.

왜 진우를 찾아 주변을 살피고 있는 걸까.

불현듯 깨달은 사실을 믿을 수 없어 세차게 고개를 휘젓는데, 별안간 손목을 움켜쥐는 힘이 느껴졌다. 앞으로 나아가던 걸음이 멈추고 가은의 눈동자가 도로록 움직였다.

"……."

시선 끝에 진우의 얼굴이 걸렸다. 가은은 저도 모르게 마른침을 삼켰다.

"무슨 정신으로 걷는 거야? 앞에 나무 있는 거 안 보여?"

진우가 가은의 뒤쪽을 턱짓했다. 그 방향을 따라 고개를 돌리자 산책로를 따라 심어진 나무가 바로 코앞에 있는 게 보였다. 혼란하게 만드는 생각에 바로 앞에 뭐가 있는지도 모르고 걸었던 모양이다. 가은은 눈을 질끈 감았다. 진우를 마주하기 무섭게 심장이 요란하게 동요했다. 내내 그가 나타나길 기다렸단 사실을 증명이라도 하듯, 세차게 울렁거렸다.

가은은 본능적으로 발끝에 힘이 들어가는 걸 느꼈다. 지금이라도 도망가겠다 마음먹으면 도망칠 수 있을 것이다. 제 손목을 붙든 진우의 손아귀에 많은 힘이 실린 건 아니었으니까. 그러니 힘껏 뿌리치고 전력을 다해 도망치면, 그가 당황해서라도 자신을 잡지 못할 것이다.

하지만…….

"그나저나 드디어 찾았네."

"……."

"한가은."

가은은 도망치지 않았다. 그를 기다렸단 사실을 인정하고 싶은 생각은 눈곱만큼도 없는데, 도망치고 싶지도 않았다. 그래서 가은은 그에게 붙들려 주었다. 기꺼이, 그의 손아귀에 붙잡혀 주었다.

* * *

"한가은."

"……."

"아침은 먹었어?"

"……."

"점심 먹을 땐데 배는 안 고파?"

진우는 30분이 넘어가도록 지치지도 않고 계속해서 질문을 해왔다. 가은은 쉬지도 않고 말을 하는 진우를 보며 혀를 내둘렀다. 그러나 그 못지않게 저 또한 독하단 생각이 들었다. 줄곧 이어진 그의 말에 단 한 번도 대답을 하지 않았기 때문이다.

사실 일부러 그런 건 아니었다. 진우가 제 곁에서 나란히 걷기 시작하고부터 머릿속이 더욱 혼란해진 탓이었다. 원래였다면 진우의 심기를 건드려도 몇 번을 건드렸을 태도였다. 그러나 오늘의 진우는 유독 기분이 좋아 보였다. 마주하는 것조차 극구 마다하던 자신이 오늘은 만류도 제지도 하지 않아서 그런 걸까.

"넌 아직 점심 먹을 때가 아닌가? 아니면 벌써 먹었어?"

진우의 질문이 다시금 이어졌다. 이번에도 가은은 대답하지 않았지만, 그는 개의치 않았다.

꼭 그랬다, 그의 태도가. 네가 대답을 하지 않는다면 그 대답까지도 내가 할게. 대답하지 않아도 좋으니 그저 이렇게 옆에만 있으라는 듯이.

"나는 배고파. 너 카페 갈 줄 알고 아침도 안 먹고 카페로 달려갔거든."

그리고 이어진 말은 가은을 대신한 대답이었다. 그런데 그 말을 듣기 무섭게 가은은 입술을 안으로 말아 물었다. 역시나 지수랑 모종의 거래가 있던 게 맞구나. 지수랑 매일 바쁘게 연락하던 것도 네가 맞고. 짐작했던 일이 확실해지는 순간, 시원하기보단 썩 유쾌하지 않은 기분이 밀려왔다. 그래서일 것이다. 내내 입을 다물고 있던 가은이, 충동이나 다름없이 입술을 떼었다.

"내가 카페에 갔으면, 그럼."

말을 뱉기 무섭게 무슨 말을 한 건가 싶은 후회가 밀려왔다. 하지만 소용없었다. 그러기엔 이미 그가 그녀의 말을 전부 듣고 난 후였으니까.

"뭐라고? 다시 말해 봐."

진우는 한껏 상기된 목소리로 되물어왔다. 뿐만 아니라 가은의 앞을 가로막듯 서서는 뒤로 걷기 시작했다.

표정으로 보나 행동으로 보나, 정말 말을 듣지 못해 되묻는 건 아닌 거 같은데. 가은은 새치름히 고개를 모로 돌렸다.

"못 들었으면 말아."

"아니야. 나, 들었어. 네가 카페에 오면 그럼 어떻게 하려고 했냐는 뉘앙스였어, 너."

반응은 즉각적이었다. 진우는 숨도 쉬지 않고 말을 했다. 속도를 감당하지 못한 목소리에서 쉰 소리가 났다. 가은은 우스꽝스러운 소리에 저도 모르게 정면으로 고개를 돌렸다. 곧장 진우의 얼굴이 보였다. 진우는 답지 않게 얼굴을 붉히고 있었다. 그 순간, 가은은 저도 모르게 웃음을 터트리고 말았다.

"풉."

수줍게 얼굴을 붉힌 모습이 정말이지 기괴할 정도로 어울리지 않았다. 평소 진우에 대해 어느 정도 아는 사람이라면, 그 누구라도 지금의 모습을 보고 웃지 않을 수 없었을 것이다.

"하하하."

가은은 진우의 앞에서 이렇게 방심해선 안 된다고 생각하면서도 웃음을 참을 수 없었다. 환하게 휘어진 입가를 가리고 배까지 잡아가며 웃는데, 별안간 멍한 얼굴로 바라만 보던 진우가 해사하게 미소 지은 얼굴로 말했다.

"와, 나 진짜 오늘 계 탔네."

반쯤 넋이 나간 얼굴이었다.

"전부터 느끼긴 했지만, 너 웃는 거 진짜 예뻐."

그는 멍하게 풀린 눈동자를 가은의 얼굴에 정확히 꽂아 넣은 채, 얼떨떨한 표정을 지었다. 그 탓에 정신이 든 건 가은이었다. 얼굴 위로 만연하던 웃음이 순식간에 자취를 감추었다. 그러자 진우가 아쉬워하는 게 눈에 띄게 보였다.

주변으로 어색함이 찾아온 건 눈 깜짝할 새였다. 가은은 이 어색함을 어떻게 해야 할지 알 수가 없어 묵묵히 걸었다. 가은이 어색해하자 진우까지 덩달아 어색한지 뒷머리를 긁적거린다. 그럼에도 그녀를 바라보며 뒷걸음치듯 걷는 움직임은 변함이 없었다. 꼭 어색하고 부끄러워도, 그래도 이렇게 계속 마주 보고 싶다는 것만 같았다.

그게, 왜 싫지 않은 걸까. 가은은 가만 눈을 깜박였다. 정말 이상한 하루다. 온통 이상하지 않은 것이 없다.

진우를 찾아 주위를 두리번거리던 것도. 그렇게나 거부하던 그가 바로 곁에 있는데 그저 그렇게 받아들인 것도. 위험하게 자신을 보며 뒷걸음으로 걷는 진우가 싫지 않은 것도. 모든 게 이상한 것투성이였지만, 가은은 모르는 척 걸었다. 그러다 문득 이제 와 의미 없는 그런 생각이 머릿속에 그득 차올랐다. 이상한 분위기에 이미 한껏 취해 버린 입술이 이성적일 리 없었다.

"……화 많이 났었어?"

멋대로 움직인 입술 새로 나온 건 아주 뜬금없는 말이었다. 하지만 진우는 곧장 알아들은 건지, 잠시 머뭇거리다 짧게 대답했다.

"조금."

충분히 예상한 답이었다. 그럼에도 가은은 입안에 맴도는 씁쓸함을 어쩌지 못했다.

누구라도 화가 날 상황이었다. 그를 배려할 정도의 정신이 없었다는 건 어디까지나 제 사정이었다. 그걸 핑계로 진우를 바람맞힌 건 절대 정당화될 수 없는 문제였다. 그래서 결국 이렇게 또 마주하게 된 걸까? 진우를 화나게 해서. 그래서 벌을 받듯, 처음으로 찾아간 해운의 집에서 진우가 나왔던 걸까?

"너 화나게 해서 벌 받았었나 보다."

"뭐가 벌인데?"

"그냥……. 택배 가지고 그 집에 갔던 날. 많이 놀랐어. 네가 나올 거라곤 상상도 못 했거든."

가은은 진우를 흘끔 한 번 보고는 눈동자를 아래로 내렸다. 때마침 차가운 바람이 불어왔다. 그 안엔 진우의 얕은 웃음이 실려 있었다.

"벌을 받은 게 아니라 벌을 준 거지, 내가."

그래, 그러니까 너로 인해 벌을 받은 모양이라고. 가은은 그 말이 혀끝에 감겼지만, 말을 삼켰다. 굳이 직접 벌을 준 거라고 짚기까지 하는데, 그 말에 딴지를 걸어 괜한 실랑이를 하고 싶지 않았다.

"어느 쪽이든."

"네가 그 집에 산다는 거 알고 해운이 놈 집으로 간 거야. 그렇게라도 나는 너를 봐야 했거든."

하지만 이어진 말은 전혀 생각지도 못했던 것이었다. 자신이 여기에 사는 줄 알고 일부러 해운의 집을 찾은 거라니. 그간 그냥 지독히도 운이 좋지 않은 거라고만 여겼다. 하필 진우와 해운이 아는 사이인데 해운은 제 옆집에 살고 있고, 그걸 바보같이 간과하는 바람에 이런 상황이 벌어진 모양이라고. 정말 가은은 그렇게만 생각했다. 그런데 진우는 애당초 다 알고 있던 거다. 자신이 해운의 옆집에 산다는 사실을. 그만큼이나 화가 났던 걸까? 가은은 마음이 불편해졌다.

"……어지간히 많이도 화가 났었나 보다."

말을 하면서도 아무리 화가 난다고 해도 이렇게까지 할 일인가 싶긴 했지만, 어쨌든 제 잘못의 크기가 작은 건 아니었다. 그냥 바람을 맞힌 정도가 아니라, 바람을 맞힌 거로 모자라 도망쳐 오기까지 했으니까. 그것도 머나먼 타국 땅에서 말이다.

가은은 숨을 깊이 들이마시며 돌아올 진우의 대답을 기다렸다. 화를 낸다면 이번엔 묵묵히 그의 화를 들어줄 생각이었다. 한 번은 그렇게 해야 자신도 죄책감을 조금은 털어낼 수 있을 테니. 하지만 진우는 늘, 예상을 벗어나는 남자였다.

"보고 싶었어."

가은이 번쩍 고개를 들었다. 아래로 처박고 있던 눈동자에 진우의 얼굴이 고스란히 박힌다. 그는 지난번과 같이 거짓이라곤 하나도 없는 얼굴이었다. 그 투명한 얼굴 위로 잔잔한 미소가 걸렸다.

"보면서도 보고 싶고 내내 붙어 있었으면서도 또 같이 있고 싶어서 온갖 수작을 다 부렸는데, 그렇게 말도 없이 떠나 버리니까."

가은은 정신이 멍했다. 지금 무슨 말을 듣고 있는 건지, 연신 혼란이 왔다.

"그때 느꼈던 박탈감이 말로 표현이 돼야 말이지."

이런 식의 말은 아무리 생각을 하고 또 해도 들어 본 기억이 없었다. 한가은의 인생이란 늘 억압을 받고, 구박을 받은 것이 전부였다. 누군가 그녀를 찾는다면 재산을 노린 접근일 뿐이었다. 그래서 언제나 외로운 고독 속에 몸을 웅크리고 있어야 했다. 그래야만 그나마 덜 상처받을 수 있었으니까.

가은은 늘 제 삶은 남들과 다르게 아주 우울한 무채색을 닮았다고 생각했다. 생기나 활력이란 건 찾아볼 수도 없이 언제나 칙

칙했다. 그런데 진우를 만난 후론 그렇지가 않았다.

"그래도 괜찮아. 어쨌든 결국 이렇게 보고 있으니까."

괜찮다고…….

가은은 별안간 걸음을 멈추었다. 그러곤 물었다.

"……뭐가, 괜찮아?"

무엇이 괜찮다는 건지 알 수가 없어서. 줄곧 진우에겐 배려도 예의도 없었다는 걸 스스로도 너무 잘 알고 있어서. 그래서 물었다.

"말했잖아. 어쨌든 결국 이렇게 보고 있으니까, 그러니까 괜찮다고."

순간 가은은 마음이 울컥하는 걸 느꼈다. 생각해 보면 시베리아 횡단 열차에서도 그랬다. 진우는 막무가내로 그를 기억해내라 몰아붙여도, 결국 위험에 처한 자신을 구해 주었다. 뿐만 아니라 갑자기 떠오른 연옥의 생각에 발악하던 자신을 보듬어주고 괜찮다고 해 준 것도 그였다.

"그러니까 그렇게까지 미안해할 거 없어."

진우는 그 말을 하며 해사하게 웃었다. 등지고 있는 태양보다도 더 환하게. 애써 덤덤한 척하는 가은의 동공이 크게 일렁였다. 익숙하지 않은 감정이 재차 가은을 찾아왔다.

심장이 울렁거리기 시작했다. 때마침 또 한 번 한겨울의 찬바람이 쌩 하고 불어왔다. 그러나 머리 위로 내리쬐는 햇볕만큼은 따뜻한 계절의 태양 못지않게 따사로웠다. 그게 꼭 가은의 마음 같았다. 도망쳐야 한다고 연신 외치는 머리와 진우라면 어쩌면 그라면 손을 내밀어 봐도 되지 않을까 고민하는 마음이 몇 번이고 충돌했고 부딪쳤다. 그때마다 가은은 점점 더 혼란해지는 내면을 어떻게 다스려야 할지 알 수가 없었다. 그래서 묵묵히 걸음을 떼었다. 이렇게 걷다 보면 답이 찾아지지 않을까, 생각하며.

중천에 떠 있던 태양이 어느덧 서쪽으로 기울어 가고 있었다. 그렇게 한참을 걸었다. 다리가 아파 이제 그만 걷고 싶은 지경이 될 때까지. 가은은 진우를 바라보며, 또 진우는 가은을 바라보며. 그렇게 걷기만 했다.

* * *

자정이 훨씬 넘은 새벽이었다. 침대에 누운 가은은 몇 번이고 같은 장면을 반복해 떠올렸다.

'와, 우리 몇 시간이나 걸었는지 알아?'

오후 내내 진우와 산책로를 걸으며 나누었던 대화들이었다.

'……글쎄.'
'자그마치 다섯 시간이다, 다섯 시간.'

고개를 저으며 혀를 내두르던 진우의 모습이 아직까지도 선명했다.

가은은 진우의 말을 듣고 나서야 다섯 시간이나 목적도 없이 걷기만 했다는 걸 깨달았다. 함께 걷는 내내 진우의 눈동자가 너무 따뜻하고 달콤해서 다른 건 의식할 새가 없었다. 그러고 보니 다리가 아픈 것도 같았다. 크지도 않은 아파트 단지 산책로를 다섯 시간이나 걸었으니 그럴 만도 했다. 그제야 발끝부터 뻐근한 기운이 올라오는 게 선명히 느껴졌다. 진우 모르게 발가락에 힘을 꽉 주어 보는데, 별안간 배에서 민망한 소리가 났다.

단숨에 진우의 시선이 닿는 게 느껴졌다. 이루 설명할 수 없을 정도로 민망하고 창피했다. 아침은커녕 점심도 먹지 않았으니 배가 고픈 게 당연했다. 그런데 하필 이 타이밍에 배꼽시계가 울릴 건 뭐란 말인가. 가은은 괜스레 걸음에 속도를 더했다.

'그거 봐. 아까 내가 점심 먹자고 했잖아. 말할 땐 들은 척도 안 하더니.'

진우는 다리가 아프다면서 투덜거려 놓고 부득불 가은의 속도에 맞춰 걸음을 빨리했다. 그러곤 그렇지 않아도 민망한 가은의 얼굴에 불을 지폈다. 가은은 아랫입술을 꾹 물었다. 때마침 내려온 엘리베이터 문이 열린다. 재빨리 올라탔다. 층계 버튼을 누르고 어서 도착하기만을 초조하게 기다렸다. 하지만 그녀와 달리 진우는 내려야 할 층에 가까워질수록 불만 가득한 얼굴을 한다.

'이제 내리면 또 언제 얼굴 보여줄 거야?'

그리곤 여지없이 곤란한 질문을 건네 왔다. 가은은 민망해 하던 것도 잊고 진우를 흘끔 보았다. 그는 진정 시무룩한 얼굴로 입술을 비죽이고 있었다. 그게 꼭 첫사랑에 빠진 사춘기 소년 같아 보였다.

다시금 입술 끝이 간질거리기 시작했다. 하지만 웃을 타이밍이 아니란 것 정도는 잘 알고 있었다. 질문에 뭐라고 대답을 해야 할까 고민하는 사이 엘리베이터가 멈추었다. 사르르 문이 열렸는데 선뜻 내릴 수가 없다.

가은은 진우의 눈치를 살피곤 우선 엘리베이터에서 내렸다. 뒤따라 내리는 인기척이 느껴진다. 이대로 그냥 모르는 척 대답 없이 들어가 버릴까. 하지만 그런 가은의 성향에 대해서라면 이제 진우 역시 잘 알고 있었다.

진우는 다급히 가은의 팔을 잡아 돌려세웠다. 그러곤 시선으로 어서 대답할 것을 종용했다. 가은은 난감하기 그지없었다. 언제라는 질문 자체가 너무도 어렵고 어색했다. 한 번도 약속이란 걸 잡아 본 적이 없어서, 뭐라고 대답해야 할지 도통 알 수가 없었다. 입술만 달싹이길 한참, 가은은 어색함 가득 묻어난 목소리로 말을 했다.

'또 우연히 마주치면, 그때.'

그대로 등을 돌렸다. 무섭게 밀려오는 어색함이 감당되질 않았다. 얼굴에선 금방이라도 다 타버릴 것 같은 열감이 느껴졌고, 손끝이 자꾸만 바들거렸다. 다행히 진우는 재차 붙잡지 않았다. 대신 장난기 그득한 목소리로 그녀를 짓궂게 배웅했다.

'우연히 언제? 내일 우연히 마주칠까? 어때?'

'…….'

'*어? 내일 우연히 마주치고 같이 밥이나 먹자, 가은아. 응?*'

웃음기 실린 그의 목소리에 가은은 얼굴뿐 아니라 귀까지 타들어 갈 것 같았다. 하필 이럴 때 왜 자꾸 손은 미끄러지는 건지, 벌써 두 번이나 비밀번호를 틀리고 말았다. 그때마다 등 뒤에서 들려오는 진우의 웃음소리는 더욱 짙어졌다.

가은은 가까스로 정신을 집중하곤 천천히 비밀번호를 꾹꾹 눌렀다. 세 번째는 성공이었다. 재빨리 현관문을 열곤 그 안으로 숨어들었다. 등 뒤로 현관문이 닫히는 소리가 들려왔지만, 가은은 선 자리에서 꿈쩍도 하지 못했다. 참았던 숨을 몰아쉬는데, 거칠게 박동하는 심장이 선명하게 느껴진다. 가은은 슬쩍 그 위로 손을 올려 보았다.

쿵쿵.

살아 있다는 사실이 손바닥 위로 선연히 전해졌다. 그리고 바로 그때, 닫힌 문 너머에서 진우의 목소리가 나직이 들려왔다.

'*우연이 빨리 찾아왔으면 좋겠어. 또 일주일씩이나 사람 애간장 태우지 말고.*'

혼잣말인 듯 혼잣말이 아닌 어투였다. 마치 그녀가 신발도 벗지 못하고 우두커니 현관에 서 있는 걸 다 아는 것처럼.

옆집의 현관문이 여닫히는 소리가 들린 건 그로부터 한참 뒤였다. 가은은 지그시 감고 있던 눈꺼풀을 들어 올렸다. 내도록 이어지던 긴장감을 상기하며 심장 위에 올려진 제 손을 물끄러미 내려다보았다. 그때부터 내내 이 상태였다. 쉬이 잠을 이룰 수 없을 정도로 심장이 자꾸만 불규칙하게 뛰어댔다.

"하아."

가은은 나직이 한숨을 내쉬었다. 어쩐지 오늘 밤은 숙면하긴 그른 것 같다. 고개를 절레절레 저으며 체념을 하는데, 별안간 그녀의 시선 끝에 무언가 걸려들었다. 그녀가 시선을 떼지 못하는 건 책상 서랍의 첫 번째 칸이었다.

"……."

잊었던 기억이 떠올랐다. 그 기억 속엔 어렸던 한가은이 있었고, 어린 그녀의 손엔 펜이 쥐어져 있었다. 길지도 않은 기억이었다. 그런데 떠올리기 무섭게 입안이 바짝 마른다. 복합적인 감정이 밀려온 탓이었다. 가은은 한참을 망설였다. 그 끝에 승기를 거머쥔 건 두려움보다 더 큰 호기심이었다.

조심스레 자리에서 일어난 가은이 책상 앞으로 향했다. 익숙하게 의자를 빼고 앉은 가은은 첫 번째 서랍을 열어 깊숙한 곳으로 손을 밀어 넣었다. 곧 가은의 눈동자 위로 손때 묻은 다이어리가 비쳤다. 가은은 책상 위에 올린 다이어리를 한참이나 바라보았다. 그러곤 또 한참 만에 조심스레 페이지를 넘겼다.

다이어리를 빼곡히 채우고 있는 건 매일같이 이어진 짧은 일기였다. 그걸 눈에 담는 것만으로 가은은 가슴이 탁 막힌 듯 답답해졌다. 그 시절 가은에게 다이어리는 유일한 소통의 창구이자 막다른 길목에 선 그녀가 할 수 있는 유일한 호소였다. 가은은 온통 절망으로 가득한 글귀들을 차분히 읽어내리다 이내 가장 끝 페이지로 넘겼다. 거기엔 앞선 일기들과 다른 기록이 남아 있었다.

「버킷 리스트」

가장 윗줄에 적혀 있는 문구였다.

어렸던 가은은 매일같이 이 자리에 앉아 절망 가득한 일기를 써 내려갔고, 그 후엔 언젠가 되찾을지 모를 자유를 꿈꾸며 기쁘게 버킷 리스트 한 줄을 적었다. 하지만 그마저도 다섯 줄을 넘기지 못했다. 가은은 제 인생에 유일한 희망의 흔적이었던 글귀를 천천히 눈에 담았다.

〈버킷 리스트〉

1. 다리가 아파서 주저앉고 싶을 때까지 걸어 보기.

2. 대학생인 척 전공 서적 들고 캠퍼스 거닐어 보기.

3. 분위기 좋은 스카이라운지 레스토랑에 가서 야경도 보고 맛있는 저녁 먹어 보기.

4. 음식 하나쯤은 전문가 못지않게 직접 만들어 보기.

5. 바다 보러 가기. 질릴 때까지 해변에 앉아서 바다 구경하기.

길지도 않은 리스트를 가은은 몇 번이고 되짚어 보았다. 하나같이 정말 사소하기 짝이 없는 것들이었다. 그 생각에 잠시 씁쓸해지다가도 도로 1번으로 눈동자를 굴리면 거기서 한참이나 눈을 떼지 못했다.

"……다리가 아파서, 주저앉고 싶을 때까지 걸어 보기."

작은 소리로 그 문구를 따라 읽어 보았다. 문득 낮의 일이 떠오른다. 진우와 함께 다섯 시간이나 단지 산책로를 걸었던 일.

"……."

별안간 가슴속에서부터 알 수 없는 감정이 솟아오르기 시작했다. 가은은 말없이 눈꺼풀을 빠르게 끔뻑거렸다. 그러다 나직이 속삭였다.

"……오늘 했네, 1번."

믿기지 않았다. 언젠가 자유를 되찾게 된다면 꼭 하겠다고 적은 것들이었지만, 그런 날이 올 거라곤 믿지 않았다. 그러기엔 연옥은 너무 건강했고, 날을 거듭할수록 제겐 희망이 보이지 않았으니까. 그런데 저조차 인지하지 못한 사이에 그토록 바라던 일을 한 가지 해낸 것이었다.

비록 사소하기 짝이 없는 일이었지만, 어렸던 가은에겐 죽기 전 꼭 해 보고 싶을 만큼 대단한 일이었다. 오늘, 그 대단한 일을 해낸 것이다.

가은은 눈가에 열이 몰리는 것만 같았다. 이런 게 성취감이라는 걸까. 기어이 눈매를 타고 도로록 눈물이 떨어졌다. 하지만 가은의 입매는 그 어느 때보다도 선명한 호선을 그리고 있었다. 잊을 수 없는 기분이었다. 절대 잊지 못할 하루였다. 그리고 그 모든 걸 함께해 준 진우에게, 뒤늦은 고마움이 밀려왔다.

'우연히 언제? 내일 우연히 마주칠까? 어때?'

문득 복도에서 진우가 했던 말이 떠올랐다.

「2. 대학생인 척 전공 서적 들고 캠퍼스 거닐어 보기.」

동시에 버킷 리스트 2번의 문구가 눈동자에 꽉 박힌다. 내일 당장이라도 버킷 리스트 2번을 시도해 보려고 집 밖을 나서면, 그러면.

'우연이 빨리 찾아왔으면 좋겠어. 또 일주일씩이나 사람 애간장 태우지 말고.'

너랑 또 우연히 마주칠 수 있을까?

가은은 피식 한 번 웃곤 다이어리를 덮었다. 그러곤 그대로 자리에서 일어났다. 쉬이 잠들 수 없을 것 같았는데, 별안간 잠이 밀려왔다. 침대 위에 누운 가은은 금세 잠들었다. 실로 오랜만에 편안한 얼굴이었다.

그녀에게 유일한 소통 창구이자 친구였던, 그래서 누가 보기라도 할까 봐 언제나 숨기기에 급급했던 다이어리를 책상 위에 고스란히 놓아두었다는 건 전혀 인지하지 못했다. 그럼에도 가은은 편안히 잠들었다. 그 어느 때보다, 달콤한 밤이었다.

* * *

이른 아침, 가은은 일찌감치 외출 준비를 마치고 옷을 갈아입었다. 청색 스키니진에 가벼운 티, 그리고 겉에 남방과 코트를 걸치는 거로 멋 부리기를 끝냈다. 멋을 부렸다기엔 너무도 소소한 차림이었다. 하지만 여대생 느낌을 내겠단 생각엔 지나치지도 부족하지도 않은 차림이었다.

가은은 거울 앞에 서서 제 모습을 빤히 바라보았다. 스스로 보아도 영락없는 여대생처럼 보였다. 그게 퍽 어색했다. 언제나 트레이닝복 차림이거나 가벼운 홈웨어 차림이던 자신도 여대생처럼 보일 수 있겠단 생각에 주책없이 가슴이 떨리기도 했다.

"후우."

가은은 크게 심호흡을 했다. 절로 긴장이 된다. 오늘은 가까운 서점에 가 필요한 책과 사고 싶은 것들을 살 작정이었다. 그리고 가능하다면 멀지 않은 대학가를 찾아 캠퍼스를 거닐어 보고 싶었다. 서점에 가는 일이야 가끔 해 왔던 일이기에 크게 떨리지 않는데, 대학가를 찾아갈 생각을 하니 속절없이 심장이 뛴다.

오늘 아침에 일어나 씻고 준비를 마치기까지 얼마나 많은 고민과 생각을 했는지 모르겠다. 대학가에 가고 싶었다. 그리고 여대생인 척 굴어 보고 싶었다. 진짜 여대생은 아니지만, 그런 기분을 살면서 한 번쯤은 느껴 보고 싶었으니까. 하지만 막상 실행으로 옮기려고 하니 벌써부터 타인의 시선이 의식되었다.

막상 대학가에 가 캠퍼스를 거닐고 있는데 누군가 제게 어느 학과 학생이냐고 물으면 어쩌지. 사실은 여대생이 아닌 걸 다 알고 있다고 말을 걸어오면 어쩌지.

쓸데없는 생각이란 걸 알면서도 생각을 멈출 수가 없다. 그래서 선뜻 걸음이 떨어지지 않았지만, 가은은 용기 내었다. 어쩌면 오늘이기에 낼 수 있는 용기일지 몰랐다. 오늘이 지나고 나면, 점점 더 커지는 걱정과 두려움에 다시는 시도할 엄두도 내지 못하게 될 것이리라. 그 생각 하나로 가은은 감히 신발에 발을 욱여넣었다. 새삼스레 설렜다. 꿈에서만 그리던 일을 하러 간다는 생각에 그렇기도 했지만, 이유는 그것만이 아니었다.

"……."

가은은 현관문 손잡이를 꽉 붙잡았다. 문득 어제 진우가 했던 말이 떠올랐다.

'우연히 언제? 내일 우연히 마주칠까? 어때?'

'…….'

'어? 내일 우연히 마주치고 같이 밥이나 먹자. 가은아. 응?'

이 문을 열고 나가면, 그의 말처럼 우연히 마주할 수 있을까. 우연을 가장한 계획된 만남이 되겠지만, 그래도 가은은 바랐다. 문을 열고 나가면 정말 신기하게도 진우가 서 있어 주길. 어제 자신을 보았던 그 눈빛 그대로, 자신을 바라봐 주길. 어쩌면 가능할지도 몰랐다. 애써 모르는 척했지만, 화장실로 가는 제 눈치를 살피던 지수의 모습이 아직도 선연했다. 핸드폰을 쥔 채 바쁘게 움직이던 손가락까지도.

"그러니까……."

있었으면 좋겠다, 네가.

가은은 속으로 말을 삼켰다. 안 된다고 머리로 생각하면서, 정작 그것이 그녀의 가슴이 바라는 일이었다. 가은은 지그시 눈을 감았다. 그러곤 손잡이를 잡고 있던 손에 조금씩 힘을 주었다. 마침내 문이 열렸을 때, 가은은 감고 있던 눈꺼풀을 들어 올리며 천천히 정면을 바라보았다.

"……잘 잤어?"

그리고 그곳엔 정말 신기하게도 진우가 있었다.

"마침 심심해서 이 앞에 나가려던 참인데."

심심해서 집 앞에 나간다기엔 한껏 차려입은 모습이었지만.

"같이 밥이나 먹을래?"

식사를 하기엔 무척이나 애매한 시간이었지만, 그래도 가은은 좋았다.

"혼자 밥 먹는 건, 영 취향에 안 맞아서."

"……"

"괜찮다면 네가 같이 먹어 줬으면 좋겠는데."

함께 무엇을 하든, 진우와 우연히 마주칠 수 있어서.

"……"

가은은 대답하지 않았다. 하지만 그 침묵의 의미가 무엇인지, 진우도 가은도 지나치게 잘 알고 있었다.

가은은 엷게 미소 지으며 엘리베이터 앞으로 걸어갔다. 등 뒤로 진우가 바짝 따라붙는 게 느껴진다. 하지만 그를 제지하지 않았다. 그럴 이유가 없었다. 마침 용기를 내야만 하는 일을 앞두고 있던 참에 그가 함께해 준다면, 가은으로선 고마울 따름이었다. 함께해 주는 이가 이진우라면 더더욱.

* * *

"경영 사례, 경영 전략, 글로벌 경영."

"……"

"너 뭐 사업이라도 하려고 그래?"

묵묵히 가은의 뒤를 쫓던 진우가 투정 어린 목소리로 물었다. 가은은 생소한 글씨가 적힌 책등에서 시선을 떼지 못한 채 고개를 가로저었다. 그러자 등 뒤에서 얕게 한숨을 내쉬는 게 느껴졌다.

"사업할 것도 아닌데, 이런 책은 왜 들여다보고 있는 거야?"

"……그냥."

잠시 고민 끝에 내놓은 대답은 가은이 할 수 있는 최선이었다. 선뜻 뭐라고 대답해야 할지 알 수가 없었다. 경영 서적을 보고 있는 건 별다른 이유가 없었다. 대학생들이 공부할 만한 전공 서적이 사고 싶은 건데, 막상 떠오르는 전공학과가 경영학과뿐이었다. 이유는 고작 그게 다였다. 하지만 그걸 진우에게 설명할 수 있을 리 만무했다.

뭐라고 한단 말인가. 대학생들이 공부할 만한 책이 사고 싶은 거라고? 그게 아니라면, 여대생인 척 흉내가 내 보고 싶은 거라고? 어느 쪽도 싫었다. 그런 걸 설명해야 한다는 생각만으로 수치심이 밀려왔다. 다행히 진우는 더 질문을 해 오지 않았다. 가은은 안도의 숨을 속으로 삼키며 눈에 보이는 책 중 아무거나 손에 쥐었다. 더 이곳에 있었다간 곤란한 질문이 재차 이어질 것만 같았다.

* * *

버스에 올라탄 건 무작정 저지른 일이었다. 서점 바로 앞에 버스 정류장이 있었고, 거기에 붙어 있는 노선도에 명문대학이 적혀 있었다. 가은은 그 길로 명문대학으로 가는 버스가 오기만을 기다렸고 올라탔다. 당연히 진우도 함께였다. 내심 또 투덜거리면 어쩌나 걱정을 했는데, 그는 다행히 아무 말도 하지 않았다.

가은은 비어 있는 자리를 바라보며 잠시 머뭇거리다 결국 1인석에 앉았다. 텅텅 비어 있는 2인석을 두고도 굳이 1인석에 앉는 자신을 보며 피식거리는 진우가 느껴졌다. 하지만 가은은 고집스럽게 창밖을 바라보며 모르는 척했다. 바로 뒷자리에 누군가 앉는 게 느껴진다. 굳이 보지 않아도 누구인지 알 수 있었다. 은은하게 풍겨오는 향수 냄새가 진우의 것이었다.

곧 버스가 출발했다. 노선도에서 본 대로라면 5개 정거장을 보내고 난 후에 내리면 될 것이리라. 가은은 내려야 할 타이밍을 재며 창밖으로 시선을 박았다. 길가를 거니는 서로 다른 인생들이 버스 속도에 맞춰 빠르게 지나간다. 버킷 리스트에는 적지 않았지만, 사람 구경 역시 그간 적잖이 하고 싶은 일 중 하나였다. 그걸 의도에 없이 할 수 있게 된 기회인데, 가은은 통 창밖을 집중할 수가 없었다.

온 신경이 뒤통수로 쏠린 기분이다. 보지 않아도 그의 시선이 어떨지 보였다. 옅게 호선을 그린 채로 그 누구보다 다정한 시선을 제 뒤통수에 보내고 있을 것이다. 그 생각을 하니 절로 입안이 바짝 말랐다. 5개 정거장이 지나가기까진 금방이었다. 목적지까지 도착하는 내내 만난 신호가 한두 개가 아니건만, 시간은 쏜살같이 지나갔다.

가은은 하차 벨을 누르곤 뒷문 앞에 섰다. 여유 가득한 걸음이 묵직한 소리를 내며 곁으로 다가선다. 곧 버스가 멈춰 서고 가은이 한 발 한 발 아래로 내려갈 때마다 묵직한 발걸음 역시 함께였다.

버스에서 내리자 바로 앞에 캠퍼스가 크기로 소문난 대학교의 정문이 보였다. 가은은 마른침을 삼켰다. 잊고 있던 긴장감이 몰려왔다. 저곳으로 들어가도 될까. 저기 보이는 대학교의 재학생도 아닌 자신이, 캠퍼스 안을 자유로이 누벼도 되는 걸까. 순간적인 갈등이 밀려왔지만, 가은은 이내 흔들리는 마음을 굳게 다졌다. 여기까지 온 거 아무리 떨린다고 하더라도 포기하고 싶지 않았다. 이대로 패배자처럼 집으로 돌아가고 싶지 않았다. 그렇게 용기를 내어 내디딘 첫걸음, 그 바로 옆은 진우가 함께였다.

 내내 가은의 뒤를 지키던 진우가 별안간 그녀의 앞으로 불쑥 나타났다. 그러곤 고개를 한쪽으로 비스듬히 기울이곤 입술을 떼었다.

"여기가 오고 싶었어?"

 질문을 던지는 눈동자엔 의아함이 가득했다. 가은은 한껏 긴장한 채 마른침을 삼켰다. 그러곤 찬찬히 고개를 끄덕였다.

"응."

"왜?"

"……뭐가?"

"왜 굳이 여기가 오고 싶었냐고."

 되묻는 진우의 목소리에 이해할 수 없다는 감정이 가득했다. 그게 다시금 가은에게 두려움을 심어 줬다. 역시 가지 않는 편이 좋은 걸까, 하고. 하지만 그녀가 지레 겁먹고 완전하게 도망치기 직전, 진우는 만면 가득하던 의아함을 지우곤 잠시 입술을 비죽였다. 무언가 골똘히 생각하는 듯하던 그의 표정이 말끔해지고 곧 그녀의 앞으로 손을 내민다.

"그냥 굳이 여기에 오고 싶었던 이유가 뭔지 궁금했어. 딱히 특별할 게 없잖아."

"……."

"근데 뭐 네가 오고 싶었다면, 이유가 뭐든 못 올 데도 아니지."

심드렁한 투였지만, 은근한 배려가 묻어나는 말이었다. 바로 어제, 묻는 말에 그녀가 대답하지 않는다면, 그 대답까지도 자신이 하겠다는 듯이 굴던 이진우처럼. 오늘의 진우도 한가은이 하고 싶다면 그게 뭐든, 전부 응원하겠다는 것처럼.

"가자."

진우가 그녀의 앞으로 거침없이 손을 내밀었다. 가은은 제 앞으로 내밀어진 손을 멀뚱히 바라보았다. 낯설었다. 누군가 제게 손을 내밀어 준 적이 처음이라 이 손을 잡아도 될지 의문이 들었다. 하지만 잡고 싶었다.

가은은 물끄러미 진우를 올려다보았다. 그의 입가로 눈부시게 환한 미소가 걸려 있었다. 그게 꼭 괜찮다고 하는 것만 같았다. 잡아도 된다고. 내가 널 도와줄 거라고. 그게 자꾸만 가은의 가슴을 뒤흔들었다.

가은은 제법 오래 망설였다. 하지만 긴 고민 끝엔 기어이 제 앞에 내밀어진 손을 맞잡았다. 낯설지만 제게 손을 내민 게 이진우였기에. 그랬기에, 기꺼이.

* * *

캠퍼스 안은 걱정했던 만큼 사람이 많진 않았다. 그래도 띄엄띄엄 떨어져 걷는 학생들이 꽤 되어, 가은은 긴장을 놓을 수가 없었다. 그 탓에 전혀 인지하지 못했다. 자신이 정문 앞에서부터 지금까지 줄곧 진우의 손을 붙잡고 있었다는 사실을.

별안간 진우가 고개를 돌려 가은을 내려다보았다. 그것조차도 가은은 알지 못했다. 뒤늦게 진우의 목소리가 들려올 때까지 말이다.

"한가은."

"······어?"

가은은 어깨를 바르작거리며 한 박자 늦은 대답을 했다. 진우의 눈동자 위로 다시금 의아함이 깃든다. 아마 왜 이렇게 긴장하고 있는 거냐고 눈으로 묻는 것일 터였다. 이번에도 가은은 대답하지 못했다. 그럼에도 그는 어떤 말도 묻지 않았다. 그저 잠시간 가은의 이곳저곳을 살필 뿐.

"너 그러고 있으니까 대학생 같다."

그러곤 이 순간 가은이 가장 듣고 싶던 말을 건네 왔다.

가은은 진우를 물끄러미 바라보았다. 언제부터였을까. 진우와 함께 있을 때면, 진우의 생각을 할 때면 가슴이 쿵쿵 뛰었다. 그리고 오롯하게 시선을 마주하고 있는 지금은 더더욱이나 심장이 요란하게 움직였다. 그렇지 않아도 감정이 컨트롤되지 않아 혼란한데, 그가 건네 온 말을 가만 곱씹어 보자니 심장이 요동치지 않을 수가 없다. 오랜 고민 끝에 골라 입은 옷도, 품에 안은 경영 서적도 전부 대학생처럼 보이고 싶어서 한껏 꾸민 거였다. 그러니 진우의 입에서 대학생 같다는 말이 나온 건 이 모든 고생이 헛되지 않았다는 의미였다. 그러나 가은은 그것까지도 진우의 배려 같다는 생각이 들었다.

"대학생처럼 보이기엔 내 나이가 대학생 나이를 훨씬 지나쳐 버렸는데."

가은은 옅은 미소를 입가에 건 채 말했다. 하지만 목소리엔 그것과는 어울리지 않는 쓸쓸함이 묻어나고 있었다. 그 감정을 감출 길이 없어 괜스레 캠퍼스 이곳저곳으로 시선을 굴렸다. 그때 마주 잡고 있던 손에 힘이 실리는 게 느껴졌다.

"나이가 뭐가 중요해."

"……나이가 중요하다기보다는 내가 대학생처럼 보인다는 네 말이 너무 과하다는 거지."

"자식 낳아서 다 키워 놓고도 하는 게 공분데 네 나이가 뭐가 어떻다고 과해?"

진우는 진정 이해할 수 없다는 듯이 되물어 왔다. 가은은 속절없이 진우를 바라보았다. 곧장 시선이 뒤얽혔다. 그리고 가은은 아무 말도 할 수 없었다.

"네 나이 고작 스물아홉이고, 무엇보다 예쁘잖아, 너."

진우의 눈동자가 지나치게 깊었다. 제게 하는 말 중 짧은 말 한마디도 허투루 뱉는 건 없다는 듯이.

"너처럼 예쁜 여자가 과하지도 부족하지도 않은 이런 수수한 차림으로 전공 서적으로 보기 좋은 책까지 끼고 걷는데, 누가 널 대학생으로 안 봐?"

가은은 말없이 눈만 끔벅였다. 대학생처럼 보인다는 말만 들었을 때만 하더라도 그저 진우가 경영 서적을 사서 이곳을 찾은 것만으로 제 속을 간파했다고 생각했다. 그래서 배려하는 척, 대학생처럼 보인다고 말한 걸 거라고, 그렇게 여겼다. 하지만 지금 마주하고 있는 진우의 눈은 그렇지 않았다.

 대학생처럼 보인다는 말도, 예쁘다는 말도, 그 어떤 누구도 자신을 대학생으로 보지 않을 수 없다고 말하는 것도 전부 진심 같았다. 그래서인가 보다. 자꾸만 입술이 간지러웠다. 어쩌면, 진우라면, 솔직하게 말해도 되지 않을까. 세상 사람 중 누구 하나쯤은 제 마음을 알고 있어도 되지 않을까.

 문득 그런 생각이 들었다.

 "……꼭 해 보고 싶은 거였어."

 "뭐가?"

 "이렇게 대학생처럼 캠퍼스 거닐어 보는 거."

 그 누구에게도 절대 말하지 못할 것 같았는데, 생각보다 어렵지 않게 흘러나왔다.

 "공부 머리가 없는 편은 아니어서 자퇴하기 전까지 계속 성적 좋았어. 집 앞도 내 마음대로 못 나가는 주제에 대학교 진학은 언감생심이었지만."

 하지만 막상 말을 뱉고 보니 가은은 선뜻 진우를 마주 볼 자신이 생기질 않았다. 자퇴도, 집 앞을 마음대로 나갈 수 없던 여건도, 가려고 마음만 먹으면 충분히 갈 수 있던 대학을 갈 수 없던 상황도. 무엇 하나 평범한 것이 없는 제 삶은 과연 누가 아무렇지 않게 이해해 줄 수 있을까 싶었기 때문이다.

 "자퇴했어?"

 하지만 돌아온 진우의 대답은 덤덤하기 그지없었다. 마치 옆집 사는 철수가 이번 시험에서 일등을 했더라, 하는 말을 듣는 사람 같았다. 그제야 가은은 진우를 올려다볼 수 있었다. 그는 덤덤하게 말했던 목소리와 다름없는 표정을 짓고 있었다. 가은은 그런 진우의 반응이 얼떨떨해 잠시 뜸을 들이다 나긋이 고개를 끄덕였다. 그러자 곧바로 그의 질문이 따라붙는다.

"왜?"

특별한 이유가 있었느냐 묻는 것 같았지만, 역시나 음색은 담담할 뿐이었다. 덕분에 어떤 부담감도 없이 술술 제 이야기를 할 수 있을 만큼.

"부모님이 돌아가시고 나서부터 성격이 점점 폐쇄적으로 변했어. 당연하게 학교생활에도 적응을 못 했고."

"그래서 자퇴하기로 혼자 결정한 거야?"

"그건 아닌데……."

"그럼?"

"……친구가 전혀 없던 건 아니라 그냥 조금 힘들었던 정도였는데, 죽은 여자가, 그러니까 지수 엄마가 권했어. 힘들면 자퇴하는 건 어떻겠냐고. 공부를 꼭 학교에서만 할 필요는 없지 않으냐고."

"그래서 자퇴를 했는데, 그러고 나서 너를 계속 가둬 둔 거야?"

"응."

진우의 미간이 순식간에 구겨졌다. 그러더니 불현듯 물어왔다.

"그 여자는 병에 걸려서도 아니고, 어떤 전조가 있던 것도 아니고 갑자기 그렇게 된 거야?"

"……응."

"벌 받은 건가 보다."

"어?"

뜬금없는 말에 가은은 고개를 들었다. 그러기 무섭게 어깨를 부르르 떨어야 했다. 진우의 얼굴이 범상치 않았다. 등골을 타고 오싹하게 소름이 돋을 정도로 살벌한 표정을 짓고 있었다. 절로 마른침을 삼키는데, 진우의 말이 이어졌다.

"본인 편리를 위해서 네 인생 같은 건 어떻게 돼도 상관없다는 심보잖아, 그거."

가은은 억지로 입술 끝을 올렸다.

"……아마, 그랬겠지."

자퇴를 권한 게 결국 돈줄이나 다름없는 자신이 어느 날 갑자기 사라져 버리기라도 할까 두려워 그런 것이니, 그게 맞을 것이다. 서연옥과 서지수의 편리를 위해, 제 인생을 마음대로 휘두른 것일 터다.

그걸 너무도 늦게 깨달았다. 그래도 처음엔 따뜻하게 대해 주었던 여자여서. 친부모가 죽었다는 소식을 들었을 때 제 나이가 고작 10살이었는데, 그런 자신을 대신해 장례를 치러 주어서. 그래서 아무 의심 없이 좋은 사람이라고만 생각했다. 자퇴를 권할 때까지만 해도 제게 인자하게 웃어줄 줄 알던 여자여서, 한 치의 의심도 하지 않았다.

그게 잘못이었던 거다. 의심을 했어야 했는데. 조금씩 조금씩 제 돈을 탐내는 모습을 보이기 시작했을 무렵에라도, 한 번쯤은 생각해 봤어야 했는데. 그래서 가은은 연옥을 마음껏 미워할 수도 없었다. 결국 그녀를 그렇게 악독하게 만든 건, 그녀를 멈추지 못한 자신의 무지 때문이기도 했으니까.

가은은 더 이상 말을 더하지 않았다. 이 이상으로 더 이야기를 했다간 입안이 쓴 거로도 모자라 속이 쓰릴 것 같았다. 이미 지나 버린 과거의 일을 되짚고 후회하는 건 그저 제 속만 아플 일이란 걸 지나간 경험으로 충분히 잘 알고 있었다. 그 마음이 전해지기라도 했는지 진우도 더는 말을 건네 오지 않았다. 그저 묵묵히, 가은의 곁에 서서, 가은의 손을 꼭 마주 잡은 채 그녀가 걷는 길을 따라 걸을 뿐이었다.

얼마나 걸었는지는 알 수 없었다. 다만 어제처럼 다리가 아프고 발끝이 찌릿거리는 걸 보니 제법 오래 걸었다는 생각이 어렴풋하게 들었다. 이제 그만 집에 돌아가고 싶었다. 이 정도만으로도 충분히, 버킷리스트 2번을 지울 수 있을 것 같았다. 그렇게 마음먹은 가은이 막 진우에게 집으로 돌아가자고 말을 하려던 참이었다. 느닷없이 낯선 이의 목소리가 가은과 진우의 발목을 붙잡았다.

"어? 형!"

가은은 물론 진우까지 덩달아 멈춰 서서 뒤를 보았다. 가은으로선 처음 보는 남자임이 분명한데, 진우의 표정을 살피니 모르는 사람은 아닌 듯이 보였다.

"어, 웬일이냐?"

"그 말은 내가 해야 하는 거 아니에요? 나는 아직 재학생이고 형은 졸업생인데."

"아, 그런가."

진우가 멋쩍게 웃었다. 가은은 그런 진우를 한 번, 그리고 맞은편의 낯선 남자를 한 번 바라보아야만 했다. 재학생과 졸업생이란 말이 귀에 걸린 탓이었다. 그러니까 지금 그 말은 진우가 여기 이 학교에 다녔었다는…….

그제야 학교 입구에서 의아해 하던 진우의 모습이 이해가 되었다. 진우는 왜 뜬금없이 대학교를 찾은 것이냐 물어본 게 아니라 그의 모교였던 곳을 왜 찾은 거냐 물었던 것이리라. 가은은 어쩐지 뒤늦은 부끄러움이 밀려왔다. 하지만 그 부끄러움을 곱씹고 되새길 여유 따위는 없었다.

"그런데 옆에 여자분은 누구예요?"

"옆에? 아……."

예상하지 못한 질문에 진우는 가은을 흘끔 바라보았다. 잠시 무언가 망설이는 듯도 했지만, 그는 곧 특유의 여유로운 모습으로 시원시원하게 대답했다.

"여자친구."

"여자친구요? 형 여자친구 있어요?"

"어. 내 여자친구. 예쁘지?"

가은은 화들짝 놀라 휘둥그레진 눈으로 진우를 바라보았다. 하지만 진우는 무엇이 문제냐는 듯, 되레 뻔뻔한 얼굴로 화사하게 웃기만 할 뿐이었다.

* * *

"후배 놈이야. 집안끼리 아는 사이여서 조금 더 가깝게 지낸 것도 없지 않아 있고."

"……."

"입 가벼운 놈은 아니어서 어디 가서 구구절절 소문내고 다닐 놈은 아니야."

캠퍼스에서 나온 두 사람은 이미 한참 전에 아파트 단지에 도착해 집으로 가는 중이었다. 진우는 어딘가 불편한 얼굴로 연신 가은의 눈치를 살폈다. 정작 가은은 어떤 표정도 없이 정면만 보고 있었지만.

"군대 때문에 휴학하고 이번에 복학했다니까, 학교 안에서 친하게 지내는 애들도 많지 않을……."

"알겠어."

"어?"

"네 후배랑 네가 조금 더 가깝게 지낸 것도 알겠고, 후배가 입이 가볍지 않다는 것도 알겠다고."

어떻게 말을 걸어도 내내 묵묵부답으로 일관하던 가은의 대답이 꽤 길었다. 그게 진우를 퍽 당황스럽게 하는데, 가은은 되레 그런 진우를 이해할 수 없는 얼굴이었다.

"문제는 그게 아니잖아."

"……"

"네가 그 후배랑 가깝게 지낸 거랑 그 후배가 입이 가볍지 않은 건 나한테 중요하지 않아. 내가 궁금한 건."

연달아 이어진 말까지도 가은답지 않게 길었다. 하지만 가장 묻고 싶었던 말은 차마 뱉지 못했다.

왜 그 후배에게 날 여자친구라고 소개한 거야?

가은은 그게 묻고 싶었다. 하지만 여자친구란 말이 선뜻 입 밖으로 나오질 않는다. 여자친구라는 단어를 생각하는 것만으로도 입안이 까슬까슬했다. 하지만 묻지 않아도 진우는 알고 있을 것이다. 지금 자신이 제일로 궁금해 하는 게 무엇인지쯤은, 이미 충분하게.

가은은 걸음을 멈춰 서곤 말없이 진우를 바라보았다. 그러자 그가 원하는 답은 돌려주지 않고 괜스레 입술만 실룩거린다. 어딘지 불만스럽게 보이기도 했고, 불편해 보이기도 했다. 그런 그를 가만 기다리다, 결국 포기하고 다시 걸음을 내디디려던 때쯤, 진우가 가은을 붙잡았다.

"이유 없어."

"……."

"그냥 그렇게 말하고 싶었던 거니까."

가은은 아랫입술을 꾹 물었다. 아주 사소하고 말도 안 되는 이유일지언정 그래도 변명은 해주길 바랐다. 진우의 후배에게 자신을 여자친구라고 소개한 건 솔직히 대단하게 큰일은 아니었다. 하지만 그 말에 거부감을 느낀 건 숨길 수 없는 사실이었다. 진우의 생각을 할 때마다 심장이 울렁거리고, 그를 마주할 때면 속절없이 요동을 쳤지만, 그것과는 다른 문제였다.

진우의 입에서 여자친구라는 말이 나오기 무섭게 가은은 도망쳐야 할 것만 같은 기분을 느꼈다. 두려웠다. 무엇이 그렇게 두려운 건지 집으로 돌아오는 길 내내 생각해 보았지만, 답이 찾아지질 않았다. 그래서 더욱 혼란스러웠다. 가은은 힘없이 떨어트렸던 양손에 힘을 꽉 주어 말아 쥐었다. 그러곤 말없이 진우를 등지고 앞장서 걸어갔다.

"내가 너 좋아하는 거 너 알고 있잖아!"

"……."

"너도 나 싫지 않은 거 확실해! 나는 장담한다고!"

"……."

"우리 그냥 좀 만나 보면 안 되냐? 어?"

등 뒤로 진우의 목소리가 쉼 없이 들려왔지만, 가은은 어떤 대답도 하지 않았다. 그저 묵묵히 앞만 보고 걸었다.

"하, 진짜. 모질다, 모질어. 너 진짜 차갑고 냉정해! 알아?"

서운함이 가득 묻어나는 진우의 목소리가 짜증과 함께 등 뒤로 꽂혔지만, 가은은 아랑곳하지 않았다.

혼자가 되어야 할 것 같았다. 제 방으로 어서 도망쳐 숨어야 할 것 같았다. 그렇게 아주 잠깐이라도 이 혼란 속에서 도망치고 싶었다.

악몽

가은이 부스스 눈을 뜬 건 늦은 밤이었다. 묵직한 두통이 밀려오는 게 냉수라도 한 잔 마셔야 할 것 같아 몸을 일으키려는데, 벗지 않은 코트 때문에 몸이 불편했다. 그러고 보니 집에 돌아오기 무섭게 옷도 갈아입지 않고 침대에 누웠던 게 떠올랐다. 덕분에 혼란은 잠잠해졌지만, 불편한 감정은 여전했다.

"하아……."

가은은 묵직한 한숨을 내쉬며 자리에서 일어났다. 코트를 벗어 두곤 홈웨어로 옷을 갈아입는데 컨디션이 돌아올 생각을 하지 않았다. 관자놀이를 짚으며 거실로 곧장 나가 냉수를 마셨다. 냉수를 마시고 나서도 괜찮아지지 않으면 약이라도 찾아볼 생각이었다.

다행히 한결 정신이 맑아지는 기분이다. 그러고 나자 집 안이 평소와 다르게 쥐죽은 듯 조용하다는 것이 느껴졌다. 가은은 시간부터 살폈다. 자정이 다 되어 가는 시간이다. 그렇다면 아직까지 지수가 돌아오지 않았을 리가 없는데. 이 시간이면 집에 돌아와 즐겨보는 TV프로를 보고 있을 때였다. 그런데 거실 이곳저곳을 아무리 살펴도 지수가 보이질 않는다.

설마 벌써 잠이라도 든 건가? 의아한 마음으로 지수의 방을 살펴보지만, 거기에도 지수는 없었다.

"왜 아직도, 아……."

전화라도 해 봐야 하는 거 아닌가 생각하던 찰나, 오전에 학교로 나서기 전 지수가 했던 말이 떠올랐다.

'나 오늘 *MT 가! 내일 저녁쯤이나 돼야 들어올 거야.*'

그랬지. 오늘 MT 간다고 했었지, 참.

"후우……."

그게 떠오르고 나서야 가은은 어깨를 축 늘어트리며 소파에 털썩 앉았다. 지수가 그 말을 할 땐 들은 척도 하지 않는데, 그 사실을 까맣게 잊고 지수가 없다는 걸 인지하자 앞선 걱정에 식은 땀이 다 났다. 결국 이렇게 걱정할 걸 왜 지수에게 자꾸 모질게만 구는 건지. 그러지 말자고 생각하면서도 그게 생각처럼 되질 않았다.

　모든 게 다 연옥과 지수의 탓만은 아니라고 생각하면서도, 은연중 그 두 사람에게 모든 책임을 전가하고 있는 모양이다. 연옥이 죽고 없어졌으니, 이제 그 책임을 전부 지수에게 묻고 있는 걸지도. 그렇게 생각하고 나자 가슴이 묵직해진다.

　가은은 눈을 질끈 감곤 소파에 머리를 기대었다. 가벼워지는 것 같던 두통이 다시금 짙어지기 시작한다. 절로 한숨이 새어 나왔다. 그때 별안간 온몸에 한기가 어리고 소름이 돋기 시작했다. 요즘 계속 외출했더니 몸이 피곤하기라도 했던 건가. 지금껏 하지 않았던 짓을 연달아 했으니 그런 걸지도 모르겠다. 하지만 이상했다. 등골이 서늘해지고 자꾸만 찝찝한 기분이 밀려온다.

　가은은 억지로 눈꺼풀을 들어 올렸다. 그러기 무섭게 숨을 멈춰야 했다. 멀지 않은 곳에서 연옥이 보였다. 생전 비싼 명품으로 온몸을 휘감았던 것과는 전혀 다른 모습이었다. 연옥은 넝마나 다름없는 헝클어진 옷차림으로 머리가 산발이 된 채 가은을 무섭게 노려보고 있었다. 가은은 숨도 쉴 수 없었다. 분명 제 눈앞에 보이는 연옥은 실체일 리가 없는데. 자신이 헛것을 보고 있는 게 분명한데. 더욱이 연옥과 저 사이의 거리는 꽤 되었다. 그럼에도 연옥이 제 목을 조르는 것만 같았다. 가은은 급기야 꺽꺽거리며 숨도 제대로 쉬지 못했다. 그 순간, 연옥이 가은의 앞으로 서서히 다가오기 시작했다.

“얼굴색이 좋네. 내가 없으니까 살기 좋은가 봐.”

　불시에 들려온 목소리에 가은의 동공이 바르작거렸다. 말도 안 되는 상황이었다. 바로 앞에 보이는 건 허상임이 틀림없는데, 들려오는 목소리 역시 연옥의 것임이 분명했다. 가은은 온몸에 소름이 돋았다. 숨도 쉴 수 없을 만큼 두려움이 몰려오기 시작했다.

"내가 죽었다고 영영 네 곁에서 사라진 건 줄 알았어?"

"……."

"그럴 리가. 분해서라도 깔끔하게 사라져 줄 수는 없지."

연옥의 입꼬리가 비틀렸다. 그러곤 기괴할 정도로 한쪽 입꼬리만이 끝을 모르고 위로 올라갔다. 눈덩이처럼 불어나는 두려움에 가은의 두 눈 가득 눈물이 그렁그렁 차올랐다. 하지만 연옥의 허상은 사라질 생각을 하지 않았다.

"네가 그렇게 된 게 전부 내 탓이라고 생각하니? 그런 거라면 큰 착각이야, 그거."

"……."

"널 그렇게 만든 건 네 부모랑 너지. 내가 아니야. 근데 네가 감히 내 딸을 이따위로 막 대해?"

말꼬리를 위로 올린 목소리엔 억울하다는 듯 한이 가득 서려 있었다. 무엇이 그토록 한이 된 걸까. 가은은 이해할 수 없었지만, 한마디도 물을 수가 없었다. 연옥의 말 중 어떤 것도 납득할 수가 없는데 지수를 막 대했다는 것만큼은 부정할 수가 없었기 때문이다.

"내가 모를 줄 알았어? 이렇게 죽은 것도 분한데 내가 죽었다고 내 딸을 막 대해? 내가 죽은 것도 다 너 때문이야! 알아?"

"……."

"너 같은 재수 없는 걸 곁에 두는 게 아니었어. 재수 없는 너 같은 걸 곁에 둔 죄로 내가 이렇게 된 거라고!"

"……."

"생때같은 내 새끼만 이 험한 세상에 혼자 남겨 두고 내가 어떻게 눈을 감아. 하."

연옥의 표정은 시시각각 변했다. 하지만 이내 가은을 매섭게 직시했을 땐, 한껏 비틀린 감정의 비소를 머금고 있었다.

"이렇게 순순히 물러날 순 없지."

그렇게 말한 연옥의 시선이 소름 끼치는 소음을 만들어내며 현관문 쪽으로 향했다. 어쩐지 그것만으로 연옥이 바라보고 있는 게 해운의 집일 거라는, 더 정확하게는 진우일 거라는 불길한 예감이 들었다.

"너도 어디 한번 아파 봐. 너한테 소중한 걸 나도 괴롭혀 줄게. 네가 사랑하는 사람이 힘들어하고 고통스러워하는 꼴을 보면서, 너도 죽도록 아파해 보라고."

그리고 그 예감이 빗나가지 않았다. 연옥은 순식간에 자취를 감추었다. 그제야 가은은 숨을 몰아쉬었다. 하지만 이대로 가만 앉아 있을 수는 없었다. 가은은 핏발 선 눈으로 신발을 신을 정신도 없이 현관 밖으로 뛰쳐나갔다. 그러곤 해운의 집을 무작정 두드리며 진우를 애타게 찾았다.

"이, 이진우! 이진우!"

* * *

"그딴 말이나 할 거면 끊어."

진우는 무섭게 미간을 구기며 가라앉은 목소리로 일갈했다.

－ 하, 이번엔 내 말 좀 들어, 인마.

"말 같은 소리를 해야 듣지."

－ 나도 너한테 이런 소리 하기 싫어. 근데 오늘만 해도 벌써 세 통째다. 오전에 온 전화로 그쳤으면 그냥 내 선에서 입 다물고 넘어갔을 거야. 근데 벌써 며칠째 하루에도 몇 번씩 이러신다고.

"받지 마. 그러라고 했잖아."

퉁명스럽게 말하는 진우의 턱이 한껏 불거졌다. 핸드폰 너머로 무거운 한숨 소리가 들려왔다. 그럼에도 해운의 말은 들어줄 수가 없었다.

해운에게 전화가 걸려온 건 10분쯤 전이었다. 갑자기 웬 전화인가 싶어 의아했는데, 그냥 무시할 걸 그랬다는 후회부터 밀려왔다. 전화를 받자마자 해운이 건네 온 말은 집에 언제쯤 돌아갈 생각이냐는 거였다. 그 말에 진우는 고민할 것도 없이 예정에 없노라 대답했다. 거칠 것 없는 말에 해운이 연거푸 한숨을 쉬었지만, 그래도 어쩔 수 없었다.

집으로 돌아간다는 건 곧 제 발로 불구덩이에 들어간다는 말이었다. 더욱이 이제야 겨우 가은과의 거리를 좁혀가고 있는데 그 기회를 제 발로 찰 생각은 추호도 없었다. 가능한 한 오래 이곳에서 머무를 작정이었다. 언제까지라고 장담할 순 없지만, 버틸 수 있을 때까진 고집부릴 예정이었다. 그런 제게 우선 집으로 돌아가는 게 어떻겠냐니. 이건 재고의 여지조차 없는 말이었다.

－ 나도 어지간해선 이런 말 너한테 안 하고 싶어. 근데 느낌이 별로 안 좋아서 그래. 이번만 내 말대로 좀 해주면 안 되냐?

"느낌이 뭐가 어떻게 안 좋은데. 네가 언제부터 느낌대로 살았어. 갑자기 의사가 적성에 안 맞냐? 신내림이라도 받았어? 의사 때려치우고 돗자리라도 펼 거야?"

– 그런 말이 아니잖아, 인마!

핸드폰 너머 해운의 목소리가 한껏 격양되어 돌아왔다. 하지만 진우는 비아냥거림을 멈출 수가 없었다.

"그게 아니면 쓸데없는 소리 하지 마. 나한테 그 집이 얼마나 끔찍한지 몰라서 하는 말이야?"

– 알아! 아니까 지금까지 입 다물고 있었던 거야! 네가 집이라면 끔찍해 하는 거 뻔히 알면서도 이런 말 해야 되는 내 심정이 어떤지 아냐? 어?

"그럼 하지 마. 안 하면 돼. 뭐 때문에 이러는지는 모르겠지만, 일이 터져도 감당은 내가 해. 그러니까 넌 집에서 오는 연락 받지 마."

진우는 스스로 막무가내라는 걸 잘 알았다. 하지만 도리가 없었다. 이렇게 하지 않으면 해운은 해운대로 계속 고집을 부릴 것이다. 자신이 집으로 돌아갈 때까지 몇 번이고.

성격상 남에게 피해를 주는 건 딱 질색이었다. 그리고 언제나 해운이 저로 인해 감당하지 않아도 될 일까지 감당하고 있다는 걸 잘 알고 있었다. 내색한 적은 없지만, 해운에게 느끼는 부채감이 상당했다. 상상하는 것보다 훨씬 많이. 그런데도 해운의 말을 들어주는 건 너무 힘들었다.

'집'이란 제게 숨 막히는 지옥과 다를 게 없었다. 지금 이렇게 집이란 단어를 곱씹는 것만으로도 가슴이 턱 막히는데, 그런데 어떻게 거기로 다시 돌아가.

"집으로 갈 생각 없으니까, 쓸데없는 생각하지 말고 그럴 시간 있으면 잠이나 자."

언제까지고 여기에 있을 순 없을 것이다. 하지만 그렇기에 버틸 수 있을 때까지 버티고 싶었다. 29년을 겪어온 제 부모라면, 어떻게든 자신을 집으로 불러들일 것이다. 어떠한 수단과 방법을 가리지 않고, 자신을 괴롭힐 것이다.

– 하아⋯⋯.

"끊는다."

무겁게 가라앉은 해운의 한숨 소리가 들려왔지만, 진우는 듣지 못한 척 급히 전화를 끊었다.

핸드폰을 소파에 내려놓자 관자놀이가 지끈거렸다. 그렇지 않아도 가은의 생각으로 고민이 많던 참이었다. 오후 나절 도망치듯 집으로 들어가 버린 이후, 가은은 또 소식이 없었다. 원래도 따로 연락한 적은 없지만, 기분 좋게 헤어진 게 아니다 보니 마음이 편치 않았다. 더욱이 서지수라도 집에 있었다면 가은의 동태라도 파악할 수 있었을 텐데, 오늘은 그럴 수도 없었다.

"하필 이런 타이밍에 MT를 갈 건 뭐야. 하, 속 터지겠네."

진우는 꽉 움켜쥔 손으로 불만스럽게 소파를 내리쳤다. 무엇 하나 마음처럼 되는 게 없다. 답답한 마음에 한숨을 푹 내쉬며 머리를 뒤로 기대었다. 멀거니 천장을 바라보자 한껏 긴장한 채로 캠퍼스를 거닐던 가은의 모습이 떠오른다.

이렇게 속이 뒤숭숭할 땐 잠깐이라도 좋으니 아무 생각도 나지 않았으면 좋겠는데. 진우는 짜증스레 눈을 질끈 감았다. 그러자 이번엔 이따금 환하게 웃어주던 가은의 얼굴이 선명하게 그려진다.

"하, 진짜 이 정도면 너 중증이다. 미친 새끼야."

진우는 머리카락을 마구 헝클어트리며 자리에서 벌떡 일어났다. 냉수라도 마시고 속 차릴 생각이었다. 예상하지 못했던 상황이 일어난 건 바로 그때였다.

쾅쾅쾅쾅!

주방을 향하던 도중, 별안간 현관문을 부술 듯 두드리는 거친 소음이 들려왔다. 뿐만 아니었다.

"이, 이진우! 이진우!"

자신을 애타게 찾는 가은의 목소리가 들려온다. 마치 큰일이라도 있는 사람의 목소리였다. 진우는 놀란 마음에 뛰다시피 현관으로 가 문을 벌컥 열었다. 그러자 다급히 열린 문틈 새로 얼굴이 축축하게 젖은 가은의 모습이 보였다.

"······너 왜 그래?"

얼마나 놀랐는지, 진우는 저도 모르게 뜸을 들였다. 무슨 일이냐고 물어야 할 것 같은데, 이런 가은의 모습은 단 한 번도 상상해 본 적이 없어서 입술이 의지대로 움직이지 않았다. 하지만 가은은 당황한 진우의 얼굴은 보이지도 않는 모양이었다. 반쯤 풀린 동공으로 진우를 향해 무섭게 달려드는 모습만 봐도 그랬다.

가은은 진우의 옷깃을 있는 힘껏 움켜쥐었다. 그러더니 두려움에 벌벌 떨며 간신히 입술을 움직인다.

"괘, 괜찮아? 너······. 너, 괜찮아? 어?"

진우는 아무 말도 할 수가 없었다. 괜찮냐는 말은 자신이 가은에게 물어야 할 말이었다. 하지만 지금 가은에게 그런 걸 물어봤

자 적당한 대답은커녕 제대로 된 말도 듣지 못할 것 같았다. 지금 가은의 꼴이 딱 그랬으니까.

"괜찮아, 난. 아무 문제없어."

진우는 평정을 유지하며 최대한 덤덤한 척 말했다. 그제야 가은이 참았던 숨을 토해내며 자리에 털썩 주저앉았다. 다급히 가은의 팔을 붙잡아 보지만, 다리에 완전히 힘이 빠지기라도 한 건지 막을 새가 없었다. 도대체 무슨 일일까. 혹시 도둑이라도 든 건가 싶어 가은의 등 뒤를 살펴봤지만, 현관 너머는 고요하기 그지 없었다.

진우는 한숨을 푹 내쉬며 반쯤 열린 현관문부터 닫았다. 그러곤 자세를 낮춰 가은과 시선을 맞추었다. 가은은 여전히 넋이 나간 얼굴이었다. 동공은 이미 한참 전에 풀려 있던 그대로였고, 당최 무슨 일인 건지 숨까지 몰아쉬기 시작했다.

"무슨 일 있어? 갑자기 왜 그래, 너."

처음 보는 가은의 모습에 진우까지 덩달아 불안해지기 시작했다. 하지만 예상대로 가은은 진우의 불안을 잠재울 만한 답을 내주지 않았다.

"……그냥."

"……."

"그냥, 어……. 어, 그냥."

딴에는 무슨 대답이든 해주고 싶은 모양인데, 쉽지 않은 듯이 보였다.

"후우."

기어코 진우의 잇새로 한숨이 새어 나왔다. 진우는 묵직한 숨을 토해내며 가은의 어깨 위로 손을 올렸다. 그러곤 부드럽게 토 닥거렸다.

"악몽이라도 꿨어?"

"……어?"

"내내 집에 있던 거 아니야?"

"맞아……."

진우는 고저 없이 차분한 목소리로 말했다. 가은을 배려하기 위한 최선의 노력이었다. 다행히 그 마음이 가은에게 전해진 모양이다. 가은은 한결 안정을 찾아가는 모습이었다. 표정도, 불규칙하던 호흡도, 시종일관 불안하게 떨리던 입술도.

진우는 작은 것 하나 놓치지 않으며 연신 가은을 살폈다. 그리고 그녀가 많이 안정되었다는 걸 확신하고 나서야 말을 덧붙였다.

"가만히 집에 잘 있다가 갑자기 내가 큰일이 났을 거라고 느낄 만한 게 없잖아. 그래서 묻는 거야. 악몽이라도 꿨느냐고."

이어진 질문에 가은의 눈동자가 속절없이 흔들렸다. 그래도 조금 전만큼 불안한 모습은 아니었다. 굳이 따지자면 감추고 싶은 속을 들켜 당황한 쪽에 더 가까워 보였다. 그걸로 진우는 스스로 답을 내렸다. 이 시간에 이렇게나 불쑥 가은이 자신을 찾은 이유는 무서운 꿈이라도 꿔서 그런 모양이라고.

그렇게 답을 내리고 나니 그의 불안도 한결 잠재워졌다. 한편으로는 엉망이었던 기분이 나아지는 것도 같았다. 어떤 꿈을 꾼 건진 모르겠지만, 자신이 걱정되어 이렇게 정신없이 찾아왔다는 뜻일 테니.

"일어나. 바닥 차가워."

진우는 희미하게 올라가기 시작한 입술에 힘을 주곤 가은을 부축했다. 다행히 가은은 그의 손길을 거부하지 않았다. 진우는 가은을 집 안으로 이끌며 소파에 앉을 수 있도록 했다. 그러곤 물 한 잔을 떠 그녀에게 내밀었다.

"……고마워."

가은이 순순히 물 잔을 받아 든다. 고맙다는 말까지 덧붙이며. 이쯤 되니 진우는 그녀가 꾸었을 악몽이 무엇일지 궁금해졌다. 무슨 꿈이었기에 언제나 차갑게 선을 긋던 한가은이 이렇게나 고분고분해진 건지. 내용이 뭔지는 몰라도 태어나 처음 악몽이란 것에 고마운 마음까지 들었다.

그렇지 않아도 이젠 무슨 핑계로 또 가은을 찾아야 하나 고심하던 참이었다. 그 기회가 제 발로 걸어 들어온 것이다. 예상에도 없이 찾아온 기회를 놓치고 싶지 않았다. 그래서 감히 용기가 났다. 테이블에 엉덩이를 걸치고 앉은 진우가 가은을 빤히 응시했다. 그러곤 과감히 입술을 움직였다.

"자고 갈래?"

멍하니 풀려 있던 가은의 눈동자에 일순 힘이 실렸다. 그러곤 곧장 진우에게 박혔다. 그 시선이 따가울 법도 한데 진우는 조금도 멈칫거리지 않았다. 그게 되레 가은을 더욱 당황하게 만든다.

"서지수 집에 없잖아."

곧바로 이어진 진우의 말은 기가 막혔다. 지수가 집에 없는 것과 자신이 여기서 자고 가는 게 도대체 무슨 상관일까. 그러면서도 지수와 모종의 거래가 있는 관계라는 걸 숨길 생각도 없는 듯한 진우의 태도에 두 번 어이가 없었다. 지수가 진우와 연락할 때면 제 눈치를 무척이나 살피기에 둘의 관계를 비밀에 부치기로 했나 보다 생각했다. 더불어 지수가 진우의 스파이쯤 되는 모양이라고 여겼다. 그러나 진우는 꺼릴 게 조금도 없다는 듯 당당한 모습이었다. 이렇게 대놓고 지수와의 관계를 인정해 버리니 뭐라고 할 말도 없었다.

"……내가 여기서 자고 가는 거랑 지수가 집에 없는 게 무슨 상관인데."

가은은 가까스로 물었다. 단칼에 자고 가지 않겠노라 대답해야 했는데, 그렇게 생각하면서도 그 말이 선뜻 나오지 않았다. 사실은 두려웠다. 진우의 말처럼 지수도 없는 집에, 죽은 연옥의 모습이 보이는 집에, 혼자서는 아주 잠깐도 머물 자신이 없었다.

"지금 네 상태가 혼자서 다시 잘 수 있을 것처럼 보이지 않아서."

진우는 그런 가은의 상태를 완벽히 간파하고 있었다. 가은은 아랫입술을 질끈 깨물었다. 돌아가는 게 맞다. 진우가 무서울 정도로 제게 다가오고 있다는 사실을 모르는 것도 아닌데. 그걸 다 알면서도 여기서 함께 하룻밤을 보내는 건 진우를 희망 고문하는 거나 다름없었다. 더욱이 진우와는 러시아에서 뜨거운 밤을 보낸 전적까지 있었다. 그러니 싫다고 똑 부러지게 말을 하고 자리에서 일어나야 했다. 그게 맞다. 그러니 이제라도 그렇게 해야 하는데. 그래야만 하는 건데…….

"같이 있고 싶어, 너랑."

"……."

"나랑 있자, 가은아."

하지만 약아빠진 이진우는 어느새 매번 제 마음을 약하게 만들었던 가면을 뒤집어쓰고 있었다.

"아무 짓도 안 하려고 노력할게."

처음 보는 표정이 아닌데.

"네가 싫다면 아무것도 안 해. 약속해."

처음 듣는 말도 아닌데.

"그냥 옆에만 있게 해 줘."

하지만 가은은 이번에도 기어이 알면서도 속고 말았다. 가련하고 순진한 척 탈을 쓴 늑대라는 걸 알면서도. 아무도 없는 집으로 다시 돌아가는 게 두려워서. 사실은 두려움을 핑계로 저 역시 진우와 함께 있고 싶어서. 그래서 눈을 질끈 감아버렸다.

한기 가득한 얼굴로 온기가 스며들기 시작한다. 그게 진우의 손길이란 걸 알면서도 가은은 고집스레 눈을 뜨지 않았다. 눈을 뜨고 진우를 마주하면, 어서 돌아가라 다그칠 내면의 자신을 맞닥뜨려야 할 것 같았다.

잠깐은 괜찮겠지. 하루 정돈 괜찮겠지. 싫다면 아무것도 하지 않을 거라고 했으니까. 그러니까 괜찮을 거야.

스스로의 선택을 애써 합리화하는데, 문득 어깨 위로 따뜻한 품이 느껴진다. 진우와 있을 때면 줄곧 울려대던 마음속 비상등이 이번에도 요란하게 소음을 냈다. 하지만 가은은 진우를 밀어내지 않았다. 따뜻했다. 위험한 늑대의 품치고는 정말이지 지나치게 따뜻했다. 아주 어릴 때의 기억이 남아 있었더라면, 그 기억 속 제 부모의 품이 이렇게 따뜻했을까 하는 생각이 절로 들 만큼. 그래서 가은은 벗어날 수가 없었다. 기억하는 순간 중엔 유일하게 자신을 안아준 따뜻한 품이라서. 벗어나고 싶지 않았다.

오늘 하루쯤은. 아니, 사실은 조금 더 오래. 될 수 있는 한 아주 오래 이 품에 안겨 있고 싶었다.

* * *

"무슨 꿈 꾼 건지 물어봐도 돼?"

멀거니 천장을 바라보고 있는데 불시에 진우의 목소리가 들려왔다. 가은은 대답하지 않았다. 애초에 악몽 같은 건 꾼 적이 없었다. 다시는 보고 싶지 않은 환영을 마주했던 거라면 모를까.

"그냥 궁금해서. 무슨 꿈이었길래 그렇게까지 놀라서 달려온 건지."

재차 이어진 진우의 말에서 대답을 듣고 싶다는 고집이 느껴졌다. 애초에 꿈을 꾸지 않아 대답할 말이 없던 것뿐인데, 진우는 그걸 대답하고 싶지 않아 그런 거라고 오해한 모양이었다. 가은은 가만히 눈을 끔뻑였다. 대각선 위에서부터 느껴지는 시선이 제법 끈질기다. 결국 나직이 한숨을 쉬며 입술을 움직였다.

"……꿈꾼 거 아니야."

"어? 아까는 분명……."

곧장 받아치던 진우의 목소리가 일순 끊겼다. 뒤늦게 가은이 그렇게 대답한 적이 없단 걸 깨달은 탓이다.

"그럼 정말 무슨 일이라도 있었어?"

진우가 재차 되물었다. 가은은 옅게 숨을 내쉬었다. 연옥을 보았다고 하면 믿어줄까. 갑자기 죽은 사람이 나타나 그에게 위해를 가할 거라고 했단 말을 들으면, 자신을 미쳤다고 생각하는 건 아닐까. 하지만 듣고야 말겠다는 진우에게 대답해 줄 말이라곤 그것뿐이었다.

"······죽은 여자가 보였어. 그래서······."

망설임 끝에 가은이 말했다. 진우는 아무 말이 없었다. 어이가 없어 아무 말도 하지 못하는구나, 생각할 법도 한데 가은은 진우가 그런 이유로 말을 잇지 못하는 게 아니란 걸 알 수 있었다. 진우는 언제나 그랬다. 그녀가 하는 말은 그게 뭐든 헛소리로 치부한 적이 없었다. 이번에야말로 정말 미친 사람처럼 느껴질 만도 하건만, 진우의 숨소리는 잠깐도 이탈하는 법이 없었다. 시종일관 고르게 내쉬어지며 그녀의 말이 끝나기만을 기다리고 있었다.

"내가 계속 지수를 모질게 대했거든. 내 입장에선 죽은 여자도 지수도, 내 인생을 망쳐놓은 사람으로밖에 느껴지지 않았으니까."

"그래서, 그 여자가 나타나서 협박이라도 했어?"

"응."

"무슨 협박을 했는데?"

진우의 질문은 제법 집요했다. 그게 꼭 제 대답에서 무언가 얻고자 하는 것 같았다. 그런데 그가 원하는 게 정확히 무엇인지는 감이 잡히질 않는다. 그게 퍽 찜찜하기도 한데, 그런데도 가은은 조곤조곤 말을 이었다.

"······널 다치게 하겠다고."

누군가에게 한 번도 터놓은 적 없는 속 이야기를 하는 게 생각보다 나쁘지 않았다. 아니, 생각했던 것보다 훨씬 좋았다. 하고 싶은 말을 꾹 참을 때면 마음속에 무거운 돌덩이가 중구난방 쌓여

가는 기분이었는데, 그렇지가 않았다.

"네가 서지수한테 모질게 대해서 그 죽은 여자가 날 다치게 하겠다고 했다는 거야?"

"……응."

"왜?"

그래서 아무래도 방심이란 걸 한 모양이다. 그걸 진우가 던진 물음을 듣고서야 깨달았다.

"어?"

가은은 저도 모르게 고개를 들어 진우를 바라보았다. 시선을 아래로 내린 채 제 얼굴을 바라보는 진우의 눈빛이 그 어느 때보다 깊고 진지했다.

"왜 날 다치게 하겠다고 한 거냐고. 널 협박하기 위해서 그 여자가 걸고넘어진 게 왜 하필 나인 거냐고."

가은은 당황스러웠다. 빈틈없는 진우의 질문은 생각해 보지 못한 내용이었다. 그러게. 왜 연옥이 자신을 협박하기 위해 이용한 게 진우였을까. 고민에 잠긴 가은의 눈꺼풀이 연신 들썩거렸다. 혼란한 기색이 역력한 모습이었다. 그 모습을 가만 지켜보던 진우의 입매가 희미한 호선을 그렸다. 마치 그녀는 알지 못하는 답을 그는 알고 있는 것처럼.

"그 여자는 알고 있는 게 아닐까?"

"……."

"그 여자에게 서지수가 소중한 딸인 것처럼, 너한테 내가 소중한 사람이란 걸."

가은을 대신한 진우의 설명은 직설적이었다. 하지만 목소리는 더할 나위 없이 부드러웠고 따뜻했다.

진우는 제 품에 안긴 가은의 몸이 딱딱하게 굳는 걸 느꼈다. 그게 이미 그에겐 충분한 답이 되었다는 것도 모르고, 가은은 긴 시간 말이 없었다. 아마 대답을 고르고 있는 것일 터다. 진우는 미소를 머금었다. 한껏 긴장한 채 아무런 말도 하지 못하는 가은의 태도가 그의 말을 긍정하는 거로만 느껴졌다. 미처 거기까진 생각하지 못했는데, 듣고 보니 그의 말이 맞다는 듯이.

진우는 가은을 고쳐 안았다. 조금 더 빈틈없이 그녀를 품에 안고 싶었다. 그래서 더욱 힘주어 끌어안았고, 한 뼘 더 가까워진 그녀의 머리 위에 뺨을 기대었다.

"들려?"

진우는 주어도 없이 물었다. 그런데도 가은은 그가 묻는 게 무엇인지 알 수 있었다.

쿠웅. 쿵쿵.

진우의 심장 소리가 그녀의 고막을 가르고 선명하게 들려왔다. 그의 심장 소리가 절로 기분을 좋게 만든다. 가만히 듣고 있는 것만으로 그녀의 심장까지 덩달아 기분 좋게 뛰게 만들었다.

"너랑 이러고 있어서 나는 지금 되게 좋은가 봐."

나른하게 잠긴 목소리는 그 어느 때보다 유혹적이었다. 가은은 속절없이 고개를 들었다. 바로 위에서 자신을 내려다보는 진우의 눈동자가 보인다. 그 속에 갇힌 제 모습을 발견한 순간, 가은은 더는 인정하지 않을 수 없었다.

"나는 매번 이래. 너랑 있을 때면, 뭘 하고 있든 매번 이렇게 미친놈처럼 심장이 뛰어."

"……."

"그러니까 도망치지 않아도 돼."

첫사랑에 빠진 소녀처럼 상기되어 있었다. 칠흑같이 까만 그의 눈동자 속에서 사춘기 소녀보다 더 순수한 모습으로 떨고 있었다.

"네가 나한테 느끼는 마음을 언제 인정하든."

가은은 숨을 멈추었다.

"나는 기쁘게 널 받아줄 거니까."

진우의 말을 듣기 무섭게 심장이 곤두박질치듯 격렬하게 뛰기 시작했다.

"그게 언제든."

절대 안 될 일인데. 제 곁에 또 사람을 두면, 겁도 없이 누군갈 사랑하게 되면, 그로 인한 아픔은 또 제 몫일 텐데. 언젠가 또 못 견디게 고통스러운 아픔을 겪게 될지도 모를 일인데.

"나는 계속 널 좋아할 거 같거든."

하지만 더는 밀어낼 수가 없었다.

좋았다, 진우가.

늘 따뜻한 눈으로 자신을 바라보며, 그보다 더 따뜻한 품으로 자신을 안아주는 그가.

"좋아해, 한가은."

"……."

"정말 진심으로."

그래서 더 이상 버틸 재간이 없었다.

"……."

겁도 없이 감히 뛰어들었다. 그의 품으로.

가은은 망설임 없이 그의 입술을 찾아 입을 맞추었다. 그게 좋아한다는 진우의 고백에 돌려줄 수 있는 최선의 대답이었다.

재회한 입술이 맹목적으로 서로를 물고 늘어졌다. 가은은 진우의 목에 팔을 둘렀다. 시베리아 횡단 열차에서 열락의 밤을 보낼 때도 지금처럼 애가 타진 않았다. 그런데 오늘은 자꾸만 갈증이 난다. 외면했던 감정을 힘겹게 마주하고 기꺼이 받아들이고 나니 진우와 빈틈없이 맞붙어 있으면서도 더 가까워지고 싶었다.

마주 닿은 입술이 불붙은 것처럼 뜨거웠다. 그게 시발점이 되어 온몸이 달아오르기 시작한다. 가은은 속도 없이 매달렸다. 오늘 늦은 오후까지만 하더라도 그에게 매정하게 굴었다는 건 기억도 나지 않았다. 미칠 것 같은 갈증 때문에 괴로웠다. 그런데 진우의 손길 한 번이면 그 괴로운 갈증에서 잠깐이나마 벗어나는 기분이다. 비록 감질날 정도로 잠깐에 불과했지만, 그렇게라도 이 괴로운 기분에서 벗어나고 싶었다. 그런 마음이 전해지기라도 한 건지 진우는 가은이 어떻게 매달리든 기꺼이 받아내었다.

"후……"

잠깐 떨어진 입술 사이로 뜨거운 숨이 터져 나왔다. 진우는 가은의 목덜미에 얼굴을 묻었다. 러시아에서 자신을 미치게 만들던 그 달콤한 향이 코끝에 휘감긴다. 그것만으로 진우는 이성을 놓칠 것 같았다.

그토록 그리워하던 가은의 체취는 짧은 시간 안에 그를 매료시켰던 만큼 미치게 자극적이었다. 얼마나 그리워하던 향인지. 그간 참았던 것을 말끔히 해소할 작정으로 들이마시고 또 들이마셔 보지만, 억눌러온 욕구는 쉽게 해갈되지 않았다.

246

진우는 가은을 더욱 힘주어 끌어안았다. 그때마다 가은이 몸을 바르작거리는 게 느껴진다. 그마저도 사랑스러워서 미칠 것 같았다. 진우는 가은의 허리를 잡아 제 위로 들어 올렸다. 순식간에 그의 배 위로 가은이 올라탄 자세가 되었다.

"앗……!"

놀란 가은이 신음을 내며 눈을 휘둥그렇게 떴지만, 지금 진우에겐 그런 걸 감상할 여유가 없었다. 진우는 가은의 뺨을 붙잡곤 다시금 입을 맞추었다. 있는 힘껏 억눌렀던 욕구가 화수분처럼 터져 나오기 시작했다.

가은의 뺨을 잡고 있던 손이 어느새 목덜미와 허리로 옮겨갔다. 핏줄이 불거진 손등만 보아도 진우가 가은을 배려하는 중이란 게 여실히 드러났다. 그걸 아는지 모르는지, 가은은 진우의 욕구를 서툴지만 오롯하게 받아냈다. 걸치고 있던 브이넥의 헐렁한 티셔츠가 바닥으로 떨어지고, 트레이닝복 바지가 그 위를 덮었다. 그 사이에도 입술은 쉴 새 없이 움직였다. 새하얀 피부의 결을 따라 지분거리며 입안에 머금고 자극하기를 반복했다.

어느덧 진우의 방 안을 채운 건 날카로운 교성과 묵직한 신음, 그 두 가지뿐이었다. 진우는 등을 세우고 앉아 제 허벅지에 앉은 가은을 빤히 바라보았다.

"한 번만 얘기해 줘."

그러곤 애원했다.

"……뭘?"

가은은 반쯤 풀린 눈으로 진우의 시선을 피하지 않은 채 물었다. 망설이는 기색이 가득했지만, 피해선 안 된다는 걸 본능적으로 느끼고 있는 것 같았다.

　진우는 망설이지 않았다. 그녀가 원한다면 그게 언제든, 또 얼마
큼이든 기다려줄 용의가 있었지만, 오늘은 부디 듣고 싶었다. 도
저히 감당되지 않는 이 마음을 그녀에게 오롯이 쏟아내기 직전인
지금 이 순간만큼은 그녀의 마음을 말로 듣고 싶었다.

"네 마음. 네가 지금 느끼고 있을 감정, 기분."

　그의 말이 끝나기 무섭게 가은의 입술이 안으로 말려 들어갔다.
그걸 알고 있으면서도 진우는 물러서지 않았다. 다그치지도 않았
지만 그녀의 허리를 부드러이 쓸어내리며 어서 대답하길 종용했
고, 독촉했다.

　얼마의 시간이 흘렀을까. 숨 막히는 정적이 무르익어 가고, 긴 기
다림에 그가 조금쯤 지칠 때쯤.

"……좋아해."

　서툰 고백이 진우의 가슴을 깊게 파고들었다.

"좋아, 네가."

　가은은 진우의 어깨를 잡고 있던 손에 힘을 주며 한 번 더 제 마
음을 표현했다. 연달아 이어진 수줍은 마음은 진우를 더욱 애타
게 만들었다. 더는 참을 수 없었다. 그가 견딜 수 있는 건 딱 거기
까지였다. 진우는 가은의 허리를 잡아 들어 올리곤 뜨겁게 달아
오른 길을 따라 자신을 파묻었다.

"하."

"읏……!"

　동시에 달뜬 신음이 터져 나왔다. 진우는 가은의 허리를 감싸 안
고 둥글게 차오른 그녀의 살결 위로 이마를 묻었다.

미칠 것 같았다. 처음부터 서로를 위해 만들어진 것처럼 빈틈없이 맞물리는 게 형용할 수 없는 쾌감을 안겨주었다. 진우는 억지로 고개를 들었다. 불시에 터진 섬광에 눈앞이 아득했지만, 보고 싶었다. 가은의 얼굴을. 오늘따라 더없이 아름다운 사랑하는 여자의 모습을.

가은 역시 정신을 차릴 수 없기는 마찬가지인지 숨을 몰아쉬면서도 아랫입술을 꽉 물고 있었다. 금방이라도 입술이 터지고 피가 날 것 같았다.

진우는 그 위로 제 입술을 포개었다. 그녀의 이가 박힌 자리를 혀로 살살 훑고 부드럽게 빨아 당겼다. 그녀가 다치고 아픈 건 어떤 식으로든 보고 싶지 않았다. 그 마음을 알아주기라도 하듯, 가은이 꽉 물고 있던 입술을 놓곤 그의 입술을 머금었다. 동시에 그녀의 몸이 진우의 허벅지 위에서 나릿나릿 춤을 추기 시작했다. 그 박자에 맞춰 진우 역시 리드미컬하게 움직였다.

사소한 움직임에도 온몸의 세포가 모두 터질 것만 같았다. 머릿속이 새하얗게 변하고 의지와 상관없이 신음이 터졌다. 지나치게 황홀하다 못해 괴로울 지경이었지만, 멈출 순 없었다. 진우는 몇 번이고 그녀에게 모든 걸 다 내주었다. 그리고 가은 역시 그가 내주는 모든 것을 온전하게 품었다. 절정의 순간은 적절한 때를 맞춰 찾아왔다.

가은은 진우에게 축 늘어진 몸을 맡긴 채 숨을 몰아쉬었다. 그녀의 몸이 바들거리며 흔들릴 때마다 진우는 그녀의 목덜미에 아낌없는 입맞춤을 선사했다. 황홀함의 여운이 가실 때쯤, 진우는 가은을 품에 안은 채 몸을 뉘었다. 한결 고른 숨을 내쉬는 가은의 눈꺼풀이 반쯤 내려앉아 있었다. 진우는 그런 가은을 내려다보다 참지 못하고 그녀의 이마 위로 입술을 붙였다. 몇 번이고 쪽쪽거리는 소리를 낸 뒤 나지막이 속삭였다.

"네가 정말 좋다, 가은아."

"……."

"이게 다 꿈인가 싶을 만큼."

애틋한 고백 뒤엔 무거운 피로감이 몰려왔다. 진우는 느릿하게 눈을 감았다 떴다. 품 안에선 이미 색색거리는 숨소리가 들려오고 있었다. 절로 피식거리는 소리와 함께 환한 미소가 입가에 걸렸다. 진우는 가은의 머리칼을 쓸어내리며, 흐트러진 곳을 찾아 정돈해주었다. 그러곤 은은하게 올라오는 샴푸 향을 음미하며 수마에 모든 걸 내맡겼다.

"……자고 일어나서 눈떴을 때, 그때도 네가 이렇게 예쁘게 안겨 있었으면 좋겠어."

완전히 잠에 빠지기 직전에 새어 나온 중저음의 목소리가 그 어느 때보다 간절했다. 이미 그녀는 깊은 잠에 빠져든 것 같지만, 부디 자신이 뱉은 말이 꿈속을 헤매고 있을 그녀에게 전해졌길 바랐다. 그 생각을 마지막으로 진우는 까무룩 잠에 빠졌다.

* * *

가은이 잠에서 깨어난 건 새벽 동이 트기 시작한 무렵이었다.

"……."

가은은 말없이 눈을 끔뻑이다 푸르스름하게 물든 창문을 바라보았다. 또 하루가 지나간 모양이었다. 절대로 지나가지 않을 것 같던 무서운 밤이었는데, 여타의 다른 밤보다도 더 달콤한 숙면을 취했다. 다른 때와 비교도 안 될 만큼 몸이 가벼운 것만 봐도 단잠을 잔 것이 분명했다. 그리고 그렇게까지 달게 잘 수 있던 건 전부…….

"……네 덕이겠지."

가은은 잠이 묻어나는 목소리로 중얼거리며 진우를 올려 보았다. 진우는 아직도 한밤중인 건지 뒤척거리는 움직임에도 미동조차 하지 않았다. 그럴 만도 했다. 새벽이 깊도록 자신을 품에 안은 채 그렇게나 열정을 쏟았으니, 아직까지 체력이 남아 있다면 그게 대단한 일일 터였다.

가은은 반쯤 몸을 일으켰다. 그러기 무섭게 허리가 찌릿하게 아팠지만, 입술을 한 번 물었다 놓을 뿐 다시 몸을 누이진 않았다.

이불 속에서 빠져나오고 나니 순식간에 한기가 밀려왔다. 실오라기 하나 걸치지 않아서이기도 하겠지만, 밤새도록 따뜻한 품에 안겨 있던 탓이 더욱 클 것이다. 막상 그의 품에서 벗어나고 나니 그의 온기가 무척 아쉬웠다. 하지만 이만 돌아갈 때였다. 아직 지수도 없이 혼자 있어야 할 집이 두렵긴 했지만, 그렇다고 계속 여기에 있을 순 없었다. 잠시 후 깨어날 진우를 마주하는 건 더욱 내키지 않았으니까.

'……좋아해.'

제 입으로 내뱉은 고백을 이제 와 되돌릴 순 없을 것이다. 되돌리고 싶은 생각도 없었다. 하지만 잠깐이나마 홀로 정리할 시간이 필요했다.

가은은 바닥에 떨어진 옷을 주워 주섬주섬 몸에 걸쳤다. 옷을 전부 꿰입을 때까지도 진우는 깨어나지 못했다. 가은은 침대에 걸터앉아 진우를 내려다보았다. 완전히 잠에 빠지기 직전 어렴풋이 들었던 말소리가 떠올랐다.

'……자고 일어나서 눈떴을 때, 그때도 네가 이렇게 예쁘게 안겨 있었으면 좋겠어.'

일어나서 내가 없는 걸 보면, 넌 실망하게 될까? 그랬으면 싶기도 하고, 한편으론 그러지 않았으면 싶기도 하다. 그러길 바라는 마음은 그가 그만큼 자신을 애타게 찾아주길 바라는 마음이었고, 그러지 않길 바라는 마음은 혹 자신의 부재를 부정적으로 받아들이고 상처라도 받을까 하는 노파심이었다.

"다시 올게."

"……."

"잘 자, 이진우."

가은은 진우의 귓가에 대고 부드러이 속삭였다. 부디 꿈에서라도 제 목소리를 들었길 바라며. 조심스러운 발길로 그의 침실을 빠져나왔다.

* * *

진우가 눈을 뜬 건 정오가 한참 지난 무렵이었다.

"으."

앓는 소리를 내며 부스스 자리에서 일어났다. 머리가 지끈거렸다. 가늘게 뜬 눈으로 시간부터 살폈다. 시계를 보자마자 두통의 원인을 어렵지 않게 찾을 수 있었다.

"아오, 얼마나 잔 거야."

5시간 남짓한 평소 수면 시간을 떠올리면 거의 2배나 잔 셈이었다. 피로감은 눈곱만큼도 느껴지지 않았지만, 그것과는 별개로 지나친 수면 시간에 머리가 아팠다. 그 탓에 뒤늦게 깨닫고 말았다.

"……언제 간 거야."

분명 제 품에서 곤히 잠들었던 가은이 보이지 않았다. 바닥에 널브러져 있는 옷도 제 것뿐인 걸 보니 집으로 돌아간 모양이다.

"같이 눈뜨고 싶었는데."

진우는 뒷머리를 긁적이며 홀로 중얼거렸다. 가은과 함께 눈을 뜨고, 잠기운으로 그득한 눈동자에 제일 먼저 가은이 담겼더라면 더없이 만족스러웠을 것 같은데. 아쉬움이 짙게 밀려왔다. 그렇다고 해도 하는 수 없었다. 지난 새벽의 기억은 선명했고, 꿈이 아닌 게 분명하니 그걸로 만족해야 했다.

진우는 옅게 미소 띤 얼굴로 자리에서 일어났다. 어제 늦은 밤까지만 하더라도 고민이 이만저만이 아니었다. 무슨 핑계로 가은을 찾아야 하나. 지수가 올 때까지 손 놓고 기다리기만 해야 하나. 지수가 돌아온 후라고 해서 별다른 수가 있을까. 그런 별별 생각이 다 들었는데, 적어도 지금은 그런 걱정은 없었다. 어제 뜨거운 밤을 보내며 그녀의 마음을 확인했으니, 지수의 도움 없이도 뻔뻔하게 가은을 찾을 수 있을 것 같았다. 그 생각에 진우는 두통도 잊고 화장실로 향했다. 까치집 지은 머리로 가은을 찾을 순 없으니, 서둘러 단장을 하고 가은을 찾아갈 생각이었다.

간단히 샤워하는 시간이 이렇게까지 설레기는 처음이었다. 의지와 상관없이 연신 콧노래를 흥얼거렸고, 화장실에서 나오는 순간까지 입가에선 미소가 지워지질 않았다. 누군가를 만날 생각에 이렇게까지 행복할 수도 있구나. 진우는 그런 기분을 느낀다는 게 신기하기도 하면서도, 이 순간이 오래도록 지속되길 간절하게 바라는 스스로가 낯설었다.

"오늘은 뭘 하자고 하지."

옷을 갈아입으며 중얼거렸다. 가은과 뭘 하면서 시간을 보내면 좋을까 생각을 하면 답을 찾기가 힘들었다. 뭐든 좋을 것 같았다. 그게 뭐든, 가은과 함께라면 더할 나위 없이 즐거울 것만 같았다. 그러고 보면 지금까진 자신이 하고 싶은 것을 하기보단 가은이 하고 있던 일을 의도치 않게 함께했던 경우뿐이다.

함께 아파트 단지를 산책하고, 함께 서점을 가고, 함께 캠퍼스를 거닐고. 그걸 하는 동안에는 괜히 가은의 심기를 건드려 갑자기 성질이라도 내는 건 아닐까, 그러다 지금의 이 좋은 시간을 망치는 건 아닐까. 그런 생각에 전전긍긍했던 것이 훨씬 더 컸던 것 같은데, 되돌아 생각해 보니 그런 쓸데없는 생각 때문에 그 시간을 오롯이 즐기지 못한 것 같아 아쉬움이 밀려왔다. 그래도 좋았다. 가은의 일상에 자신이 자연스레 녹아 있던 것 같아서. 진우는 정말 너무 행복했다. 그래서 어제 늦은 밤 별안간 걸려왔던 해운의 전화는 까마득하게 잊고 말았다.

 – 느낌이 별로 안 좋아서 그래. 이번만 내 말대로 좀 해주면 안 되냐?

 해운의 충고 같은 건 머릿속에서 깨끗이 지워버린 것이다. 그걸 간과한 스스로가 어리석었다고 깨닫기까진 오래 걸리지 않았다.
 "진우야."
 가은의 집으로 향하기 위해 현관문을 열기 무섭게 보인 건 곱게 화장한 모친의 얼굴이었다. 진우는 속절없이 표정을 구겼다. 이렇게 마주하게 될 거라곤 예상도 못 했지만, 예상했다고 하더라도 표정이 온전하진 못했을 것 같다. 아직은 보고 싶지 않은 얼굴이었으니까.
 "여긴 왜 오셨어요."
 허공으로 뻗어 나간 진우의 음성은 퉁명스럽기 짝이 없었다. 오랜만에 마주한 아들의 모습에 잠시 반가운 표정을 짓던 선영의 입술이 순식간에 곧게 다물렸다. 선영은 어깨를 크게 들썩였다. 그게 한숨을 속으로 삼키는 행동이란 걸 진우는 아주 잘 알고 있었다. 하지만 그렇다고 해서 선영을 살갑게 대할 생각은 없었다. 진우에게 선영은 곰살갑게 굴고 싶은 엄마이기보단 가능한 한 부딪치고 싶지 않은 어머니로 자리 잡은 지 오래였으니까.
 "내가 못 올 데라도 왔니?"
 조금 전까지만 하더라도 나긋하던 선영의 음색이 금세 벼른 칼날처럼 매서워졌다. 그래, 이래야지. 이래야 내 어머니지. 진우는 속으로 그렇게 생각하며 입매를 비틀었다.

"그래도 명색이 시조카 집인데 거리낌 없이 찾을 곳은 아니죠."

"내 아들이 집에 올 생각은 않고 시조카 집에서만 지낸다면 의미가 달라지지 않겠어?"

"아무리 아들이 있는 집이라고 해도 시조카가 서른을 코앞에 둔 성인 남자예요. 그런 시조카가 사는 집에 이렇게 불쑥 찾아오시는 건 어머니께서 늘 입이 닳게 말씀하시던, 배우신 분이 하실 행동은 아니잖아요."

서로 한 치의 양보도 없었다. 숨 막히는 신경전에서 먼저 침묵한 건 선영이었다. 누가 제 아들 아니랄까 봐, 진우는 한마디도 지는 법이 없었다. 이런 아들의 모습을 볼 때면 H그룹을 이끌어 갈 후계자로서 손색이 없을 만큼 똑 부러지게 잘 컸다 싶다가도, 그 칼 끝이 왜 늘 제 부모를 향하고 있는 건지 야속했다.

분명 처음부터 아들과의 관계가 이렇게 된 것은 아니었다. 사실 선영은 무엇이 아들과의 관계를 망친 건지 모르지 않았다.

자신과 제 남편의 교육 방침이 아들에겐 많이 답답하고 힘들었을 것이다. 하지만 이제 국내뿐 아니라 세계로 뻗어가고 있는 기업의 후계자로 만들기 위해선 불가피한 선택이었다. 또 태어난 순간부터 남부럽지 않게 모든 걸 다 갖고 태어난 아이라면, 그 정도 고통쯤은 견뎌야 하는 게 당연했다. 자신도 그랬고, 제 남편이 그랬던 것처럼 진우의 삶의 방향 역시 태어난 순간부터 정해진 것이다. 분명 그걸 입이 닳고 닳도록 설명했던 것 같은데, 똑똑한 녀석이 왜 그것만큼은 이해를 못 하는 건지. 선영으로선 그저 답답할 따름이었다.

"이만하면 아버지도 많이 봐주신 거란 거 너도 모르지 않을 거야."

"그래서요."

"지금이라도 군말 않고 집으로 들어와서 출근 잘하면 아무것도 탓하지 않겠다고 약속하셨어. 그러니까……."

"뭘 탓하지 않겠다는 건지 이해를 못 하겠네요. 전 떳떳하게 휴가를 쓰고 휴가를 즐기는 중인데요."

선영을 직시하는 진우의 눈동자엔 일말의 감정도 담겨 있지 않았다. 뿐만 아니라 선영을 향한 모든 말에 한껏 날이 서 있었다. 하지만 마지막 진우의 말만큼은 선영 역시 항변할 말이 많았다.

"그걸 지금 말이라고 하는 거니, 너?"

"말이 아니면요."

"네가 지금 며칠째 출근을 안 하고 있는 건지 알기나 해? 한 달이 다 되어 가! 도대체 어떤 본부장이 한 달씩이나 말도 안 되는 휴가를 운운하면서 출근을 안 하니! 그런 경우가 도대체 어디 있어!"

기어이 선영이 언성을 높였다. 선영에게 진우는 인생을 바쳐 일군 아들이었다. 어린 나이부터 정략혼으로 남편과 가정을 꾸려 진우를 낳았고, 진우가 대학에 진학하는 날까지 선영의 24시간은 진우의 스케줄에 맞춰 움직였다. 그렇게까지 제 인생을 바친 이유는 하나였다. 세계적인 기업으로 발 뻗어 나가는 가업의 후계자로 만들기 위함이었다.

선영은 아들이 너무도 야속했다. 왜 이렇게까지 제 마음을 몰라 주는 건지, 속이 터질 것만 같았다. 모든 걸 손에 쥐여 준 채 태어나게 했고, 앞으로 살아갈 앞날 역시 하라는 대로만 하면 모든 걸 쥐여 주겠다는데. 지금 아들의 행동은 그게 싫다고 발악하는 꼴이니 당최 속이 터지지 않을 수가 있을까. 하지만 제 아들은 여전히 그 마음을 눈곱만큼도 알아줄 생각이 없는 모양이었다. 곧장 받아치는 말만 들어 보아도 그랬다.

"그러게요. 어머니 말씀처럼 본부장씩이나 되는 놈이 말도 안 되는 휴가를 즐기는 중인데, 도대체 왜 안 자르세요? 그거 권력 남용에 부조리 아닙니까?"

"너 진짜 계속 말도 안 되는 헛소리 할 거야?"

선영이 격양된 목소리로 진우를 다그쳤다. 인내의 끝인 듯 보였다. 하지만 인내의 끄트머리에 선 건 선영뿐만이 아니었다.

진우는 이를 사리문 채 낮게 읊조렸다.

"가세요."

"이진우!"

"가시라고요!"

서로 다른 목소리가 각자의 고조된 감정을 드러내며 복도를 시끄럽게 울렸다. 그 소란에 굳게 닫혀 있던 가은의 집 현관문이 열린 건 누구도 예상하지 못했던 일이었다.

반쯤 열린 문틈에 선 가은은 어제 보았던 것과는 다른 색상의 홈 웨어 차림을 하고 있었다. 그걸 보자마자 진우의 턱이 붉거졌다. 지금 가은의 모습은 그저 귀엽기만 했다. 진우의 눈엔 그렇게 보이지 않을 도리가 없었다. 하지만 선영의 눈엔 그러지 않을 것이리라. 그러니 제발 지금은 늘 그랬던 것처럼 가은이 침묵하길 바랐다. 공동 주거 공간에서 소란을 떠는 무식한 사람들이 누구냐는 듯, 무심하게 한번 바라보곤 집으로 들어가길, 정말 간절하게 바랐다. 그러나 간절한 진우의 바람은 야속하게도 이루어지지 않았다.

"······무슨 일이야?"

친근함이 묻어나는 가은의 말소리에 선영의 시선이 대번에 가은에게로 향했다.

진우는 가은을 담은 선영의 눈동자를 발견한 순간 이를 사리물었다. 선영의 까만 눈동자 가득 경멸이 들어차 있었다. 감히 내 아들에게 말을 거는 보잘것없는 넌 도대체 누구냐는 듯이. 그렇다면 부디 가은이라도 그런 선영의 눈빛을 발견하지 못하길 바라는데, 그것마저도 지나친 바람이었다. 진우에게 꽂혀 있던 가은의 시선이 어느새 선영과 마주하고 있었다.

"······하, 씨."

진우의 잇새로 나지막한 욕지거리가 새어 나왔다.

"우리 아들이랑 아는 사이예요? 아가씨는 누구지?"

끔찍하기만 한 정적을 깬 건 선영이었다. 감정을 억누르기 위해 양손을 그러쥔 채 눈을 질끈 감고 있던 진우가 눈꺼풀을 번쩍 들어 올렸다. 그러곤 선영의 앞을 가로막고 섰다.

"가세요."

냉기 가득한 경고가 잇따랐지만, 선영 역시 고집스럽긴 마찬가지였다. 선영은 장성한 아들의 몸에 가려 더 이상 보이지 않는 여자를 보기 위해 고개를 옆으로 빼는 수고도 마다하지 않았다.

"아가씬 누구예요? 우리 진우랑 알아요?"

고상한 척 묻는 목소리엔 경계가 가득 묻어났다. 진우는 선영의 행동에 분노가 차다 못해 폭발할 지경이었다. 움켜쥔 양손이 힘을 감당하지 못하고 부들거리기까지 했다.

"가시라고 했어요."

죽어도 가은에겐 보이고 싶지 않은 상황이었다. 이런 상황을 보이게 될 거라곤 추호도 생각지 못했는데. 상상도 한 적 없는 수치심이 온몸을 장악했다. 여기서 조금만 더 지나치면 눈에 뵈는 게 없을 것 같았다. 진우는 선영의 어깨를 우악스럽게 잡았다. 그러자 그의 말은 내내 들은 척도 하지 않던 선영이 미간을 찌푸리며 날카로운 교성을 내질렀다.

"아파, 얘! 네가 안 가겠다고 이러고 버티는데 내가 가긴 어딜 가! 나 오늘 작정하고 왔어. 너 안 가면 나도 안 가!"

진우는 눈앞이 아찔했다. 딱 혀 깨물고 죽고 싶은 심정이었다. 극성맞은 엄마와 그런 엄마를 이기지 못하는 아들. 선영의 말은 그렇게 보이기 십상이었다.

진우는 당최 이 상황을 어떻게 해결해야 할지 알 수가 없었다. 미치게 창피했고 쪽팔렸다. 이제야 겨우 가은에게 남자로 다가갈 수 있게 되었는데, 그 모든 노력이 수포로 돌아가는 기분이다. 제 등만 바라보고 있을 가은의 시선이 어쩐지 한심한 머저리를 보는 눈일 것만 같다. 확실치 않지만 무섭게 밀려오는 자괴감에 차마 가은의 얼굴을 확인할 자신이 없었다. 이렇게까지 수치스럽고 초조해 보긴 처음이었다. 그래서 진우는 무작정 선영을 지나쳐 엘리베이터 버튼을 눌렀다. 곧 도착한 엘리베이터의 문이 열리고 진우의 다리가 거침없이 움직였다. 문이 닫히지 않도록 열림 버튼을 꾹 누르고 있는 진우의 시선은 엘리베이터 모서리에 박혀 있었다.

"타세요, 빨리."

그러면서도 낮게 읊조린 분노로 가득 찬 목소리는 정확히 선영을 향하고 있었다.

"이대로? 해운이 집에 남아 있는 네 짐은?"

"빨리 타시라고요, 제발!"

결국 진우는 참지 못한 분노를 드러내야만 했다. 선영이 딱딱하게 표정을 굳혔지만, 지금 진우에게 그런 건 알 바가 아니었다. 일분일초라도 빨리 이곳에서 벗어나고 싶었다. 그토록 함께하고 싶던, 조금이라도 더 붙어 있고 싶던 가은에게 더는 추한 꼴을 보이고 싶지 않았다. 그래서 진우는 선영이 엘리베이터에 올라타고 엘리베이터의 문이 완전히 닫힐 때까지도 가은의 시선이 내내 그에게 박혀 있다는 걸 알았지만, 보지 못했다. 세상에 태어나 지금처럼 수치스러워 본 적이 없어서. 태어나 처음으로 마음을 연 여자에게 이보다 더 초라한 모습은 보이고 싶지 않아서. 그래서 진우는 미처 가은을 살필 수가 없었다.

* * *

"해운이 집에 남아 있는 짐은 김 비서 시켜서 가져올 테니까 앞으로 그 집 근처엔 얼씬할 생각도 하지 마."

성북동 집으로 돌아오기 무섭게 선영의 잇새로 나온 말이었다.

진우는 해운의 아파트 단지에서 벗어나 이곳 성북동 집으로 올 때까지 내내 말아 쥐고 있던 양손을 여전히 펴지 못했다. 안으로 말린 손끝이 살갗을 파고드는 것만 같았다. 아찔한 고통이 연신

이어졌지만, 그보단 상실감이 더 컸다. 이제야 겨우 가은을 거리낌 없이 만날 수 있을 것 같았는데. 이제야 겨우 핑곗거리를 고민하지 않고도 가은을 찾을 수 있을 것 같았는데. 그런데 이런 한심한 꼴을 보이고 말았으니, 앞으로 가은을 어떻게 봐야 할까. 가은이 정말 보고 싶어서 미칠 것 같을 때면 무엇을 핑계로, 어떤 얼굴로 가은을 찾아야 할까.

진우의 머릿속은 온통 그런 생각뿐이었다. 선영의 분노를 헤아릴 여유 같은 건 없었다. 그저 멍하기만 한 그의 모습은 계속해서 선영을 자극하기만 할 뿐이란 것도.

말없이 진우를 노려보던 선영은 억지로 누르고 있던 화를 더 이상 참을 수가 없었다. 한계에 다다른 인내는 선영을 궁지로 몰았고, 기어이 선영의 손에 사진 뭉치를 쥐게 만들었다.

"이따위로 한심한 꼴이나 보겠다고 계속 오냐오냐 봐주고 있던 건 줄 알아? 어?"

선영은 진우의 면전으로 묵직하게 겹쳐 있던 사진 뭉치를 집어 던졌다. 진우의 얼굴을 맞고 아래로 쏟아진 사진 중 한 장이 뽀얀 뺨에 생채기를 냈다. 잘게 그어진 실금 새로 붉은 선혈이 배어 나왔다. 그제야 진우의 시선이 선영에게 향했다. 선영을 담은 눈동자가 그 어느 때보다 고요하고 차분하기 이를 데 없었다. 그게 선영의 화를 더욱 부추겼지만, 진우에게선 미세한 균열도 찾아볼 수 없었다.

"너 도대체 왜 이러는 거야! 네 말처럼 해운이 나이가 서른을 코앞에 두고 있으면, 너도 마찬가지야! 언제까지 철모르는 사춘기 반항아처럼 속 썩일 건데!"

분풀이나 다름없는 하소연이었다. 그게 가까스로 잠재우고 있
던 진우의 끓는점을 자극했다. 서서히 끓어오르던 분노는 진우의
온 마음을 좀먹어 가기 시작했다. 그게 탁, 하고 터지기까진 순
식간이었다.

"그럼 제가 뭘 어떻게 해드려야 했는데요."

선영을 향한 진우의 목소리가 러시아의 한겨울보다 더 지독한
냉기를 품고 있었다. 하지만 제 화를 풀기에 급급한 선영이 그걸
알아챌 리 없었다.

"그걸 몰라서 물어? 그동안 너 붙잡고 수십, 수백 번은 더 한 얘
기야! 너 내가 앵무샌 줄 아니? 그래서 계속 했던 말 또 시키고
또 시키는 거야?"

선영의 눈에 진우는 여전히 열여섯, 열아홉의 중요한 터닝포인
트를 앞둔 아이일 뿐이었다. 그래서 더 조급했고, 애가 탔다. 이번
고비만 잘 넘기고 나면 모든 일이 일사천리로 풀릴 거란 게 그녀
의 눈에는 보였다. 그러면서도 그녀가 그리는 그림이 진우가 바라
는 미래와 일치하지 않는다는 건 알지 못했다. 어리석기 짝이 없
었다. 자식의 마음을 헤아리지 못한 부모가 자식의 심경 변화를
눈치챘을 리는 더더욱 없었다.

"네가 지금 그런 별 볼일 없는 계집애랑 하하 호호 신나서 돌아
다닐 때야?"

기어이 선영의 잇새로 절대 나오지 말아야 할 말이 튀어나오고
말았다. 진우의 낯빛이 희게 질렸다. 두려움이나 공포 같은 감정
때문에 생긴 변화가 아니었다. 참을 수 없는 분노를 느낄 때면 진
우는 지금처럼 완벽한 무표정에 가까운 얼굴을 했다. 평소 솔직

하게 표정을 드러내던 것과는 달라도 한참 다른 행보였다. 그 말인즉 지금 그는 더없이 위험한 상태라는 거였다. 그런 진우에 대해 조금이라도 알았더라면, 감히 선영은 입도 벙긋하지 못했을 것이리라. 하지만 애석하게도 선영은 아들에 대해 아는 게 전혀 없었다.

"내가 정말 동네 창피해서 얼굴을 들고 다닐 수가 없어! 도대체 뭐가 부족해서 그런 볼 것도 없는 계집애를 만나고 다니는 건데! 여자가 없어? 부족할 것 없는 애들로 차고 넘치게 소개해 주겠잖아! 그때마다 자리 걷어찬 건 너면서, 어떻게 그런 애를 데리고 학교 안을 얼쩡거리고……!"

"그만하세요."

선영을 말리는 진우의 말소리가 단조로웠다. 하지만 선영은 섭사리 진정하지 못했다.

"그만하긴 뭘 그만해! 내가 지금 그만하게 생겼어?"

지금 선영의 머릿속엔 그저 제 욕심대로 아들을 만들어야 한다는 생각뿐이었다. 그게 결국 진우를 폭발하게 만들었다. 가까스로 이성의 끈을 붙잡고 있던 진우의 눈동자에 일순 이채가 서렸다. 완벽하게 이성을 잃은 눈에 남은 건 광기뿐이었다.

"제가 죽어야 그만하실 생각입니까?"

죽음을 운운한 음성이 소름 끼칠 정도로 차가웠다.

"저도 죽어야, 그만두실 거예요?"

뿐만 아니라 감정이라곤 조금도 배어 있지 않았고, 미세한 높낮이조차 없었다. 선영은 순식간에 얼어붙었다. 금기나 다름없는 말이 아들의 잇새로 흘러나오자 옴짝달싹도 할 수 없었다.

지금껏 한 번도 진우의 입에서 죽음이란 단어가 나온 적은 없었다. 특별한 이유랄 건 없었다. 당연히 그래야만 했다. 이 집안사람 누구도 감히 죽음이란 단어를 함부로 입에 올려서는 안 되었다. 그게 암묵적인 약속이고 룰이었다. 그런데 그런 단어를 협박하듯이 제게 내뱉다니.

선영은 입을 꾹 다문 채 아무 말도 하지 못했다. 할 수 있는 거라곤 그것뿐이었다. 그때 양개형 중문이 열리는 소리와 인기척이 느껴졌다. 선영은 소리가 나는 쪽으로 뻣뻣하게 굳은 고개를 돌렸다. 선영의 눈동자가 멈춘 자리엔 그녀의 든든한 버팀목이나 다름없는 반려이자, H그룹의 회장인 종범이 우뚝 서 있었다. 그녀는 그제야 멈췄던 숨을 내쉬며 눈물을 글썽거렸다.

"이 버르장머리 없는 놈. 배울 만큼 배웠다는 놈이 제 어미한테 하는 행동거지하고는. 쯧쯧."

그러나 종범은 선영과 달랐다. 한 치의 흐트러짐 없는 모습으로 진우를 향한 비난을 점잖게 쏟아냈다. 진우는 소리가 나는 곳을 향해 사르르 고개를 돌렸다. 이제 와 낯설 것도 없는 익숙한 비난에 진우는 더 이상 화가 나지도, 오기가 생기지도 않았다. 미치도록 숨이 막히는 이곳에서 일분일초라도 빨리 벗어나고 싶단 생각만이 간절하게 들었다.

진우는 아무 말도 하지 않았다. 29년 인생을 살며 뼈저리게 깨달은 거라곤 이 지옥 같은 순간에서 벗어나기 위한 가장 탁월한 방법이 침묵이란 거였다.

이 회장은 한심한 눈초리로 아들을 노려보다가도 못 볼 걸 봤다는 듯 고개를 절레절레 저으며 걸음을 옮겼다. 그리고 막 진우의 곁을 지나치기 직전, 발아래 떨어져 있는 사진을 뚫어지게 바라보았다. 얼마간의 공백이 이어졌다. 그리고 이어진 말은 진우를 옴짝달싹도 할 수 없게 만들었다.

"적당히만 놀아라. 네 그 치기 어린 반항심 때문에 애먼 사람이 다치는 일은 없어야 하지 않겠니?"

진우는 순간 꽉 쥐고 있던 주먹이 허탈하게 풀리는 걸 느꼈다. 그러면서도 맞붙어 있던 입술에 한껏 힘이 들어갔다.

"……애먼 사람이 다치면 안 된다니. 무슨 말씀을 하시는 건지."

"똑똑한 놈이 갑자기 왜 못 알아듣는 척이야?"

진우는 흔들리는 목소리를 억지로 부여잡으며 가까스로 시치미를 뗐다. 하지만 종범을 상대로 눈속임을 하기엔 종범은 모든 방면으로 감각이 뛰어난 사람이었다. 진우는 속절없이 입을 다물었다. 괜한 말을 더했다가 상황을 더 곤란하게 만들 순 없었다. 하지만 이미 벌어진 일을 무마하기엔 너무 늦은 것 같았다.

"내 마음에 찰 아이는 아니다."

"……."

"무슨 말인지 알아듣지?"

종범은 그렇게 말하며 발끝에 걸리는 사진들을 툭 걷어찼다. 아무렇게나 나부끼기 시작한 사진들이 어지럽게 흩어졌다. 그중 한 장이 진우의 발치로 날아왔다.

진우는 조용히 제 발 앞으로 날린 사진을 바라보았다. 네모난 종이 안엔 자신과 가은이 담겨 있었다. 정확히는 가은과 마주 서 있던 모습을 제 뒤에서 찍어 자신의 뒤통수와 가은의 얼굴이 선명하게 찍힌 사진이었다. 그 속에서 가은이 환하게 웃고 있었다. 아

마 종일 집과 카페에서 가은을 기다리다 우연히 아파트 산책로에
서 마주쳤던 날일 것이다.

'나는 배고파. 너 카페 갈 줄 알고 아침도 안 먹고 카페로 달려
갔거든.'

예상에도 없이 가은을 마주치고 나서 참 많은 말을 실없이 했던
것 같은데, 그중 유일하게 거짓을 섞어 한 말이었다. 가은을 만나
기 전에도, 그리고 만난 후에도 진우는 배가 고프지 않았다. 그저
가은과 함께 있는 것만으로도 배가 불렀다. 하지만 그건 제 사정
이었고, 그렇지 않아도 빼빼 마른 가은은 뭐라도 먹여야 할 것 같
았다. 그래서 한 말인데, 유일하게 거짓을 섞어 한 말에 가은이 처
음으로 대답해 주었다.

'내가 카페에 갔으면, 그럼.'
'뭐라고? 다시 말해 봐.'
'못 들었으면 말아.'
'아니야. 나, 들었어. 네가 카페에 오면 그럼 어떻게 하려고 했냐
는 뉘앙스였어, 너.'

가은이 대답을 해줬다는 게 영 얼떨떨해서 듣고도 못 들은 척을
했다. 목소리 한 번이라도 더 듣고 싶어서 한 행동이었는데 가은
은 가차 없었다. 급한 마음에 사실을 고했다. 그 모습이 우스웠던
건지, 별안간 가은이 입술을 한껏 휘며 환하게도 웃었다. 머리 위

를 내리쬐는 햇살보다 더 눈부시게 웃던 그 얼굴이, 여전히 뇌리에 깊숙이 박혀 있었다.

진우의 동공 위로 희미하게 그려지던 가은의 얼굴이 불시에 발치에 떨어진 사진과 오버랩 되었다. 진우는 정신을 바짝 차리곤 다시 사진을 빤히 보았다. 그날 보았던 가은의 모습이 분명했다. 위치도 옷차림도 분명 그날이 맞았다. 그걸 깨닫기 무섭게 허탈함이 바윗덩어리보다 더 무겁게 밀려오기 시작했다.

도대체 언제부터 지켜보고 있던 것일까. 언제부터 제 뒤를 쫓고 이렇게 말도 안 되는 사진으로 제 동태를 살피고 있던 것일지.

진우는 정말 진절머리가 났다. 온몸에 소름이 돋고 이 집안 공기를 마시고 있는 지금 이 순간이 너무나도 끔찍했다. 할 수만 있다면 몸속에 흐르는 피를 다 뽑아 H그룹과 아무 관련 없는 피로 갈아버리고 싶었다. 그렇게 해서 사람다운 삶을 살 수만 있다면, 진우는 수억을 들여서라도 그렇게 했을 것이다. 하지만 그건 꿈같은 얘기일 뿐이었다. 그런 진우의 생각에 동조하듯, 이 회장이 차게 가라앉은 음성으로 말을 덧붙였다.

"네 짝은 아니야. 그러니까 적당히 즐기다 정리해. 그 이상으로는 못 봐줘."

종범은 단호했다. 쇠망치로도 깨부술 수 없을 것 같은 단호한 벽을 눈앞에 두고, 진우는 아랫입술이 찢어져라 꽉 깨무는 것 말곤 할 수 있는 게 없었다. 29년간 겪어온 제 부친이라면 재고의 여지도 없단 불변의 의지를 보인 것이리라. 그러니까 세상에 하나밖에 없는 아들이 아무리 사랑한다고 절절하게 구애하고 매달려도, 치기 어린 시절의 일탈 상대. 가은을 그 이상으론 인정해 주지 않을 거란 말이었다.

한 귀로 듣고 한 귀로 흘리고 싶었다. 어차피 내 인생이니 내 앞날도 내가 만날 여자도 전부 내 뜻대로 정할 것이라 당당하게 외치고 싶었다. 하지만 맞붙은 입술은 접착제를 발라 놓기라도 한 것처럼 떨어질 생각을 하지 않았다. 그럴 수밖에 없었다. 제 고집에 앞서 내뱉는 한마디 한마디가 얼마큼의 파급력으로 어떤 일까지 벌어질 수 있는지, 너무나도 뼈저리게 알고 있었으니까.

아들의 침묵을 수긍한 거라고 생각한 듯, 종범은 침실로 향했다. 선영 역시 조용히 이 회장의 뒤를 따랐다.

달칵.

부부의 침실 문이 여닫히는 묵직한 소리를 끝으로 넓디넓은 거실엔 고요한 정적만이 가라앉았다. 진우는 그 한가운데에 서서 그 어느 때보다 짙게 밀려오는 무능함에 괴로워해야 했다.

* * *

어릴 적 진우는 초콜릿을 무엇보다 좋아하는 아이였다. 하지만 고작 10살밖에 되지 않은 아이에게 H그룹은 가혹할 정도로 단호했고 체계적이었다.

진우는 식사까지도 궁합에 맞는 음식들로 짜인 식단을 지켜야 했다. 아무리 좋아하는 음식이어도 하루 일정치 이상은 먹을 수가 없었다. 그런 진우에게 초콜릿이나 사탕 같은 간식거리가 허용될 리 없었다. 물론 그게 진우에게만 해당하는 건 아니었다. H그룹의 장자, 이선우 역시 마찬가지였다.

진우에게 선우는 세상에 둘도 없는 하나뿐인 형이자 유일하게 마음을 터놓고 지내는 가장 친한 친구였다. 진우와 4살 터울인 선우는 진우보다 4년 앞서 지금의 생활을 시작한 탓인지, 불평불만을 입에 달고 사는 진우와 달리 제법 의젓했다. 진우는 그런 형을 볼 때마다 대단하다고 추켜세웠지만, 이따금 그 대단함에 혀를 내둘렀다. 그럴 때면 선우는 그저 잔잔히 웃는 걸로 대답을 대신하며, 빡빡한 일과에 지친 진우에게 초콜릿을 내밀었다.

"진우야, 이거 먹어."

"어? 형! 이거 어디서 났어?"

진우는 선우가 초콜릿을 내밀 때마다 진귀한 무언가를 선물 받기라도 한 것처럼 눈을 휘둥그렇게 뜨고 물었다. 진우가 그렇게 물으면 선우는 늘 같은 대답을 하곤 했다.

"학교에서 숙제 잘했다고 선생님이 주셨어."

"진짜? 근데 이거 나 줘도 돼? 형이 숙제 잘해서 받은 거잖아."

"나는 괜찮아. 초콜릿은 너무 달아서 싫어."

진우는 초콜릿이 달아서 싫다는 선우의 말을 철석같이 믿었다. 그래서 아무 의심도 없이 선우가 내민 초콜릿을 맛있게 까먹었다.

진우가 행복해하며 초콜릿을 먹을 때마다 선우는 진우보다 더 행복한 얼굴로 진우의 머리를 쓰다듬었다. 진우는 온기 가득한 형의 손길이 너무나도 좋았다.

진우에게 선우는 정말 소중한 사람이었다. 그 사실은 시간이 흐르고 한 살, 한 살 나이를 더해갈 때마다 더욱 확고해졌다. 초콜릿이 달아서 싫다는 선우의 말이 거짓말이란 걸 알게 된 건 진우가 중학교 3학년 진학을 앞둔 무렵이었다. 그때 선우는 수능을 코앞에 두고 있었다. 어느 날 갑자기 수능을 앞뒀다는 명목으로 선우에게 제공이 된 건 의외의 것이었다. 그토록 먹고 싶어도 먹을 수 없었던 초콜릿, 그게 선우에게 제공이 된 것이다. 이유는 간단했다. 적당량의 초콜릿은 두뇌 회전에 도움을 준다는 이야기 때문이었다. 선우는 잠자는 4시간을 빼면 모든 시간을 공부하는 데에만 쏟아야 했다. 그런 선우의 곁엔 늘 초콜릿이 있었다.

진우가 볼 때마다 선우의 곁엔 포장된 초콜릿과 알맹이를 잃은 포장지, 그 두 가지가 언제나 가득했다. 그때 진우는 생각했다. 사실 형은 초콜릿이 달아서 좋아하지 않았던 게 아니라, 철없는 동생을 위해 좋아하는 초콜릿까지 마다했던 모양이라고. 뒤늦은 깨달음이었지만, 어릴 적 자신을 배려한 선우의 마음이 너무나도 고마워 진우는 늘 간절하게 바랐다.

꼭 형이 집에서 정해준 성적을 받아 좋은 대학에 진학할 수 있게 해주세요.

그 당시 진우에게 소원이 있다면 그것뿐이었다.

대망의 수능 날이었다. 진우는 선우보다도 더 이른 시각에 일어나 거실 소파에 앉아 시간을 보냈다. 곧 수능장으로 떠날 선우를 응원해 주고 싶었다. 집에서 출발해야 할 시간이 임박해서야 선우는 2층 제 방에서 후다닥 내려왔다. 수능 날인데 좀 더 일찍 일어나지 않고 분주하게 굴었다고 종범에게 타박을 조금 듣긴 했지만, 선우의 표정은 나쁘지 않았다. 그래서 진우는 믿어 의심치 않았다. 분명 똑똑한 제 형은 누구보다 시험을 잘 보고 집으로 돌아올 것이라고.

진우는 해맑게 웃으며 선우를 배웅했다. 선우 역시 언제나와 같은 잔잔한 미소로 진우에게 손을 흔들었다. 나쁜 느낌이나 예감 같은 건 정말 추호도 느끼지 못했다. 하지만 예정된 수능 시간이 지나고도 선우는 집으로 돌아오지 않았다.

온 집안에 비상이 걸렸고, 경호원들이 이곳저곳으로 선우를 찾아 나섰다. 그때 종범은 거실 소파 상석을 묵직하게 지키고 있었고, 선영은 그 옆자리에 앉아 이마를 짚고 있었다. 연달아 이어지는 선영의 한숨 소리가 작지 않았지만, 진우는 그런 것 따위는 들리지 않았다. 초조해서 미칠 것 같았다. 연신 넋 나간 얼굴로 거실을 배회하며 저도 모르게 물어뜯고 있던 손톱이 뜯겨 나가다 못해 피가 배어나고 있다는 사실조차 인지하지 못했다. 한참을 침묵만 지키던 종범이 그제야 진우의 행동을 지적했다.

"앉아. 정신 산만하게 돌아다니지 말고."

다시 생각해도 차분하기 이를 데 없는 목소리였다. 그 목소리를 듣고 나서야 진우는 번개라도 맞은 것처럼 발작을 하며 현관으로 향했다.

"아무래도 형을 찾아봐야겠어요."

"앉으라고 했어."

"어떻게 앉아요! 형이 이 시간까지 올 생각을 안 하는데!"

처음으로 내 본 큰소리였다. 평소였다면 감히 상상조차 하지 못할 일이었을 것이다. 하지만 그때의 진우는 선우의 걱정에 뵈는 것이 없었다. 종범의 말이 바로 이어졌지만, 무슨 말이었는지는 기억이 나질 않는다. 그 길로 곧장 집을 뛰쳐나온 기억만이 남아 있었다.

한참이나 거리를 헤맸다. 어디에 있을지 모를 선우를 찾아서. 그리고 마침내 선우를 발견한 건 왕복 8차선 도로의 사거리였다.

"형!"

진우는 큰 소리로 선우를 불렀다. 많은 인파에 소리가 묻히지는 않을까 걱정했지만, 다행히 선우가 천천히 고개를 돌렸다. 그런데 선우와 눈이 마주친 순간, 진우는 빠르게 교차하던 다리를 우뚝 멈추곤 못 박힌 듯 자리에 서야만 했다.

"……형?"

선우의 얼굴이 어느 한 곳 빈틈도 없이 눈물에 젖어 있었다. 그 순간 진우는 지울 수 없는 불길함을 예감했다.

망쳤구나. 시험을, 망친 거구나.

그 생각에 한참이나 멍했다. 제 시험도 아니고 선우의 시험이건만, 마치 제 일처럼 끔찍한 생각부터 들었다. 그래서 미처 선우에게 빨리 다가가질 못했다. 그사이 선우의 눈동자가 천천히 도로 반대편으로 향하고 있는 줄은, 꿈에도 알지 못했다. 뒤늦게 진우가 선우를 바라보았을 땐, 선우는 이미 위험천만한 도로 위로 스스로 걸음을 떼고 있었다. 그제야 진우는 정신이 번쩍 들었다. 절대 움직일 것 같지 않던 다리가 미친 듯이 달음박질치기 시작했다.

"형! 안 돼!"

진우는 목이 터져라 외쳤다. 부디 지금이라도 선우가 인도로 되돌아오길. 세상의 신이란 신은 전부 찾으며 정말 간절하게 바랐다. 하지만 선우는 진우의 바람을 철저히 외면했다. 선우가 걸음을 멈춘 건 인도로 돌아와 안전해지기엔 이미 너무도 늦은 때였다.

걸음을 멈춘 선우가 천천히 뒤를 돌아보았다. 얼마나 운 건지 얼굴이 퉁퉁 부어 있었다. 그런 꼴로, 선우는 진우를 향해 눈이 부실 정도로 환하게 웃었다. 그러곤 천천히 입술을 움직였다.

'미안해, 진우야.'

목소리는 들리지 않았지만, 입 모양만으로도 진우는 선우의 메시지를 똑똑히 들을 수 있었다. 그게 선우의 마지막 메시지였다.

끼이이익, 쾅!

끔찍한 소음에 진우의 다리가 급제동 걸린 듯 멈추었다. 동시에 속도를 이기지 못한 몸이 바닥에 패대기쳐졌다.

정말 끔찍한 사고였다. 그리고 진우는 그날의 일을 아주 오랫동안 똑똑히 기억했다. 고막을 찢을 것만 같던 마찰음과 동시에 슬로우 모션으로 지나가던 사고의 모든 과정을. 마지막으로 기억하는 건 승합차에 치인 선우가 튕겨져 날아가 10m도 더 떨어진 자리에 처참히 처박히던 것까지였다. 진우는 그대로 정신을 놓아버렸다. 버틸 수가 없었다. 선우의 마지막 순간이나 다름없던 그 장면이 너무나도 끔찍해서. 저 역시 따라 죽고 싶을 만큼 괴로워서. 진우는 정신의 끈을 붙잡을 수가 없었다.

* * *

'미안해, 진우야.'

미안해. 정말 미안해, 진우야.

선우의 목소리가 연신 메아리를 쳤다. 침대 위에 웅크리고 있던 진우는 식은땀을 흘리며 괴로움에 몸부림쳤다. 발작하듯 몸을 일으킨 건 그로부터도 한참이 지난 후였다.

"하아, 하아."

자리에서 튕기듯 일어나자마자 참았던 숨이 쉴 새 없이 쏟아져 나왔다. 어깨를 크게 들썩였고, 끔찍한 악몽에 놀란 심장은 쉽사리 진정되지 않았다. 진우의 호흡이 조금이나마 안정이 된 건 또 한참이 지나고 나서였다.

"하……."

정신이 조금 들고 나자 묵직한 한숨이 새어 나왔다. 진우는 바르르 떨리는 손으로 이마를 짚었다. 그러기 무섭게 고여 있던 땀이 손에 묻어난다. 자면서 식은땀을 얼마나 흘린 건지 손바닥이 물기로 흥건했다.

진우는 눈을 질끈 감았다. 한동안 꾸지 않았는데, 또 괴로운 시기가 찾아온 모양이다. 새삼스러울 것도 없는 꿈인데, 너무 오랜만이라 그런지 너무나도 생생했다. 애써 잊고 살았던 생전 선우의 모습까지도 지나치리만큼 선명하게 떠올랐다.

'*진우야. 형은 괜찮다고 했잖아. 그러니까 괜히 너까지 혼나지 말고, 형 혼날 땐 그냥 가만히 있어. 형은 정말 괜찮아.*'

선우는 늘 괜찮다고만 했다. 고작 한 문제 틀린 것 때문에 허벅지가 터지도록 맞아도 겁먹은 진우의 앞에선 언제나 등신처럼 웃기만 했다.

그날은 어디를 어떻게 잘못 맞은 건지 다리까지 절었다. 그러면서도 구석에 웅크리고 있던 진우를 향해 애처로울 정도로 꿋꿋이 다가왔다. 그러곤 겁에 질려 울고 있는 진우를 따뜻하게 안아 주었다.

'진우 넌 안 혼나서 다행이야. 아니다. 나 들어오기 전에 이미 혼난 건 아니지? 응?'
'⋯⋯허엉. 괜찮아?'

뒤늦게 긴장이 풀린 진우가 울음기 가득한 목소리로 물을 때면, 선우는 좀 전보다 더 환하게 웃으며 말했다.

'진우야. 괜찮아. 나는, 나는 괜찮아.'

괜찮다고 했으면서.

'진우 넌 나보다 훨씬 더 똑똑하니까 나처럼 살지 않을 수 있을 거야. 형이 지켜줄게. 너는 그렇게 살지 않을 수 있도록.'

지켜준다고 했으면서. 하지만 등신 같을 정도로 착해빠진 선우가 마지막으로 전한 메시지는 미안하단 말뿐이었다. 어느새 땀으로 젖었던 진우의 볼 위로 눈물이 후두둑 떨어져 내렸다.
"이선우⋯⋯."
선우를 부르는 목소리가 그리움에 한껏 젖어 있었다. 보고 싶었다. 선우가 너무나도 보고 싶었다. 이젠 보고 싶어도 볼 수 있는 방법이 없는데, 선우가 미치게 그리웠다. 그런 진우의 앞에 나타난 게 가은이었다.

가은을 처음 본 순간부터 가은의 위로 선우가 겹쳐 보였다. 차도로 뛰어드는 가은을 본능처럼 붙잡았던 이유도, 다시 만나 자신을 기억하지도 못하던 가은을 귀찮게 군 것도 전부, 가은에게서 자꾸 선우가 보였기 때문이다. 선우가 그랬던 것처럼 꼭 가은도 이대로 죽어버릴 것만 같았다. 어쩌면 그래서 더 집착스럽게 가은의 곁을 맴돌았는지도 모르겠다.

처음엔 가은을 보면 선우와 있는 것 같아서 좋았다. 하지만 시간이 가면 갈수록 가은과 선우는 닮은 듯 닮지 않았다는 걸 알 수 있었다. 분명 선우가 보여 가은에게 관심이 갔던 거니, 그 사실을 깨닫고 나선 관심이 시들어야 맞았다. 그런데 한번 향한 관심은 시들긴커녕 점점 더 커져만 갔고, 깊어지기만 했다.

가은이 위태로운 모습을 보일 때마다 선우가 떠올라 두려웠지만, 그럴 때마다 더 말도 안 되는 고집을 부리며 가은의 곁을 지키기 위해 애썼다. 가은만큼은 잃고 싶지 않았다. 그리고 가은에게 가고 싶어도 갈 수 없는 지금, 진우는 가은이 애가 닳도록 그리웠다.

힘없이 축 늘어진 손이 핸드폰을 쥐었다. 곧 진우의 눈동자로 가은의 번호 11자리가 선명히 박힌다. 그걸 확인하자마자 통화 아이콘 위로 손가락이 향했다. 하지만 진우는 끝끝내 누르지 못했다.

시간이 너무 늦었을뿐더러, 가은이 전화를 받을 거란 확신도 없고 전화를 받는다고 하더라도 무슨 말을 해야 할지 알 수가 없었다. 무엇보다도 제 상태가 말이 아니었다. 낮에 보인 꼴로도 모자라 악몽에 시달려 불안해하는 모습까진 들키고 싶지 않았다.

한숨을 내쉬며 눈을 질끈 감았다 뜬 진우의 눈동자로 새벽 다섯 시가 조금 넘은 시간이 보였다. 잠시 고민하던 그는 터덜터덜 자리에서 일어났다. 더 잠을 청하는 건 내키지 않았고, 뜬눈으로 침대 위를 지키는 건 더 내키지 않았다. 어차피 집으로 끌려왔으니 한 시간쯤 후면 선영이 자신을 깨우러 올라올 것이리라. 빌어먹을 출근을 시키기 위해서.

선영에 종범까지 무섭게 버티고 서 있으니 오늘은 뜻대로 버티지 못할 게 분명했다. 그렇다면 차라리 제 발로 나가고 싶었다. 선영과 종범의 등쌀에 못 이겨 나가는 것보단 제 발로 나가는 것이 자존심은 지키는 길일 테니.

"하, 좆같네, 정말."

단정하지 못한 글자를 내뱉는 음색이 오늘따라 더욱 애처로웠다. 진우는 떨어지지 않는 걸음을 억지로 뗴었다.

〈2권에 계속〉

……자고 일어나서 눈떴을 때,
그때도 네가 이렇게 예쁘게 안겨 있었으면 좋겠어.